TOM SACHER

Der Fotograf *der Kaiserin*

MORD AM WIENER HOF 1882, Belle Époque. Alles ist mehr Schein als Sein am Habsburger Hof. Viktor Angerer, Hoffotograf ihrer Majestät der Kaiserin, hält sich zufällig in Tatortnähe auf, als auf den Geliebten des Erzherzogs »Luziwuzi« ein tödlicher Anschlag verübt wird. Weil der Polizeifotograf aus Wien verhindert ist, lässt Angerer sich dazu überreden, Beweisfotos vom Ort des Geschehens nahe Mayerling zu machen. Zufällig stolpert die neue bayerische Kammerdienerin ihrer Majestät, die »Lieselliesel«, in die Aufnahme hinein. Die Liesel, stellt sich heraus, kann weder lesen noch schreiben, deswegen hat die Kaiserin ihr einen Brief für den ungeliebten »Luziwuzi« anvertraut. Welches Geheimnis birgt diese Nachricht der Kaiserin? Da wird auf die Liesel ebenfalls ein Anschlag verübt, und der jungen Frau bleibt nichts anderes übrig, als den Mordfall selbst zu untersuchen. Was der frechen Kuhhirtin, die es eines traurigen Schicksal wegen an den Wiener Hof verschlagen hat, an Bildung fehlt, gleicht sie dabei mit beeindruckender Bauernschläue und Mut aus ...

Tom Sacher ist eines von mehreren Pseudonymen des Autors Michael Seitz, Jahrgang 1976, der – genau wie die »Lieselliesel« – aus dem Bayerischen Wald stammt, und den es ebenfalls nach Wien verschlagen hat, allerdings schon vor 20 Jahren. Sein literarisches Werk erscheint fast ausnahmslos in großen Publikumsverlagen, dazu gehören inzwischen auch zahlreiche Hörbuchproduktionen. Seitz ist Familienvater, bespricht seine Texte stets als Erstes mit seinem Kater Mizzi, der ihm als Ratgeber kompetent und geduldig zur Seite steht. Der Autor verfasst hauptsächlich historische Romane, Krimis, Thriller und Cozy Crime. In seiner Freizeit stemmt er gerne Hanteln, liest querbeet alle literarischen Gattungen und absolviert eine Ausbildung zum Psychotherapeuten.

TOM SACHER

Der Fotograf *der Kaiserin*

Ein Roman am Hof von Kaiserin Sisi

GMEINER

Bei Fragen zur Produktsicherheit gemäß der Verordnung über die allgemeine Produktsicherheit (GPSR) wenden Sie sich bitte an den Verlag.

Immer informiert

NEWSLETTER

Spannung pur – mit unserem Newsletter informieren wir Sie regelmäßig über Wissenswertes aus unserer Bücherwelt.

Gefällt mir!

Facebook: @Gmeiner.Verlag
Instagram: @gmeinerverlag

MIX
Papier | Fördert gute Waldnutzung
FSC® C014496
FSC www.fsc.org

Besuchen Sie uns im Internet:
www.gmeiner-verlag.de

Im Ehnried 5, 88605 Meßkirch
Telefon 07575/2095-0
info@gmeiner-verlag.de

1. Auflage 2025

Lektorat: Claudia Senghaas, Kirchardt
Satz: Mirjam Hecht
Umschlaggestaltung: U.O.R.G. Lutz Eberle, Stuttgart
unter Verwendung eines Bildes von: © https://commons.wikimedia.org/wiki/File:Elisabeth_in_Kr%C3%B6nungsrobe_als_K%C3%B6nigin_von_Ungarn.jpgRG-vc / iStock.com;
Druck: GGP Media GmbH, Pößneck
Printed in Germany
ISBN 978-3-8392-0763-5

Meiner Schwiegermama Elfriede,
die nämlich auch eine ausgesprochene Adelsexpertin ist

Vorbemerkung

Aufgrund der leichteren Lesbarkeit wurde der Pluralis Majestates in abgeschwächter Version verwendet, so wurden z. B. die Pronomen vor »ihre Majestät« mit Absicht klein geschrieben, um damit der Leserschaft unserer Tage entgegenzukommen.

Prolog – Ewigkeit

Die beiden Männer hatten sich in aller Herrgottsfrühe davongestohlen. In der prächtigen Villa in Mayerling herrschte zu der Zeit noch Grabesstille, als sie durch den Dienstboteneingang nach draußen schlichen.

Ein Kutscher brachte sie hierher. Die Morgensonne verlieh den Säulen des Quarzgesteins der römischen Ruine inmitten des Wienerwaldes einen goldenen Glanz. Ein schöneres Licht hatte es in diesem verregneten Jahr kaum je gegeben. Darüber waren die beiden sich einig. Und so bauten sie innerhalb einer Viertelstunde das Zelt auf, das nach einer Seite hin offen war. Der hölzerne Kasten mit der Linse, die die Sonnenstrahlen einfing und in das Innere der *Camera obscura* lenkte, wurde nach Osten hin ausgerichtet, wodurch der Tempel mit seinen Linien und Schattierungen im Inneren des Zeltes auf einen jungfräulich weißen Bogen Papier fiel. Was auf den ersten Blick wie pure Magie wirkte, war nichts anderes als der Lichteffekt, über den bereits die alten Griechen Bescheid gewusst hatten. Einer der beiden Männer legte nun sein Gewand auf einem Granitstein ab und breitete Zweige darüber. Er bewegte seine Muskeln in der kühlen Luft wie die Athleten einst im antiken Griechenland. Sein Freund krönte ihn mit einem Lorbeerkranz und küsste ihn leidenschaftlich auf die Lippen. Dann nahm er im Zelt der *Camera obscura* auf einem Hocker gemütlich Platz. Er schloss den Vorhang. Das Modell in der Ruine nahm eine heroische Pose zwischen den Säulen ein. Der Künstler in der *Camera obscura* zündete sich eine Pfeife an und benutzte Ölkreiden, um die Striche und Schattierungen auf dem Blatt so akribisch wie möglich nachzuzeichnen. Ein Meisterwerk entstand so unter seiner Hand. Außer den Lerchen und einem Eichhörnchen schien es keine weiteren Zeugen zu geben. Selten mochte eine andächtigere Form der Vertrautheit zwischen zwei Männern existiert haben. Der Schuss, der dem Zauber ihres Wirklichkeit gewordenen Tagtraumes ein dermaßen jähes Ende setzte, ließ den Mann in der *Camera obscura* erstarren. Sein zartes Gesicht mit den hellen Augen färbte sich leichenblass. Das Modell sackte zwischen den antiken Säulen zu Boden. Der Künstler riss den Vorhang auf, eilte auf seinen Freund zu und hielt ihn in seinen Armen wie ein krankes Kind. Unwillkürliche Zuckungen jagten durch den kraftvollen, muskulösen Körper, Arme und Beine bewegten sich wie zu einem Totentanz. Er röchelte. Nach Minuten versickerte das blutige Rinnsal auf seiner Brust. Der Körper erschlaffte. Irgendwo im herbstfinsteren Wald verhallte ein zweiter Schuss. Der Künstler schrie den Namen seines toten Freundes in den tuchblauen Himmel, wo er in der Windstille verhallte. Er starrte in seiner Verzweiflung zur *Camera obscura* und begriff die Bedeutung dieses magischen Moments der geisterhaften Stille. Ein Lidschlag ihrer gemeinsamen Geschichte. Ein Finale, das für alle Zeiten blieb. Ein Augenblick, den nicht einmal der Tod ihnen jemals zu rauben vermochte, blieb ihm als einziger letzter Trost.

Für alle Ewigkeit.

1. Kapitel
am selben Tage, Samstag, 28. Oktober 1882 Wiener Hofburg

»Das Rauchen zügelt den Appetit und verlängert damit auch das Leben, weil wir dadurch schlank bleiben. Was kann es also Gesünderes geben?«, beharrte die Kaiserin wie immer stur auf ihrem Standpunkt.

Kaiser Franz Josef lamentierte: »Wenn unsere geliebte Gattin wenigstens beim Mittagsmahl auf ihre Zigaretten verzichten würde, täte sie uns allen hier am Tische einen großen Gefallen, denn dieser Tabak aus der Steiermark riecht wie eingeschlafene Füße, mein Engel.«

Der Kammerdienerin Liesel entglitt vor Nervosität beinahe das silbern glänzende Etui, das sie ihrer hohen Herrin darreichte, damit diese sich einen weiteren Glimmstängel nehmen konnte. Kaiserin Elisabeth ergriff Liesels Handgelenk und verhinderte damit, dass eine der Zigaretten im Teller mit der dampfenden Rindssuppe landete.

»Meine gehorsame Dienerin, die Lieselliesel aus Bayern, hat uns täglich vor dem Mittagsmahl die Zigaretten zu reichen, so haben wir es ihr befohlen«, entgegnete Elisabeth. »Die Ärzte selbst haben uns zum Rauchen geraten, weil es für die Lungen sogar ausgesprochen gesund sein soll, mein Eselchen.«

Der Kaiser hüstelte in seinen grauen Backenbart. »Ja, ja, die Ärzte! Was wissen denn die Ärzte schon von der Gesundheit? Außerdem gibt es auch andere Ärzte, die der Ansicht sind, dass das Rauchen schadet, weil das Nikotin in den Tabakpflanzen das reinste Gift für die Lunge sein soll.«

»Ach, wir wollen uns mit Ihm* nicht streiten.« Elisabeth lächelte diplomatisch. »Wir kommen gerade von Schönbrunn und sind mit der Lieselliesel durch den Schlosspark gelaufen. Eine gute Zigarette nach der Leibesertüchtigung regt die Durchblutung an, sagen die Ärzte. Kaiserliche Hoheit arbeiten zu viel und verlieren dabei völlig die Gesundheit aus den Augen. Vielleicht sollte unser geliebtes Eselchen sich wieder einmal einem Aderlass unterziehen. Das kann Ihm nicht schaden.«

Liesel betätigte den Hebel eines Platinfeuerzeugs, um der Kaiserin von Österreich erneut Feuer zu geben. Der Geruch von Schwefelsäure zog sich für einen Moment in ihre Nase, ausgelöst durch den Mechanismus im Inneren des modernen Apparats. Die Kaiserin blieb von dem Gestank sichtlich unbeeindruckt und inhalierte genussvoll.

Der graue Knebelbart des Kaisers ließ sein Gesicht aussehen wie das eines Esels, wahrscheinlich daher sein Kosename, vermutete Liesel. Optisch passte seine allerhöchste Hoheit gar nicht zu seiner Ehefrau, an der die Zeit anscheinend spurlos vorüberging.

»Zwei Ärzte, drei Meinungen«, murrte der Kaiser und löffelte lustlos die Suppe mit Leberknödel.

Elisabeth lächelte und rauchte und rauchte, ohne auch nur einen Bissen von dem herrlich duftenden Essen anzurühren. Hoffentlich verriet ihr Magenknurren nicht auf

---

* im Pluralis Majestatis Anrede in der dritten Person und Großschreibung, adelige Sprechweise des 19. Jahrhunderts

peinliche Weise ihren Hunger, betete Liesel innerlich. Schließlich reichte Elisabeth ihr das letzte Stück der Zigarette. Liesel drückte es in einem Keramikaschenbecher, der den Habsburger Doppeladler zeigte, behutsam aus. Aber dabei blieb es nicht. Elisabeth verlangte nach einer weiteren.

Der kaiserliche Gemahl räusperte sich unwillig. Ob ihm sein Essen mundete, wagte Liesel zu bezweifeln, und empfand Mitleid mit dem alten Mann, der seine Frau stets auf eine Stufe mit einer Heiligen stellte, seinerseits aber von ihr nichts als die kalte Schulter gezeigt bekam. Nach drei Monaten am Wiener Hof war Liesel immer noch damit beschäftigt, die Verhältnisse in ihrem Inneren zu ordnen. Dieser Kaiser beherrschte sein Reich, aber wohl niemals seine Frau. So viel stand jedenfalls fest.

Franz Josef reichte einem der Kammerdiener seinen silbernen Löffel, woraufhin dieser den erst halb leeren Teller buckelnd abservierte. Elisabeth erteilte Befehl, bei der Gelegenheit auch gleich ihr Geschirr mitzunehmen, was prompt und klappernd geschah.

Der Kaiser ließ sich daraufhin eine von seinen Zigarren – mit einem Streichholz! – anzünden und begann in andächtiger Weise ebenfalls zu paffen. »Das Leid der Frauen«, meinte er, »ist wohl das Korsett, daher kommt ihre schlechte Laune und ihr fehlender Appetit. Und deswegen raucht mein Engel ständig, anstatt was Richtiges zu essen.«

Die haselnussbraunen Augen der Kaiserin und ihre Miene ließen keinen Rückschluss auf ihre Gefühle zu. »Ein weiser Diplomat«, sprach sie seelenruhig, »wartet, bis die Katze einem von selbst zuläuft, hat mein Vater uns als Kind immer weismachen wollen.«

Liesel rätselte, worauf die Kaiserin mit ihrer Anspielung jetzt schon wieder hinauswollte. Und ein Teil in ihr hätte über den Vergleich am liebsten laut losgeprustet. War die Kaiserin denn eine Katze? Und der Habsburger ein läufiger Kater?

»Ein kluger Mann, der Herzog Max.« Franz Josef kratzte sich am Hinterkopf. »Und doch fragen wir uns, ob Sie schon weiß, dass wir planen …«

Elisabeth kam ihrem Mann mit einer Antwort zuvor. »Uns ist bereits zu Ohren gekommen, unser Herr Gemahl haben bei unserem persönlichen Leib- und Hoffotografen ein gemeinsames Foto von uns als Kaiserpaar in Auftrag geben lassen.«

Franz Josefs Züge verschwanden hinter einer Rauchwand, die aus seinen Nasenlöchern stieg. »Was für eine kluge Frau wir doch geheiratet haben. Sie weiß immer bereits im Voraus, was wir begehren. Unsere Tante Herzogin Ludovika in Bayern hat uns eine außergewöhnliche Gemahlin geboren.«

»Und ihre Schwester Sophie hat einen großen Kaiser von Österreich und König von Ungarn zur Welt gebracht«, schmierte Elisabeth ihrem Mann ebenfalls Honig um den Mund.

Liesel entzündete auf Befehl der Kaiserin die dritte Zigarette. Die umherstehenden Diener und Militärs standen gänzlich in einer Rauchwolke. Liesels Augen tränten, doch sie wagte nicht, sich darüber zu beschweren. Den Namen »Lieselliesel« hatte Elisabeth ihr persönlich verliehen, nachdem einige Hofdamen sie hinter vorgehaltener Hand als »Liesels Liesel« bezeichnet hatten.

»Und wir haben auch einen Einfall gehabt«, offenbarte Elisabeth.

Das Gespräch glich mehr einem Kartenspiel, fand Liesel. Seltsam, wo sie hier gelandet war.

»So. Welchen?«

Die Kaiserin zauberte ihren nächsten Trumpf aus dem Ärmel. »Wir haben uns gedacht, wenn Eselchen schon ein Foto wünschen, warum dann nicht gleich ein ganzes Familienporträt mit allen Mitgliedern der höchsten kaiserlichen Familie? Nicht einmal Sein Bruder Ludwig sollte auf einem solchen Foto fehlen, haben wir uns gedacht. Wir haben die Überraschung bereits veranlasst. Der liebe Luziwuzi ist bereits unterwegs von Salzburg nach Wien und müsste heute …«

Der Kaiser schnaubte wie eine Dampflok. Elisabeth verstummte. Franz Josefs Haut nahm eine ungesunde Röte an. Wahrscheinlich brauchte er tatsächlich einen Aderlass, damit vor allem der dunkelrote, fast purpurne Anteil in seinem Blut, der ihn jetzt kränklich aussehen ließ, aus seinem Körper herausgefiltert wurde, schloss auch Liesel in Gedanken.

»Eigentlich sind wir alles andere als darauf erpicht, unserem jüngsten Bruder hier in Wien zu begegnen, wie Sie sich in Ihrer viel gerühmten Klugheit eigentlich denken kann, mein Engel.«

»Tja, zu spät«, verkündete Elisabeth mit einem süffisanten, kaiserlichen Grinsen. »Wir haben den Erzherzog bereits letzte Woche bei unserer Begegnung in der Schweiz an den Wiener Hof eingeladen. Er wird heute in Mayerling eintreffen, und unsere liebe Lieselliesel soll ihm mit unserer Privatkutsche entgegenfahren, haben wir heute Morgen beschlossen.«

»Auch das noch.« Dem Kaiser hing die Zigarre im Mundwinkel wie ein alter Zweig. »Sie weiß doch, was wir von ihm halten. Würde man dem Bruder eine Ballerina als Admiral zur Seite stellen, könnte er wenigstens keine Dummheiten machen, aber ... ach, wenn wenigstens unser Bruder Ferdinand noch am Leben wäre. Aber der hat ja unbedingt Kaiser von Mexiko spielen müssen. Ein tödlicher Fehler.« Ein schweres Seufzen entrang sich den Tiefen der kaiserlichen Brust. »Ausgerechnet«, stöhnte er.

»Kaiserliche Hoheit«, prophezeite Elisabeth ihrem Gatten, »wird Seinem jüngsten unter den Brüdern einen gebührenden Empfang hier in Wien bereiten. Der Erzherzog leidet sehr unter dem Streit mit seinem ältesten Bruder und Kaiser. Sie haben einander über drei Jahre nicht mehr gesehen. Seit jener Sache damals ...«

»Wir wollen nichts von dieser peinlichen Angelegenheit hören!«, protestierte Franz Josef.

Seine Frau fuhr ihm über den Mund. »Ein wahrer Christenmensch verzeiht! Schließlich soll unser persönlicher Leibfotograf, der Angerer, die kaiserliche Familie in seliger Harmonie vor seine Linse bekommen. Die Untertanen müssen von der kaiserlichen Familie ins Schwärmen geraten, wie mein Eselchen selbst immer zu sagen pflegen. Eine gute Presse ist in Zeiten wie diesen wichtiger denn je. Denke Er nur einmal an die stets aufrührerischen Ungarn.«

Der Kaiser schüttelte den Kopf. »Aber warum schickt Sie unserem Bruderherz ausgerechnet eine Kammerdienerin entgegen? Noch dazu ein halbes Kind, das erst seit Kurzem an unserem Hof ist?«

»Meine Lieselliesel ist zwar erst 17 – und, zugegeben, eine Analphabetin. Aber damit ist sie bei Hofe wohl eine der wenigen Personen, denen man einen Brief für den Erzherzog anvertrauen kann. Wir wollen doch schließlich nicht, dass sich hier in Wien gleich jeder Höfling das Maul über die Mitglieder der kaiserlichen Familie zerreißt. Noch dazu, wenn es um den Luziwuzi geht.«

Der Kaiser drückte die Zigarre energisch aus und schaute seine Frau mit gestrenger Miene unter den buschigen Brauen hervor lauernd an. »Sie überrascht uns immer wieder mit Ihrer weisen Voraussicht«, war alles, was ihm einfiel. »Aber muss Sie den Erzherzog Ludwig ausgerechnet vor versammelter Dienerschaft hier am Tisch bei seinem Kosenamen nennen?«

»Verzeiht, wir vergaßen, mein Eselchen. Wir werden den Luziwuzi in aller Öffentlichkeit nie wieder Luziwuzi nennen. Versprochen.« Elisabeth grinste sarkastisch, Liesel spürte eine Eiseskälte über ihren Rücken laufen.

Der Kaiser räusperte sich verlegen. Offenbar sah er ein, dass dieser Frau nicht beizukommen war, und so wandte er sich an Liesel: »Und was dich betrifft, Lieselliesel, vielleicht wird unser Bruder ja bei deinem Anblick sogar von seiner romantischen Spinnerei endlich geheilt. Wie könnte je ein Mann einer solch prächtigen bayerischen Dirne mit einem so herrlich runden Hinterteil widerstehen? Und du hast ja auch so schöne Brüste und so schöne blaue Augen …«

Liesel platzte der Kragen endgültig. »Will kaiserliche Hoheit vielleicht auch gleich in mein Maul schauen?«, rutschte es ihr heraus. Sie öffnete herausfordernd die Lippen und spürte im selben Moment, dass sie soeben einen malignen Fehler begangen hatte.

Selbst Elisabeth blickte auf einmal betroffen in ihre Richtung und dann zum Kaiser. Totenstille kehrte jäh im Speisezimmer ein. Ein Kammerdiener hüstelte verlegen. Zwei Offiziere aus Franz Josefs Leibgarde reckten, gespannt ob der frechen Widerrede der Kammerdienerin, die Köpfe zusammen, als betrachteten sie ein Kammerspiel mit einem empörend unsittlichen Inhalt am Hofburgtheater.

Plötzlich lachte die Kaiserin schrill. »Na, so wie unser geliebtes Eselchen von unserer kleinen Lieselliesel sprechen, könnte man ja glatt meinen, dass Er wie ein böhmischer Viehhändler um eine alte Stute feilscht.«

Liesel rang um Atem und fasste sich an den Hals, den zu retten es jetzt wohl völlig zu spät war. »Verzeihung, Hoheit … ja mei«, stammelte sie in ihrem bayerischen Dialekt, in den sie stets in Notsituationen verfiel, »ich bin halt bloß eine Bauerndirne und habe bis vor Kurzem noch Kühe gehirtet und in einer Poststation ausgeschenkt. Das habe ich ihrer allerhöchsten Frau Kaiserin von Anfang an gesagt. Ich habe sie vor einem Bauerntrampel wie mir warnen wollen. So eine wie ich taugt nicht für den Wiener Hof. Verzeihung, ich werde sogleich meine Koffer packen und schon …« Und schon bin ich von hier weg! Und nichts lieber als das, dachte sie. Liesel biss sich vor Zorn auf die Zunge. »Ich brauche nur das Dienstbotenzeugnis, damit ich gehen kann.«

»Nichts da!«, fiel der Kaiser ihr befehlsgewohnt ins Wort. »Jetzt verstehen wir auch, warum unsere geliebte Gattin sich eine bayerische Dienstmagd und Kuhhirtin zur Kammerdienerin genommen hat.« Er blickte in die entsetzten Gesichter von Offizieren, Adjutanten und Dienern. »Wir sind es, die sich beim Fräulein Lieselliesel für unsere ehrenlose Bemerkung zu entschuldigen haben. In diesem Sinne verzichten wir gern auf die beim Viehhandel übliche Gebissbeschau. Schließlich ist Sie ja wirklich keine der Lipizzaner-Stuten in unserer Spanischen Hofreitschule. Sie sollte sich aber wirklich einmal die Zeit nehmen und unsere Pferde ansehen!« Franz Josef streckte oberlehrerhaft den Zeigefinger aus. Er lächelte.

Und zum ersten Mal, seit Liesel am Wiener Hof war,

schauten die Eheleute einander wie Liebende an. Wie die stolzen Eltern eines lebhaften Kindes.

»In diesem Sinne«, wiederholte Franz Josef, »sprechen wir den Damen unsere allerhöchste Verehrung aus.« Er erhob sich würdevoll und verneigte sich vor Liesel, ergriff ihre Hand und hauchte ihr einen Kuss auf den Handrücken. Liesel erstarrte. Dazu sang der Kaiser in seinem seltsam nasal anmutenden Schönbrunner Dialekt: »Küüühüs die Hàànd, die Damen.« Und lächelte seiner Frau zu.

2. *Kapitel*

Die Schneiderin der Kaiserin legte persönlich Hand an Liesels Korsett an. Die Schnürung erfolgte von der Brust zum Rücken durch zahlreiche Ösen aus Leder und Metall. Das Kleidungsstück glich einem gemeinen Folterinstrument. Japsend fasste sich Liesel an den Hals.

Eine Häkelnadel zwischen den Lippen, sprach die weißhaarige Schneiderin auf sie ein: »Geh, Lieselliesel, stell dich net so an, das ist eh eines von den Korsetts, die die allerhöchste Kaiserin früher selber getragen haben. Zu Hause bei ihrem Vater am Starnberger See in Bayern. Als junge Frau war kaiserliche Hoheit noch bei Weitem nicht so dünn, wie sie hier in Wien bei Hofe geworden ist.«

»Und es ist trotzdem zu eng.«

Die Schneiderin nahm die Nadel aus dem Mund. »Die Kaiserin hat halt befohlen, dass du es ab heute tragen sollst, Liesel, damit du dem Erzherzog Luziwuzi gefällst. Sie meint es ja nur gut mit allen. Du schaust bezaubernd darin aus. Es steht dir ausgezeichnet. Der Kaiser würde deinen Anblick lieben, das kannst du mir glauben.«

Liesel maulte: »Widersprich niemals dem Kaiser, schau seiner Hoheit niemals zuerst ins Gesicht, widersprich auch niemals der Kaiserin und erwähne bloß net ihre Figur … sei dir der Ehre bewusst, wenn du in ihrem Korsett halb ersticken darfst.« Beinahe hätte sie über ihren Galgenhumor selbst gelacht. »Und nicht zu vergessen – immer knicksen! Und dann erfahren auch noch alle versammelten Diener und Offiziere, dass man nicht lesen und schreiben kann. Und der Kaiser spricht über mich wie über eine Kuh oder ein Ross.«

Sophie lächelte vergnügt, und Liesel ließ ihrem Missmut freien Lauf.

»Meine Herren, was für ein Glück, dass ich wenigstens mein Schlachtgewicht noch nicht erreicht habe. Was würde ich nur dafür geben, einmal in meinem Leben wieder eine Kuh zu melken und einen Stall auszumisten? Was habe ich nur verbrochen, dass ich so aus meinem alten Leben herausgerissen worden bin? Ich wollte das doch gar nicht. Und das alles nur …« Liesel spürte eine heiße Träne in ihrem Auge und schluckte den Kloß in ihrem Hals hinunter. Sie versuchte, die aufkommenden Gedanken auszublenden, die sie ohnehin nur belastet hätten. Und trotzdem blieb die Trauer bestehen, die sich wie Blei auf ihre Schultern legte. Der Tod ihres Säuglings fühlte sich an, als wäre er erst gestern gewesen.

Die Schneiderin Sophie legte ihr mütterlich eine Hand auf den Unterarm. »Du bist erst drei Monate hier bei uns in Wien. Und schon kennst du die wichtigsten Regeln. Bravo, Lieselliesel, das spricht doch eindeutig für deine Intelligenz, kann ich da nur sagen. Manche brauchen dafür ein ganzes Leben und schaffen es immer noch nicht, sich an das strenge Hofzeremoniell zu gewöhnen.« Sie raunte Liesel ins Ohr: »Und unter uns – die feinen Damen beneiden dich, fragen sich, was du nur an dir hast, weil die Kaiserin dich Tag und Nacht in ihrer Nähe haben will, seit sie dich in ihre Dienste genommen hat. Manche Gattin aus dem niederen Adel gäbe ihre Seele dafür, an deiner Stelle sein zu dürfen. Sie sprechen schon von einem Skandal, dass eine Bauerndirne die Kaiserin auf Schritt und Tritt begleiten darf. Elisabeth muss wirklich große Stücke auf dich halten.«

»Warum schickt sie mich dann hinaus in dieses …«

»Mayerling heißt das Dorf«, half Sophie ihr auf die Sprünge. »Da draußen besitzt ein Freund seiner Hoheit, des Kronprinzen Rudolf, ein kleines Gut. Eine Villa, wo er Jagdgesellschaften empfängt. Und unweit in Alland befindet sich eine Poststation, wo man seine Pferde umspannen kann. Dort wird der von allen Luziwuzi genannte Bruder seiner allerhöchsten kaiserlichen Hoheit zuerst eintreffen und die geheimen Nachrichten der Kaiserin von dir in Empfang nehmen. Ist das nicht eine Ehre, meine kleine Lieselliesel?«

»Was hat es mit dieser komischen Nachricht bloß auf sich, dass keiner sie lesen darf? Nicht einmal die Lieblingshofdame der Kaiserin, die Gräfin Tolna, die doch sonst über alles im Bilde ist, darf das Kuvert in die Hände kriegen. Das hat die Kaiserin mir höchstpersönlich aufgetragen.«

»Geh, Liesellieselchen, das pfeifen bei Hofe doch schon die Spatzen von den Dächern, wenn dir des noch net aufgefallen ist. Die Kaiserin will mit dem Kaiser auf kein gemeinsames Foto. Und die Gräfin Tolna muss halt auch nicht unbedingt alles wissen. Das wird der Grund für die Geheimnistuerei wohl sein. Was sonst?«

»Aber warum ums Verrecken will sie das denn net?«

»Die Kaiserin schämt sich halt für das Aussehen seiner kaiserlichen Hoheit. Am liebsten würde sie sofort wieder nach Korfu reisen, wenn es nach der Kaiserin ginge. Aber darüber brauchst du dir dein hübsches Köpfchen net zerbrechen. Du erledigst einfach brav und gehorsam deine Aufgabe, und dafür darfst du dir weiterhin am Hofe der Habsburger so manchen Fauxpas erlauben, weil die Kaiserin sich darüber so herrlich amüsiert.«

»Manchmal komme ich mir vor wie ein Äffchen aus ihrem Zoo in Schönbrunn«, protestierte Liesel.

Die Schneiderin besaß eine mütterliche Figur, die sie mit einer Schürze, die fast bis zum Boden reichte, kaschierte. Lachfalten um ihre Augen und Mundwinkel strahlten Liesel zumeist an, dennoch wirkte ihr Blick melancholisch auf sie. Ein kunstvoll gefaltetes Kopftuch mit einer blauen Schleife umrahmte ihr Gesicht.

»Sei doch einmal ehrlich, Lieselliesel«, meinte sie jetzt. »Trotz der spanisch geprägten höfischen Etikette hier in Wien geht es dir doch bei uns so gut, wie es dir wohl überhaupt noch nie in deinem ganzen Leben ergangen ist, wenn ich mir diese Schwielen an deinen Händen so ansehe. Schau dich an, du hast sogar noch ein paar Pfund zugelegt bei Hofe. Der Kaiser wäre froh, wenn seine Frau sich ein Beispiel an dir nehmen würde. Und«, Sophie nahm Liesels rechte Hand und hielt ihr demonstrativ die Hornhaut unter die Augen, »das sind noch lange keine Damenhände. Das wird dem Luziwuzi bestimmt gleich auffallen, wie ich den Erzherzog kenne. Er ist nämlich ein ganz ein feiner Mensch.«

»Ich mache ja schon jeden Tag das Handbad, wie die Fanny, die Friseurin, mir geraten hat. Aber da, wo ich herkomme, sind wir auf unsere Hornhaut stolz gewesen, weil sie beweist, dass ein Mensch hart arbeiten kann. Außerdem habe ich das Gefühl, dass die Schwielen jedes Mal wieder mehr werden, wenn die Kaiserin mir befiehlt, mit ihr gemeinsam diese Klimmzüge zu machen.«

»Was soll's, dafür hat der Luziwuzi die schöneren Damenhände«, scherzte Sophie.

Liesel warf einen Blick auf die Kleider der Kaiserin, die nebeneinander auf einem Tisch vor ihnen ausgebreitet lagen.

»Stell dir vor, heute Morgen hat die Kaiserin eine Hofdame mit einer Gerte geschlagen, weil sie ihr beim Laufen zu langsam gewesen ist«, erzählte Liesel.

»Und deswegen bist du hier, Lieselliesel, weil nicht einmal die Gräfin Tolna, mit der sie so gern Ungarisch spricht, mit der Kaiserin Schritt halten kann. Ausgerechnet ein bayerisches Bauernmädel ist diejenige, die die Kaiserin von Österreich und Königin von Ungarn bei ihren Leibesübungen übertrumpft. Die Tolna schießt mit ihren Blicken jedes Mal Giftpfeile auf dich ab, falls dir das noch nicht aufgefallen sein sollte.«

»Ein Grund mehr, wieder Kühe und Schafe zu hüten. Die störrischsten Ziegen sind nämlich die Hofdamen hier.«

Die Gehilfinnen der Hofschneiderin steckten Liesel in ein Kleid aus roter Seide, mit Rüschen an den Ärmeln und handgemalten Rosen am Saum. Die Taille eng, die Röcke weit, erinnerte Liesels Erscheinung damit an eine Glocke. Eine Zofe flocht Liesel zwei Zöpfe in das widerspenstige blonde Haar. Am Ende krönte ein Hütchen mit hellblauen Bändern ihre Hochsteckfrisur, und Liesel erkannte sich selbst im Spiegel kaum wieder. Allein die Sommersprossen und die gebräunte Haut, die hartnäckig ihr natürlicher Teint blieb, verrieten noch immer ihre ländliche Herkunft. Die Zofe spachtelte geschickt eine Schicht Rouge dick darüber, woraufhin auch diese Erinnerung an ihr altes Leben zunichtegemacht war. Liesel sah aus wie eine Dame bei Hof.

»Sieh es von der schönen Seite«, tröstete Sophie sie. »Wenn die Kaiserin nicht eine Amme für eine Hofdame gebraucht hätte, dann wärst du niemals ihre Lieselliesel geworden.« Sophie nahm sie in die Arme.

Liesel unterdrückte ihre Tränen. »Dann soll ich es als ein Glück sehen, dass mein Bub gestorben ist?«

»Nein, so habe ich das jetzt auch nicht gemeint.«

»Und dann nimmt mich die Kaiserin in ihre Dienste, als ich bei einer Poststation in Passau eine warme Milch serviere. Und hier erfahre ich dann, dass das Kind der besagten Adeligen auch kurz nach der Geburt verstorben ist, und die Kaiserin macht prompt ihre neue Kammerdienerin aus mir.«

Sophie zeigte auf eine Reihe von Bildern, von denen eines einen Hund zeigte. »Du hast Glück gehabt, Lieselliesel. Hier siehst du Elisabeths Familie am Starnberger See. Den Vater, die Mutter, Geschwister. Und das ist ihr alter Lieblingshund, den sie in ihrer Heimat zurückgelassen hat, als sie in Wien Kaiserin geworden ist. Du bist wohl auch so was wie ein Andenken für sie.«

»Ich weiß nicht, ob mir nach Lachen oder Weinen zumute ist.« Liesel betrachtete ihr Spiegelbild und kam sich vor, als wäre der Mensch, der sie gewesen war, ausgelöscht.

Sophie spürte ihre Trauer und streichelte ihr vorsichtig über die kunstvoll gesteckte Frisur. »Sei froh, dass du so schnell laufen kannst und so gut mit den Hanteln umgehst. Elisabeth hasst langsame und schwerfällige Menschen. Und du bist eben genau das Gegenteil. Du bist wie sie. Und ihr Heimweh ist auch dein Heimweh. Damit erträgt es sich wohl auch für sie ein wenig leichter.«

Liesel blickte an sich hinab. Jetzt bloß nicht weinen, rügte sie sich. Sie versuchte es mit einem Scherz. »So schlank und schön wie die Kaiserin werde ich doch sowieso niemals werden, Sophie. Da kann ich 1000 Jahre mit ihr gemeinsam turnen und Klimmzüge und Liegestütze machen. Den Kaiser werde ich immer an eine Kuh erinnern.«

Sie lachten.

»Kopf hoch, Lieselliesel, hier in Wien darben Arbeiterfamilien mit zehn Kindern in Arbeiterkasernen in einem einzigen Zimmer auf acht Quadratmetern, hab ich mir sagen lassen. Ein Mensch*, das niemanden hat, so wie du, landet da ziemlich schnell im Prater beim Koitieren**. Willst du des wirklich?«

»Was heißt … Koi…«

»Ah geh, vergiss des gleich wieder und zerbrich dir net deinen hübschen Kopf. Amüsier dich lieber gut mit dem Luziwuzi und grüß ihn auch schön von mir, den lieben, feinen Kerl. Ich mag ihn so gern. So schade, dass sein Bruder ihn nach Salzburg in die Verbannung geschickt hat.«

Schon wieder eine Andeutung um den geheimnisvollen Bruder seiner Hoheit.

»Wenn du mir net auf der Stelle verrätst, warum ich diesem Luziwuzi um jeden Preis gefallen soll«, forderte Liesel, »dann ziehe ich das alles im Moment wieder aus und laufe als Nackerpatzerl durch die Hofburg.«

Sophie strich ihr zärtlich über den Oberarm. »Ach, des wagst du doch sowieso net, kleines bayerisches Lieserl. Du wirst ja schon rot wie ein Paradeiser***, wenn dir der Kronprinz Rudolf auch nur einmal zu lang auf den Busen schaut. Gut, dass der nicht so oft bei Hof vorbeikommt.«

---

* Österreichisch für Mädchen
** Altwienerisch für Geschlechtsverkehr
*** Tomate

Liesel versuchte, der mütterlichen Freundin gegenüber kühn zu wirken. »Hauptsache, ich müsst einmal nur kein Korsett net tragen. Des wär schön.«

Sie gewahrte all die umgebende Pracht in der kaiserlichen Kleiderkammer. Hüte, Schals, Tücher, Sonnenschirme, Handschuhe, goldene und silberne Spangen, Geschmeide, das an Ständern hing, dass die Holzgestelle von der Last schier erdrückt zu werden drohten. Wie konnte eine einzige Frau auf der Welt nur so viele Kleider besitzen? Das war ihr noch immer ein Rätsel.

»Weißt du«, offenbarte ihr Sophie, »der Luziwuzi hat seit Jahren keine Frau mehr angeschaut. Und das letzte Mal ist schon so lange her, dass es fast nicht mehr wahr ist.«

»Aber eine wie ich steht doch weit unter seinem Stand.«

Sophies Falten um Augen und Mundwinkel drückten Mitgefühl über Liesels kindliche Naivität aus.

»Selbst der Kaiser hegt eine Mesalliance mit einer Schauspielerin, was hier in Wien ein offenes Geheimnis ist. Was glaubst du, warum er an den Sonntagen immer in seinem Jagdschloss in Lainz übernachtet? Und das, obwohl die Kaiserin die Jagd ebenso liebt wie er. Ein G'spusi ist doch heutzutage das geringste Problem. Solange keiner darüber spricht und nichts Ernstes daraus werden soll, schert das keinen Menschen.«

»Warum erzählst du mir das erst jetzt?«

Sophie küsste sie auf die Stirn, wie es Liesels Mutter vor ihrem Tod gerne getan hatte. An diese Zeit besaß Liesel jedoch kaum eine Erinnerung, weil sie noch ein Kind gewesen war. Trotzdem fühlte es sich gut an, und somit war Sophie hier am Hof schon nach drei Tagen zu ihrer Wahlverwandten geworden.

»Musst nicht alles wissen, Kind. Dann kannst dich auch net so leicht verplappern.« Sophie zupfte das Kleid zurecht und betrachtete das Medaillon, das Liesel um den Hals trug. »Hier, das darfst du nicht zeigen. Es passt nicht dazu.«

Liesel verstand. »Weil es bloß aus Zinn ist, gell?« Sie hatten das Gespräch schon oft geführt.

Sophie nickte und half ihr, den Schmuck unter dem Korsett zu verstecken.

»Da sieht es wenigstens keiner«, sprach Liesel mehr zu sich selbst als zu Sophie. »Damit ist das Korsett wenigstens zu etwas gut. In meinem Medaillon trage ich eine Strähne von meinem kleinen Buben.« Sie ließ sich auf einem Hocker vor einem Tisch mit Stoffballen nieder. Ein strenger Geruch, der an Terpentin erinnerte, ging von dem Material aus. Liesel beachtete den Geruch nicht weiter.

Sophie setzte sich neben sie und holte zu ihrer Überraschung nun ebenfalls ein Medaillon unter ihrem Kleid hervor. »Schau, Lieselliesel, schau nur«, Sophie klappte das Schmuckstück auf und präsentierte ihr das Bild eines Soldaten in einer fremden Uniform mit hohem Kragen und Orden. »Das ist mein Konstantin. Er war ein russischer Offizier, musst du wissen. Vor 30 Jahren haben er und seine Landsleute dem Habsburger dabei geholfen, die Aufstände dieser kriminellen Ungarn niederzuschlagen.«

»Was ist aus ihm geworden?« Liesel schwante bereits die Antwort.

»Noch so eine Mesalliance«, wich die alte Frau aus und wischte sich mit der Faust eine Träne von der Wange. »Leider hat ihm so ein ungarischer Anarchist von hinten seinen Säbel mitten ins Herz gerammt. Er ist auf dem Schlachtfeld verblutet. Ein Heldentod, wie er im Buche steht.«

Liesel beugte sich zur Schneiderin und nahm sie in die Arme. »Arme Sophie, denk immer daran, der Herrgott bürdet uns allen gerade so viel auf, wie ein jeder tragen kann. Und wir zwei sind nun mal am Wiener Hof gelandet, wie es ausschaut. Und ich werde immer für dich da sein, solang es die Kaiserin mit uns beiden aushält.«

3. Kapitel

Die Kutsche von Bad Ischl kommend, traf mit dem 13-Uhr-Läuten in der Poststation in Alland ein. Viktor Angerer, Haus- und Leibfotograf der Kaiserin Elisabeth persönlich, rieb sich eine Prise besten Schnupftabaks in die Nase. Das anschließende Niesen befreite Angerers Atemwege wie immer zuverlässig vom Staub und Dreck der Straße. Er atmete befreit auf. Oh, wie herrlich harzig und nach Moos der Wald zu dieser Jahreszeit doch roch. Angerer liebte den Herbst, solange er denken konnte.

Vorsichtig stelzte der 40-jährige Mann mit seinen langen, dünnen Beinen aus der Kutsche heraus und putzte sich mit seinem alten Lieblingsschnäuztuch gründlich das tabakbraune Sekret von seinem bärtigen Gesicht.

Angerer schleppte den Koffer mit der Kamera in der rechten Hand, links das Stativ über die staubige Straße an allerlei Pferden, Personenkutschen und Lastkutschen vorbei, die wie immer an der Poststation hielten. Der Anblick der Gaststube weckte die Sehnsucht nach einem kühlen Bier oder einem Glas weißen Spritzers*, als seine Wirbelsäule auf einmal zu glühen schien. Als hätte ein Blitz darin eingeschlagen. Es fühlte sich an, als krabbelten rote Ameisen von seinem Hals bis zum Steißbein, die ein Stechen unter der Haut und in den Muskeln verursachten. Jäh

* Weißweinschorle

kam ihm jeglicher Blick für das orangefarbene Sonnenlicht und die leuchtenden Blätter der Laubbäume abhanden. Und das, obwohl der Oktober aufgrund der vielen Farbnuancen auch noch sein liebster Monat war. Er biss die Zähne zusammen und schleppte sich in den Eingang des Gasthauses. Stöhnend und hinkend. Er brauchte jetzt dringend einen Schnaps!

»Halt! Keinen Schritt weiter, der Herr!« Ein Mann in grüner Uniform und mit dem obligatorischen Filzhut der kaiserlichen Gendarmerie stellte sich ihm in den Weg.

Angerer blickte auf.

»Da drinnen findet soeben eine kriminalpolizeiliche Vernehmung statt«, verkündete der Gendarm im Ton beamtenhafter Wichtigkeit. »Niemand hat hier einen Zutritt, außer die Beamten seiner Majestät unseres allerhöchsten Kaisers Franz Josef persönlich!«

»Aber ...« Wie sollte er diesem gestrengen Beamten mit dem Zwirbelbart erklären, dass er dringend ein Stamperl trinken musste? »Wir sind ein medizinischer Notfall, Herr Oberst. Uns ist die Hex' eingeschossen, und wir haben Durst ... sieht Er uns das denn nicht an?« Er stellte das Gepäck ab und hielt sich den Rücken.

»Das kann jeder behaupten.«

»Wir brauchen wenigstens ein bisschen Rosssalbe für unser Kreuz«, fiel Viktor sodann ein. »Ich komme mir wie ein altes Brauereiross vor. Bleibt wohl nur der Rossmetzger, wenn uns hier keiner einen anständigen Sliwowitz einschenkt und wir uns hinlegen können.« Sliwowitz hatte schon seine ungarische Großmutter als Hausmittel verwendet. Der half gegen Husten, Diarrhoe, und selbst ein Hexenschuss ließ sich damit leichter aushalten.

In den wachsamen Augen des Beamten lauerte der Ausdruck des bereits in die Jahre gekommen Mannes, dem nichts Menschliches fremd war. Angerers humorvolle Anspielung auf ein Brauereipferd rang dem Mann kein Lächeln ab.

Ob es sich wohl rentiert hätte, für dieses Motiv eine Glasplatte für ein Foto zu opfern, fragte er sich. Angerer fand das Antlitz des Mannes interessant. Sollte er ihm vielleicht damit schmeicheln, um sein Ziel zu erreichen?

»Die Rossknechte im Stall können Ihm bestimmt mit einer Schmierage aushelfen. Und in der Wirtsstube wird zur Stunde noch der Zeuge eines Verbrechens gegen Leib und Leben einvernommen. Apropos, was trägt Er da in seinem Holzkoffer eigentlich mit sich herum? Wo kommt Er her? Und hat Er denn auch seine Zölle überall bezahlt?«

Auch das noch! Angerer konnte sein Glück kaum fassen. In der Nacht hatte er in einem Brauereigastgasthof mit Gästezimmern bei Wieselburg von seinem großen Bruder Ludwig geträumt. Gemeinsam hatten sie das Porträt einer adeligen Familie auf einer neuartigen amerikanischen Fotoplatte aus Zelluloid eingefangen: Belichtungszeit von unter zehn Sekunden! Ein absoluter Rekord. Schweißgebadet war Viktor aufgewacht, weil die Zelluloidplatte Feuer gefangen hatte. Ob es wohl eines Tages auch möglich sein würde, seine Träume zu fotografieren, hatte er sich auf diesem Abschnitt seiner Reise gefragt, bevor die Kutsche Alland erreicht hatte …

»Hat es Ihm die Sprache verschlagen?«, riss der Beamte ihn aus seinen Gedanken.

»In dem Holzkoffer tragen wir unsere Fotokamera, die wir brauchen, um unseren Beruf auszuüben. Und einige Ingredienzien, die wir brauchen, um die Negative zu entwickeln.«

»Öffnen!«, befahl der Beamte.

»Ich denke, Er denkt da aber verkehrt …« Angerer vergaß sich und schnaufte geplagt.

»Aufmachen! Auf der Stelle.«

»Ich denke aber, dass wir denken, dass das nicht nötig ist«, widersprach er, und Hitze stieg in seinen Schädel.

»Soll Er sich denken, was Er will! Er soll auf der Stelle den Koffer öffnen!«

Auf den Beamten machte also auch seine kauzige Art keinen Eindruck. Herrschaftszeiten, die verdammten Schmerzen. Er beugte sich keuchend hinab, löste die Lederschnallen und strengte sich an, den Koffer behutsam zu öffnen.

Mit Argusaugen betrachtete der Beamte den Inhalt. »Eine Fotografiermaschine und … was ist das?« Er zückte sein Gewehr und hielt den Lauf direkt auf Angerer gerichtet.

Der ließ seine zitternden Finger über die Phiolen gleiten, die Aufschriften trugen wie Albumin, Zyankali, Salpetersäure – kurz, alles, was er brauchte, um …

»Keine Bewegung!«

Drei weitere Gendarmen kamen aus einem Gang und umstellten den Fotografen ebenfalls mit erhobenen Gewehren.

»Wir denken, Er irrt sich«, sprach Angerer und bemühte sich um Contenance, gleichwohl ihm Schweiß über die Stirn rann.

»Gehört Er gar zu den Attentätern, die im Sommer versucht haben, seine Hoheit, den Kronprinzen Rudolf, auf Schloss Laxenburg mit einer solchen Sprengstofffalle in den Tod zu locken?«

Hilfe suchend sah Angerer sich um. Und wurde fündig. »Hier.« Er richtete seinen Blick in Richtung eines Holzständers, an dem Dutzende Fotokarten hingen. Sein Herz raste. Er richtete sich mit seitlich erhobenen Händen langsam auf. Vier Augenpaare beobachteten jede seiner Bewegungen. »Was die werten Herren Gendarmen hier sehen können, das ist das Werk der Firma Gebrüder Angerer zu Wien und zu Bad Ischl.«

Die Beamten hielten einen Sicherheitsabstand zu dem Koffer verdächtigen Inhalts.

»Pardon«, sagte Angerer, trat zwischen zwei Uniformierten durch, die auseinanderwichen, und auf den Ständer zu.

Fotos von höchsten Adeligen, Burgschauspielerinnen, Generälen und Tänzerinnen – kurz: die wichtigsten Menschen im Land und alle, die dafür gehalten werden wollten. »Diese *Cartes de Visites* werden, wie jedes Kind weiß, in der Verlagsdruckerei der Familie Angerer produziert, und wer Interesse daran hat, erwirbt sie für 7 Kreuzer pro Stück und klebt sie sich in sein persönliches Fotoalbum. Die Gemahlinnen der werten Gendarmen werden bestimmt ebenfalls zu den Kundinnen der Familie Angerer gehören. Diese Geschäftsidee unseres Bruders Ludwig hat die Familie reich gemacht.« Angerer fand, wonach er suchte. Er zog eine der Karten heraus. Auf der Rückseite standen sein Name und die Adresse beider Ateliers. Die Vorderseite zeigte die Burgschauspielerin Katharina Schratt. Die ebenso berühmte wie humorvolle Dame posierte frivol lächelnd in einem Ballkleid, dessen Dekolleté mehr zeigte, als es verbarg. Direkt neben der Schauspielerin lachte dem Betrachter aus einem Spiegel auf ihrem Schminktisch ein weiteres Gesicht entgegen.

»Hier sehen die Herren unser Antlitz. Das ist eigentlich ein Kunstfehler. Aber die Schratt und unsere Wenigkeit haben diese Peinlichkeit so lustig gefunden, dass die Schratt dieses verunglückte Foto zur Veröffentlichung ausgewählt hat. Herzhaft hat die Schauspielerin über unsere Wenigkeit gelacht, wie die Herren hier an ihrer amüsierten Miene sehen.«

Ein vierschrötiger Waldschrat mit Brillengläsern neben der Geliebten des Kaisers. Der Kontrast zwischen sinnlich und skurril offenbarte in dem Kunstwerk seine Wirkung, indem er beides verstärkte. Wie würden wohl die Menschen in 100 Jahren über derlei verrückte Selbstporträts denken, hatte er sich beim Anblick des Ergebnisses gefragt. Würden sie gar eigene Namen für derlei künstlerische Missgeschicke ersinnen?

Der zwirbelbärtige Gendarm schritt zu ihm, nahm das Foto an sich und betrachtete es eingehend. Im selben Moment schien dem Beamten ein Licht aufzugehen, wie Angerer am Spiel der nach oben gezogenen Augenbrauen erriet. Angerer stöhnte demonstrativ.

Der Beamte ließ sich keinerlei Anflug von Mitleid anmerken. »Der Tatortfotograf aus Wien verspätet sich. Bis dahin können sämtliche Spuren längst verwischt sein. Wir klären hier ein Kapitalverbrechen auf.«

»Ein Kapitalverbrechen«, wiederholte Viktor gequält. »Das wird ja immer schöner.« Und ich brauche dringend einen Schnaps, fügte er in Gedanken hinzu.

»Da drinnen in der Gaststube«, verriet der Gendarm ihm hinter buchstäblich vorgehaltener Hand, »verhört ein Polizeiagent seiner Hoheit Franz Josef zur Stunde den jüngsten Bruder seiner kaiserlichen Hoheit persönlich, was eigentlich längst kein Geheimnis mehr ist. Die Gerüchte rund um das Verbrechen breiten sich gerade wie ein Lauffeuer zwischen Mayerling und der Kurstadt Baden aus.«

Der Beamte befahl seinen Kameraden, die Gewehre sinken zu lassen.

»Wir sind bereit, Ihm zu glauben, dass Er seine Ingredienzien zur Herstellung seiner Bilder braucht, wenn Er uns einen Gefallen erweist«, fuhr der Gendarm fort. »Gendarmerie-Major Vösenhuber«, stellte er sich jetzt auch ordnungsgemäß vor.

Angerer griff mechanisch nach dem Schnupftabak und gönnte sich eine Prise, um Zeit zum Nachdenken zu gewinnen. Er ahnte, worauf das Angebot dieses hohen Uniformierten hinauslief, deswegen unterließ er jegliche Respektbezeugung. Männer in Uniformen waren ihm von jeher ein Graus. »Vielleicht können wir Ihm helfen.« Er nieste und putzte sich die Nase.

Der Gendarmerie-Major betrachtete angeekelt das tausendmal gebrauchte rot-weiß karierte Taschentuch.

Angerer genoss die Reaktion. »Zufällig kennen wir auch den Erzherzog Luziwuzi gut.« Er verschwieg diesem Vösenhuber gegenüber lieber, dass er den Erzherzog auf dessen Wunsch hin im April im weißen Brautkleid fotografiert hatte. Auch für einen Fotografen galt so was wie ein Amtsgeheimnis. Das war Ehrensache. »Wenn Er uns einen guten Schnaps und einen Tiegel Rosssalbe besorgt, dann können wir Ihm vielleicht helfen, Herr Gendarmerie-Major«, bot Angerer an.

Vösenhuber nickte. Zum ersten Mal lächelte er gutmütig. »Wir denken, wir können Ihm in seiner Not vielleicht doch Abhilfe schaffen.«

*

Zeitungsartikel Neues Wiener Journal vom Montag, dem 23. Oktober 1882 (fünf Tage zuvor)

Bad Ischl. Ausgerechnet im Hotel *Goldenes Schiff*, bekannt, weil einst darin unser allerhöchster Kaiser Franz Josef seiner Gemahlin einen Verlobungsantrag gemacht hat, ereignete sich am Wochenende unter den Kurgästen eine Diebstahlserie, in der Damen aus allerhöchsten Adelskreisen ihrer wertvollen Schmuckgegenstände beraubt wurden. Als Hauptgeschädigte gilt die kaiserliche Hofdame Maria Theresia Festetics, im Volke besser als Gräfin Tolna bekannt, welche ein silbernes Geschmeide vermisste. Dank der mutigen Gendarmerie und der Aussage eines Dienstmädchens konnte der Dieb recht schnell dingfest gemacht werden. Es handelte sich um einen ungarischen Landsmann der Gräfin, einen gewissen Ferenc László. Nach László wurde bereits zuvor in Zusammenhang mit anarchistischen Umtrieben innerhalb der Meidlinger Arbeiterkasernen gefahndet. Sollte sich herausstellen, dass dem kriminellen Ungarn neben den Diebstählen auch das Verbrechen des Landesverrates angelastet werden kann, so erwartet den Angeklagten keine Gnade vor Gericht. Die Todesstrafe ist ihm sicher.

In Begleitung der Gräfin Tolna soll auch ein russischer Geistlicher gesehen worden sein, der ihr nach dem Vorfall seelischen Beistand leistete. Jedoch musste besagter Geistlicher noch am selben Abend abreisen, und die Tolna blieb allein in ihrem Unglück zurück. Der geraubte Schmuck blieb leider verschwunden – kurios: Das Geschmeide der Gräfin Tolna, das die allerhöchste Kaiserin der Tolna persönlich durch die Prinzessin Martha von Wittelsbach zum Geburtstag überreichen ließ, fand sich wie durch ein

Wunder tags darauf im Hotelzimmer der Gräfin wieder. Wer das Schmuckstück dorthin gelegt hat, darüber darf zur Stunde noch gerätselt werden. Übrigens weilte die allerhöchste Kaiserin zur selben Zeit in Davos, wo sie sich mit einem Mitglied der allerhöchsten kaiserlichen Familie getroffen haben soll. Begleitet wurde unsere allerhöchste kaiserliche Majestät Elisabeth von Österreich-Ungarn dabei von der Schauspielerin Mina Pick, die nach wie vor eng mit Kronprinz Rudolf, dem Sohn der kaiserlichen Hoheit, befreundet sein soll. Mina Pick soll in zehn Tagen den Grafen Reinhard zu Leiningen, ebenfalls ein sehr enger Freund von Kronprinz Rudolf, endlich heiraten. Wahrscheinlich haben die beiden Damen in Davos nach einem Brautkleid Ausschau gehalten, darf vermutet werden. Mehr ist über den Grund des Aufenthalts der Kaiserin in der Schweiz nicht bekannt.

4. Kapitel

Ihr gegenüber in der Kutsche saßen eine gewisse Freifrau Helene von Vetsera und ihre zwölfjährige Tochter, die von ihrer Mutter Mary genannt wurde. Nachdenklich betrachtete Liesel das Mutter-Tochter-Gespann, das bei Rodaun zugestiegen war. Während die Freifrau volle drei Stunden teilnahmslos aus dem Fenster blickte, konnte das Mädchen Mary ihre Füße keine zwei Minuten still halten, was die dritte Mitreisende auf den Plan rief, nämlich die Gräfin Tolna. Den Argusaugen der kaiserlichen Hofdame, die bereits bei Hietzing zugestiegen war, schien nichts zu entgehen.

Liesel, die in der Kutsche jede Unebenheit der Straße in ihrem Rückgrat spürte, schauderte beim Anblick des gestrengen Profils der Gräfin. Die spitze Nase der Tolna, das schmale Kinn und der dünne, zerbrechlich wirkende Hals erinnerten Liesel an die Kaiserin. Beide wirkten nach außen unglaublich filigran. Aber ob die schmalen Lippen jemals ein Lachen zustande gebracht hatten, wagte Liesel nach den drei Monaten, seit sie einander kannten, zu bezweifeln. Die Tolna trug an ihrem Hals ein Geschmeide mit Stern und einem Delfin in der Mitte. Liesel wusste um die seltsamen Vorgänge in Bad Ischl nur vom Hörensagen Bescheid, weil die Schneiderin Sophie ihr hinter vorgehaltener Hand davon erzählt hatte. Ein fast identisches

Geschmeide hatte Liesel auch bei der Kaiserin schon des Öfteren gesehen. Warum Elisabeth niemanden nach Davos mitgenommen hatte, hatte auch Sophie ihr nicht erklären können. Und auch die Tolna hatte Elisabeth von Habsburg ausnahmsweise nicht begleiten dürfen. Dabei war die Gräfin schon vor Liesels Zeit die Lieblingshofdame ihrer Majestät gewesen. Liesel sann über das Verhältnis der beiden nach und fragte sich, ob im schmalen Munde der Gräfin jemals mehr als eine Handvoll Backerbsen zum Mittagessen verschwunden waren. In puncto Essen verhielten die beiden hohen Damen sich wie eineiige Zwillinge. Auch gehörte die Tolna zu den Auserwählten, die mit der Kaiserin Turnübungen in der Hofburg und regelmäßig Dauerlauf im Schönbrunner Schlossgarten absolvierten. Warum nur aßen diese Damen so gut wie nichts?

Liesel hingegen genoss es stets, sich in der Dienstbotenküche von den meist noch fast vollen Tellern der beiden Damen im Anschluss an das Mittagessen zu bedienen – gemeinsam mit den anderen Angestellten in der Hofburg. Am besten schmeckte ihr ein Essen, das die Dienstboten heimlich »Kaiserschmarrn« nannten. Der Name an sich war eine Majestätsbeleidigung und durfte Franz Josef wohl nicht zu Ohren kommen.

Überhaupt hatte Liesel noch nie in ihrem Leben so viele zuckersüße Mehlspeisen vorgesetzt bekommen wie in Wien. In der Hinsicht war ihr Leben bei Hofe das reinste Paradies. Da waren ein paar zerrissene Pfannkuchen nicht der Rede wert. Aber missglückte Pfannkuchen einfach wegzuschmeißen – das konnten sich wirklich nur die Reichen dieser Welt leisten. Und das Wort »Diät« hatte Liesel zum ersten Mal in ihrem Leben aus dem Mund der Kaiserin vernommen. Diät ist so was wie eine freiwillige Fastenzeit – nur ohne Herrgott, hatte sie sich das Wort selbst erklärt und sich den herrlich duftenden Kaiserschmarrn mit jeder Menge Zwetschkenröster* schmecken lassen.

Das viele Essen hatte Liesel müde gemacht. Nun in der Kutsche gähnte sie herzhaft und rang darum, wach zu bleiben. Das Mädchen Mary zappelte und wetzte auf der Sitzbank hin und her. Hielt sich dadurch wach. Liesel gefiel das lebhafte Kind.

Die Gräfin Tolna verpasste Mary ohne Vorwarnung eine klatschende Ohrfeige.

Vor Schreck zuckte Liesel zusammen und war mit einem Mal wieder hellwach.

»Jetzt reicht es aber!«, fauchte die Gräfin Tolna die ebenso verdutzt dreinblickende Freifrau von Vetsera an, »dieser ungeschickte kleine Trampel ist uns mit seinen schmutzigen Stiefeln auf den Rocksaum unseres Kleides getreten. Aber eine solche Unachtsamkeit ist ja typisch für so ein Balg, dessen Vater nur dem bürgerlichen Adel entstammt. Das Kind eines Emporkömmlings. Dem Kind fehlt das blaue Blut und die edle Abstammung, die es braucht, um still zu sitzen.«

Mary hielt sich mit tränennassen Augen die Wange und war wie zur Salzsäule erstarrt. Zu keiner Bewegung mehr fähig.

Die Züchtigung ihrer Tochter durch eine fremde Person versetzte die Freifrau von Vetsera sichtlich in Empörung. Die dunklen Augen flackerten wie das Licht einer schwarzen Kerze. Erfüllt von unterdrückter Wut. Die ersten Laute, die den Weg über Helene von Vetseras herzförmige Lippen fanden, hätten daher auch Griechisch oder Latein sein können – jede Sprache. »Chazi Tourkia.« Lie-

* eine Art Zwetschkenkompott

sel verstand kein Wort. »Was fällt Ihnen ein? Nur weil Frau Gräfin im Allerwertesten der allerhöchsten Kaiserin daheim ist, hat Sie noch lange nicht das Recht, meine Tochter zu watschen. Das muss Sie schon mir als ihrer Mutter überlassen, wann immer es angebracht ist. Ich schlage meine Tochter selbst, wenn ich es für richtig halte!«

Demonstrativ schlug sie ihr Kind auf die andere Wange, das daraufhin stumm in Tränen ausbrach und das Gesicht zwischen den Händen versteckte.

Das konnte die Tolna erwartungsgemäß nicht auf sich sitzen lassen. »Wenn es uns genehm ist, dann werden wir dafür sorgen, dass der Kronprinz Ihr und Ihrem Balg keinerlei Einladung mehr zukommen lassen wird. Und wer ersetzt uns jetzt den Schaden?«, jammerte sie.

Die Gräfin hob demonstrativ ein Bein und präsentierte den Rocksaum, an dem sich, abgesehen von einer winzigen Staubspur, nicht die geringste Verschmutzung zeigte.

Die Demütigung, geschlagen zu werden, wog schlimmer als jeder körperliche Schmerz. Liesel kannte Bestrafungen mit Haselnussstecken, auf Holzscheiten knien zu müssen und andere Torturen nur all zu gut. Wer sein Kind liebt, der züchtigt es, so lautete eine der wichtigsten Regeln der Erziehung. Und so tat Mary ihr entsetzlich leid. Sie hielt das Mädchen und streichelte es.

»Aber Gräfin Tolna«, versuchte sie zu beschwichtigen, »das ist doch nichts weiter als ein bisserl Erde und ein wenig Pferdemist aus Rodaun. Der bürgerliche Adel soll dort sogar seine Sommerfrische verbringen. So schön ist es dort. Gerne kümmere ich mich bei unserer Rückkehr darum, dass der Saum wieder sauber gewaschen wird. Die Schneiderin Sophie weiß bestimmt eine Methode, wie man das wieder gänseblümchenweiß hinkriegt, dass es wie neu aus…«

»Das wär ja noch schöner!«, fuhr die Tolna ihr über den Mund, als die Kutsche aus heiterem Himmel ruckartig bremste. Die Damen hielten sich händeringend an den versilberten Griffen am geblümten Plafond fest. Liesel spähte aus dem Fenster und freute sich über den Anblick einer Kuhherde, die die Straße querte. Auch Mary schien durch den Anblick abgelenkt und lächelte vorsichtig. Ach, wie schön wäre es, wieder das Leben der einfachen Hirtin zu führen – und selbst das Leben der Dirne, die nachts im Stall auf einem Strohsack schlief, erschien Liesel in diesen Momenten schöner und sinnvoller als das einer Hofdame oder Kammerdienerin am Wiener Hofe.

Die Gräfin entrüstete sich. »Was stinkt denn hier so gottserbärmlich zum Himmel?«

»Das ist nur Kuhdung«, erklärte Liesel und gluckste. »Wenn es Nacht und kalt wird, dann kann man seine Füße da hineinstecken, und es wird einem herrlich warm ums Herz. Und wenn man keine kalten Füße kriegt, dann kann man schließlich auch nicht krank werden.«

»Erspare Sie uns Ihre Abscheulichkeiten, die wir uns nicht einmal vorstellen wollen. Ein Bauerntrampel – was findet die allerhöchste Kaiserin nur an einem Menschenkind wie Ihr?«

Liesel gefiel es, die Hofdame noch weiter zu provozieren. »Aber das machen doch ein jeder Hirterbub und ein jedes Hirtermadel«, gab sie sich scheinbar arglos. »Was soll an Kuhdung denn schlecht sein? Die Kühe fressen doch nur Gras. Und folglich ist das, was hinten aus ihnen herauskommt, doch auch nur wieder …«

»Jetzt reicht es aber wirklich! Hat Sie denn überhaupt keine Manieren beigebracht bekommen?« Die Gräfin Tolna packte Liesels Arm und stieß sie wütend in eine

Ecke der Kutsche. »Die Kaiserin persönlich hat uns aufgetragen, auf ihre kleine Kammerdienerin aufzupassen. Dafür soll Sie uns gefälligst dankbar sein. Und Sie soll gefälligst Ihren vorlauten, kleinen, dreckigen Bauernmund halten, bevor Sie uns noch in eine Ohnmacht treibt und wir unser Riechsalz brauchen«, schäumte sie vor Wut.

Liesel sprach mit fester, furchtloser Stimme: »Aber das hat die Kaiserin mir doch gar nicht mitgeteilt, dass Frau Gräfin Tolna auf mich bei dieser Reise achtgeben sollen.«

Die Tolna lief krebsrot im Gesicht an. »Wir sind hier die Hofdame der Kaiserin, also ist es selbstredend unsere Aufgabe, die engste Dienerin der Kaiserin zu bewachen, bevor Sie was Dummes anstellen kann. Bilde Sie sich nur ja nichts darauf ein, dass Sie ... dass Sie ... ach! Wir werden dafür sorgen, dass ... dass ...« Der Gräfin schienen die Worte zu fehlen. Sie ließ Liesels Arm los und betrachtete ihre eigenen Hände mit einer Miene, als habe sie soeben in stinkenden Schmutz gelangt.

Jetzt wiederum spürte Liesel Wut in sich hochkochen. Wann würden diese ganzen Reichen und Großkopferten endlich einmal einsehen, dass auch die kleinen Leute ihre Würde und ihren Stolz besaßen?

»Frau Gräfin glauben wohl, ich fürchte mich davor, vom Wiener Hof wieder davongejagt zu werden?«, sprach sie aus, was die Tolna aus irgendeinem Grund nicht gewagt hatte.

»Jeder fürchtet sich davor, in Schimpf und Schande vom Hof gejagt zu werden. Auch Sie in Ihrer dümmlichen Bauernschläue, die Ihr von Gott in Ihre dümmlichen Gesichtszüge geschrieben worden ist, kennt diese Angst. Oder?«

Liesel verharrte stumm für einen Atemzug. Die Miene der Tolna verriet Unsicherheit.

»Die einzige von uns beiden, Frau Gräfin, die Angst davor hat, tief zu fallen, das sind Sie. Eine Kuhhirtin hat nämlich immer ein Auskommen. Sie kann als Dirne arbeiten und als Kellnerin in einer Poststation, weil sie sich für keine Arbeit zu schade ist. Aber eine Dame … Was kann eine Dame schon? Außer Kleider vorführen und über alles und jeden lästern, der sich nicht an die spanische Etikette hält? Und gerade deswegen können Sie mich nicht ausstehen, Gräfin Tolna, weil Ihnen selbst Ihre drei Sprachen, die Sie von klein auf gelernt haben, nix nützen, wenn Sie allein überleben müssten. Sie würden verhungern. Sie können sich ja nicht einmal selber Ihre eigene Nase pudern. Sogar das machen die Kammerdienerinnen für Sie. Nichts haben Sie als Dame gelernt, was ein Mensch im Leben braucht, um zu überleben. Sie könnten ja die gute Buttermilch net einmal vom süßen Rahm unterscheiden.«

Die Freifrau von Vetsera und ihre Tochter Mary maßen Liesel mit offenen Mündern. Eigentlich hätte sie eine Strafe fürchten müssen, aber zum ersten Mal seit Langem spürte Liesel ihr Herz mutig und entschlossen gegen den Brustkorb schlagen. Liesel reckte das Kinn nach vorne. »Ich pfeife auf Ihren Kaiser, auf die Kaiserin und auch auf Sie, Gräfin Tolna. Auf Ihre vermaledeiten Diäten. Ich will essen, was mir schmeckt. Und auf dieses Korsett und auf diese Röcke, in denen sich kein Mensch jemals richtig frei bewegen kann, kann ich verzichten. Jede Kuh auf einer Alm hat ein glücklicheres Leben als eine Dame am Wiener Hof.« Sie klopfte laut und deutlich gegen die Wagentür. Im Nu huschte ein Diener im Frack herbei und wartete auf Anweisungen.

Die Tolna verdrehte die Augen. »Was hat dieser Bauerntrampel jetzt schon wieder vor?«

Liesel ignorierte die Provokation. »Aufmachen!«, rief sie. »Bevor ich noch ersticke in diesem … diesem … rollenden Zuchthaus*!«

Sie wusste, was sie zu tun hatte. Und kein Mensch konnte sie von ihrem Plan abhalten …

Die Tolna erkannte ihre Absicht zu spät. »Nein! Der Brief …«, rief sie entsetzt. »Was fällt Ihr ein? Das darf Sie unter gar keinen Umständen. Das ist Verrat an Ihrer allerhöchsten Kaiserin!«

Liesel zauberte lachend das Kuvert aus ihrem Dekolleté hervor und wedelte damit vor der Hofdame herum. Die Tolna langte blitzschnell wie eine Taschendiebin danach. Liesel zog es ihr munter unter der Nase weg, wie man ein Stück Faden einer verspielten Katze entzog. Der Diener öffnete die Wagentür, und Liesel sprang nach draußen. Die Tolna folgte ihr hysterisch schimpfend und schreiend. Liesel lief um die Rückseite der Kutsche herum, täuschte wie beim Fußball und schlug Haken rund um das Gefährt. Die Tolna stöckelte ihr auf ihren hohen Absätzen hinterher, was Liesel zum Lachen brachte. Das regelmäßige Lauftraining mit der Kaiserin befähigte die gebürtige Ungarin zwar zu einer immensen Schnelligkeit, aber mit einer ehemaligen Kuhhirtin konnte sie nicht Schritt halten. Liesel stürmte geradewegs in die Kuhherde hinein. Die Tiere witterten offenbar ihr Vorhaben. Muttertiere verharrten nervös mit den Vorderbeinen stampfend neben ihren Kälbern, auch massige Ochsen bewegten sich angriffslustig und senkten ihre Hörner. Die Gräfin sah ihre letzte Chance, Liesels habhaft zu werden, schwinden und schrie und tobte vor Zorn. Liesel zwängte sich elegant zwischen den Tieren

---

* alter Ausdruck für Gefängnis

hindurch, tastete furchtlos nach der einen oder anderen Blesse und rief: »Aoh, meine Öchsl! Aoh …« Tausendmal hatte sie diesen Hirtenspruch, den jedes Kind in ihrer Heimat kannte, gebraucht, um ihre Herde zu beruhigen und zusammenzutreiben. Was sich bewährt hatte, zeigte auch dieses Mal Wirkung, denn die Rinder ließen Liesel seelenruhig passieren, wohin gegen sie der Hofdame gegenüber eine undurchlässige Mauer bildeten. Die Gräfin wich zurück und rettete sich in den Innenraum der Kutsche. Die Pferde scheuten und schnaubten. Liesel lachte ein letztes Mal Tränen und lief über die Wiesen davon, sprang hinter Büsche und kletterte über das Gatter einer eingezäunten Weide. Sie sank in Kuhfladen ein, was sie nicht im Geringsten störte. Im Gegenteil – die Kuhfladen rochen herrlich würzig. Sie spähte verträumt in den Himmel. Über Wipfeln und Wald thronte eine Ritterburg oder ein Schloss oder was auch immer am Horizont. Ein wenig erschöpft suchte sie hinter einem Gestrüpp aus wilden Brombeeren Zuflucht, wo sie sich der unbequemen, viel zu engen Schuhe und Strümpfe der Kaiserin und des Oberkleides entledigte und zuletzt den Knoten des Korsetts mit brachialer Gewalt löste. In tiefen Zügen genoss sie die klare, kühle Luft des Waldes und die wärmenden Sonnenstrahlen. Endlich konnte das verfluchte Korsett ihr nichts mehr anhaben! Sie schleuderte es ins Gebüsch. Den langen Unterrock bei jedem Schritt mit den Händen haltend, hüpfte sie über Moos und Nadeln, Stock und Stein, Felsen und morsche Baumstämme und Zweige. In weiter Ferne hallten Kuhglocken, Rinder muhten friedlich. Ein Hahn krähte, Hühner gackerten. Nie zuvor hatte der Waldboden unter ihren Füßen sich herrlicher angefühlt – wie Heimat. Die

Gerüche in ihrer Nase waren eine Verheißung von süßem Waldhonig, den sie so sehr liebte, und Freiheit. Und so lief und lief sie eine Stunde ohne Pause.

Bei einer Lichtung im Wald erspähte sie in 30 Metern Entfernung die Säulen eines römischen Tempels. Der Anblick eines antiken Bauwerks mitten in der Natur schien ihr auf den ersten Blick befremdlich. Sie kannte derlei künstlich angelegte Ruinen nur aus dem Schlossgarten von Schönbrunn. Nach kurzem Zögern rannte sie einfach darauf zu und hielt sich an einer der prächtigen Säulen fest, um Atem zu schöpfen. Ein grelles Licht – wie ein Blitz – blendete sie jäh, und sie musste unwillkürlich die Augen zusammenkneifen. Zuerst sah sie nichts als Schwärze, es folgten rot-violette Punkte an der Innenseite ihrer Lider. Erblindete sie jetzt als Strafe für ihren Ungehorsam? Eine religiöse Angst ergriff sie, weil sie als Untertanin gegen die vom Herrgott gewollte Ordnung der Welt verstoßen hatte.

Wurde sie nun mit Blindheit geschlagen wie der Apostel Paulus, den ein Blitzstrahl aus dem Himmel getroffen hatte?

Sie hörte Männerstimmen …

»Kruzifix! Ja, welcher Depp läuft mir denn da mitten in meine schöne Aufnahme hinein? Ewig schade um die schöne gläserne Fotoplatte, die ich dafür vergeudet habe … Und Kreuzweh hab ich auch noch immer!«

Ein zweiter Mann sprach in amtlichem, befehlsgewohntem Ton. Liesel verstand kein Wort davon, woraufhin der erstere erwiderte: »Also, ich denke, Herr Gendarmerie-Major, wenn ich mir das vorher schon gedacht hätte, dann … dann … ja dann hätt ich das mit der Tatortfotografie von Vornherein bleiben lassen. Also ich brauch jetzt erst mal eine anständige Prise, und einen Slibowitz habe ich auch immer noch nicht gekriegt. Mir reicht's jetzt.«

5. Kapitel

Der Gendarm drehte ihre Arme auf den Rücken und hielt sie grob mit seiner riesigen Pranke fest. Mit der anderen riss er das schmucke Hütchen mit den bunten Bändern von den Resten ihrer Hochsteckfrisur, worauf ihre Haare sich lockig und wie ein wildes Gewässer über die Schultern ergossen. Der zweite Mann verharrte neben seinem Holzkasten und verfolgte durch lupendicke Brillengläser jede Phase des Spektakels, während er sich mit einem rot-weiß karierten Taschentuch die Nase putzte, was seine Aufregung verriet.

»Ich kenn diese …«, stammelte er und wandte sich an Liesel: »Dich kenn ich doch von irgendwoher. Du bist doch die …« Er steckte das Taschentuch in seine Rocktasche.

Der Gendarm hakte ein: »Will Er sagen, Er kennt diese Landstreicherin, die die weißen Unterröcke einer Dame gestohlen hat? So wie sie aussieht, würde es mich nicht wundern, wenn diese Diebin sich ihr Geld auch noch auf andere unanständige Weise verdient. Das ist doch eine …«

Jetzt fiel der Brillenträger dem Gendarmen ins Wort: »Kennen wäre zu viel gesagt, Herr Gendarmerie-Major Vösenhuber.« Er schmunzelte unter seinem dichten Bart. »Aber uns ist schon so einiges über die berühmte Lieselliesel vom Wiener Hof zu Ohren gekommen. Wir haben auch schon so einige Fotos mit ihr und der allerhöchsten Kaiserin und ihren Hofdamen gesehen. Diese junge Dame hier ist ein Ebenbild der jungen Kaiserin, nur nicht gar so dünn, sondern ein Musterexemplar an sinnlicher Weiblichkeit, wie ich mir denke, dass ich über sie denke.« Was war das nur für eine komische Redewendung, die der Mann da benutzte? Er kratzte sich am Kopf und fuhr fort: »Außerdem sind ihre Augen himmelblau statt haselnussbraun, auch das ist, so denke ich, ein Unterschied. Außerdem sollte sie heute in Mayerling eintreffen und uns zusammen mit dem Erzherzog begegnen. Die Kaiserin selbst hat uns per Telegraf noch in Wieselburg darüber informiert. Aber Herr Gendarm haben mich ja bisher nicht zum Erzherzog vorgelassen, womit sich ohne Weiteres die Identität dieser Dame klären ließe. Das ist die Lieselliesel.«

»So ein Schmarren!«, protestierte Liesel, »die Huber Liesel bin ich. Und ich weiß gar nichts von einer ›Lieselliesel‹, den Namen habe ich noch nie gehört. Und auch nichts von einer Kaiserin von Österreich. Und von einem Erzherzog Luzi…« Liesel hätte sich ob der Nennung des verräterischen Kosenamens am liebsten auf die Zunge gebissen. »Ach, der feine Herr muss sich in mir täuschen. Ich kenne Ihn nicht und habe noch nie was von Ihm und all diesen Leuten gehört. Ich bin nur eine Kuhhirtin und suche meine Herde, wenn Sie mich endlich loslassen würden, Sie Grobian, Sie grober Lackel«, sprach sie sich ihren Unmut von der Seele.

Der Mann neben der Fotomaschine grinste vergnügt. »Als Leibfotograf der Kaiserin wissen wir, was sich in Wien am Hof so alles abspielt. Die Lieselliesel soll ja so frech sein, dass die Hofdamen bereits Wetten darüber abschließen, wann Sie endlich mit Schimpf und Schande vom Hof gejagt werden wird. Ich bin übrigens der Viktor Angerer.« Er trat auf sie zu und streckte seine Hand aus.

Liesel hob die Schultern, was das schmerzhafte Ziehen noch verstärkte. »Und wenn Sie der Kaiser von China wären, soll ich mir eine dritte Hand wachsen lassen?«, rief sie ihrem Gegenüber ihre missliche Lage in Erinnerung. Sie presste die Lippen zusammen und fluchte: »Herrgott und Sakrament!«

»Ich glaube, Er kann sie jetzt ruhig auslassen«, wandte Angerer sich an den Gendarmerie-Major. »Die Liesellie-sel hat sich uns bereits zur Genüge präsentiert. Ein echter Wildfang. Und auch das Fluchen soll Ihr nicht fremd sein. Das ist Beweis genug.«

Widerwillig ließ der Beamte von Liesel ab, und sie massierte sich mit eigenen Händen Schultern und Arme.

Gendarmerie-Major Vösenhuber drehte ein Ende seines Schnurrbartes zwischen Daumen und Zeigefinger und maß sie weiterhin mit dem misstrauischen Blick des erfahrenen Beamten, dem nichts Menschliches mehr fremd war. »Sind Madame überfallen worden?«

Liesel schüttelte energisch den Kopf.

»Ausgeraubt von Anarchisten, die in diesen Tagen ein Verbrechen nach dem anderen begehen?«

Liesel verschränkte die Arme und stierte zu Boden.

»Ihre Verstocktheit lässt nicht gerade auf Unschuld schließen.« Er trat auf sie zu.

Liesel wich blitzschnell aus und beugte sich nach vorne, um einen weiteren Übergriff zu vermeiden. Dabei rutschte der Brief aus ihrem Korsett und glitt auf den Waldboden. Liesel bückte sich in Windeseile danach und ließ ihn wieder zwischen ihren Brüsten verschwinden, bevor Angerer oder der Gendarm ihn in die Hände bekamen und ihn lasen! Angerers Bewegungen wirkten ungelenk. Er überragte sie um gut zwei Köpfe, ein langer Lulatsch. Sein Parfüm war stark. Dagegen war der Geruch von Kuhfladen das reinste Paradies für jede Nase. Angerer zwinkerte ihr auch noch schelmisch zu, was sie in ihrer Unsicherheit bestärkte und den Trotz in ihr beschwor.

»Und selbst wenn ich die Genannte bin, haben die Herren kein Recht, mich anzuschauen wie eine schwangere Jungfrau Maria.«

Angerer lächelte. »Wenn meine Augen mich nicht täuschen, dann war das auf dem Brief tatsächlich das Siegel der Kaiserin. Wir sind nämlich auf dem Weg nach Wien, nachdem wir hier die Lieselliesel und den Erzherzog Luziwuzi antreffen sollten.«

»Der Brief ist aber nicht für Seine Augen bestimmt«, widersprach Liesel.

Der Gendarm verdrehte das andere Ende seines Schnurrbarts und herrschte sie an: »So? Und für wen ist diese Nachricht denn angeblich bestimmt, wenn Sie den Brief nicht doch gestohlen hat? Oder gehört Sie gar selbst zu diesem Anarchisten-Gesindel, das der allerhöchsten kaiserlichen Familie nach dem Leben trachtet?«

»Ich werde den Brief nur demjenigen überreichen, für den er bestimmt ist. Das ist der Befehl ihrer kaiserlichen Hoheit selbst. Und alles andere geht keine Menschenseele etwas an. So, und jetzt habe ich genug von den Herren. Ich …« Sie tat, als wollte sie sich entfernen. Vösenhuber baute sich wie eine Mauer vor ihr auf, woraufhin sie innehielt.

»Soso«, knurrte der Gendarm mit vor Zorn flackernden Augen, »und wie kommt es, dass Sie uns ausgerechnet hier über den Weg läuft? Das kann doch gar kein Zufall sein. Hier, bei diesem römischen Tempel im Walde des Fürsten von Liechtenstein – was hat Sie hierher getrieben?« Er nickte in Richtung des Schlosses mit seinen Türmen und Zinnen, das aus der Entfernung wie ein Postkartenmotiv hinter Baumwipfeln am Horizont thronte. Märchenhaft.

Liesel berührte eine Säule des Tempels und grübelte über eine Ausrede nach. Was hatte sie nur zu ihrer Verteidigung vorzubringen? Der Zufall hatte sie hierher geführt. Aber der Gendarm hatte sich bereits auf sie eingeschossen und verlangte nach einer anderen Erklärung. Sie würde sich unter Umständen in Lügen verstricken müssen, um ihren Hals zu retten. Ach, wie sehr sie es hasste zu schwindeln …

Angerer interpretierte ihren Gesichtsausdruck wohl als Verwunderung und erklärte ihr wie ein Vater seinem Kind: »Das ist natürlich kein echter antiker Tempel. Er wurde erst vor 100 Jahren hier an diesem Ort errichtet, damit die feinen Damen und Herren einen romantischen Ort haben, wo sie ihre Picknicks veranstalten können. Sie kennt das bestimmt auch vom Schlossgarten in Schönbrunn, wie wir annehmen dürfen. Die Menschen wollten eben immer schon lieber in die gute alte Zeit zurück als in eine ungewisse Zukunft, in der es Kräfte gibt, die die alte Ordnung umstürzen wollen. Aber wann in der Menschheitsgeschichte war die Zukunft jemals nicht ungewiss, fragen wir uns.« Er kratzte sich an der Schläfe und erinnerte Liesel an den alten Dorfschullehrer, den sie nur sehr selten in ihrer Kindheit zu Gesicht bekommen hatte. Die anderen Kinder hatten sie ihrer ärmlichen Erscheinung wegen gehänselt, worauf Liesel davongerannt war und die Schule lieber geschwänzt hatte.

Liesel erwiderte trotzig: »Für die armen Leute waren die Zeiten immer schon schlecht. Und das wird sich auch nie ändern.«

Der Beamte ließ Handschellen in seinen Händen aufblitzen. »Also ist Sie doch eine Anarchistin! Wir werden Sie vorerst in Gewahrsam nehmen und ins Landgefängnis nach Wien überstellen. Und damit ist die Sache für die Gendarmerie von Baden auch schon erledigt. Sollen sich diese depperten Wiener mit dieser kleinen Betrügerin doch selber herumärgern und ihr die Rübe abhacken …«

Plötzlich verspürte sie Panik. »Nein! Bitte nicht.« Lieber sterben, als … als noch einmal nach Wien zurück. Liesel tappte wie eine Katze einen Schritt nach vorne, bereit zur Flucht. Ehe sie jedoch Fersengeld geben konnte, unterbrach Viktor Angerer die Amtshandlung des Gendarmen mit einem weiteren Einwand: »Herr Major Vösenhuber, wir benötigen die Dienste dieser jungen Dame, die man die Lieselliesel nennt, doch noch. Die allerhöchste Kaiserin selbst hat ihr doch aufgetragen, uns als Assistentin zur Verfügung zu stehen. Wir haben das Fräulein Lieselliesel bereits erwartet und sind froh, dass sie uns schließlich doch noch gefunden hat, Herr Major Vösenhuber. Das ist der Grund, warum sie schließlich zu uns hierher zur Ruine gefunden hat.«

Liesel ließ ihre Fluchtpläne für den Moment fallen und knickste vor dem Beamten in der Hoffnung, ihn milde zu stimmen. Vielleicht leuchtete ihm die Erklärung dieses Fotografen ja doch ein! Liesel fröstelte, was sicher nicht an ihren bloßen Füßen lag. Kälte machte ihr nicht so schnell was aus. Barfuß laufen war sie von klein auf gewohnt. Nervös musterte sie abwechselnd die beiden Männer und versuchte, deren Absichten einzuschätzen. Was wollte der

Fotograf von ihr? Warum stellte sich dieser ihr völlig unbekannte Mann auf ihre Seite?

Major Vösenhubers linke Braue hob sich. »Wenn ich herausfinde, dass Er mich belogen hat, dann lasse ich auch Ihn heute noch ins Wiener Landgefängnis überführen.«

Liesel bohrte mit dem rechten großen Zeh im Waldboden. »Die Kaiserin persönlich hat mich entsandt, um dem Herrn Fotografen zu assistieren, wie Herr Angerer soeben gesagt haben«, schloss sie im reinsten Pluralis Majestatis an.

»Und Ihr ungehöriger Aufzug in diesen Unterröcken?«

Liesel entschied: Nachdem Angerer mit dem Schwindeln begonnen hatte, blieb ihr nichts anderes übrig, als ebenfalls die Unwahrheit zu sagen. »Wir hatten auf dem Weg hierher ein Bedürfnis, und dabei hat der Herbstwind unsere Kleider allesamt fortgeweht. Und zu allem Überfluss haben wir auch noch die Postkutsche versäumt.«

Angerers Miene hellte sich auf. Er zwinkerte ihr zu. Er sah aus, als müsse er jeden Moment munter losprusten vor Amüsement. Die Beherrschung mochte ihm unendlich schwer fallen, verrieten ihr seine spitzbübischen Züge. Ein wirklich sonderbarer Mann.

Ehe Vösenhuber noch länger an seinen Bartenden drehte und ihr weitere peinliche Fragen stellte, beschloss Liesel, den Major mit geheucheltem Interesse auf ihre Seite zu ziehen. Das funktionierte bei Männern, die ihre Wichtigkeit in Form von Streifen auf ihrer Uniform vor sich hertrugen, meistens. Das hatte sie in Schönbrunn gelernt.

»Weiß man denn schon, wer hier der Halunke gewesen ist?«, fragte sie. Und trat von einem Bein auf das andere, um gegen das Frösteln anzukämpfen. Zu ihrem Entsetzen entdeckte sie Blut an einer der Säulen.

Der Plan funktionierte, denn der Herr Gendarmerie-Major reckte seine Brust vor Stolz und stützte sich mit den Händen am Korb seines Säbels ab, eine Pose, die ihn mehr eingebildet als heroisch wirken ließ. »Aber natürlich haben wir den Halunken bereits erwischt. Und ihm ist der Galgen auch schon so gut wie sicher«, erklärte er. »Denn unser Kaiser hat noch nie einen von diesen elenden Anarchisten jemals begnadigt. Da kennt seine allerhöchste Majestät nämlich keine Gnade, wie Sie bestimmt weiß.«

6. Kapitel

Die Glocke einer Kapelle schlug gerade 8 Uhr am Abend hier in Alland. Die Kutsche hatte eben erst gehalten. Liesel sprang heraus, um sich in der Poststation umzusehen.

Die Glieder einer armdicken rostigen Stahlkette flogen durch die Luft und trafen den Gefangenen am Hals, woraufhin er vor der Wachstube der Gendarmerie der Poststation auf die Knie sank und mit dem Kopf gegen die schmutzige Backsteinmauer prallte. Blut schoss aus seinen Nasenlöchern. Er versuchte vergebens, das Gesicht an den Schultern abzuwischen, was aufgrund der auf dem Rücken gefesselten Arme und Hände misslang. Der rote Lebenssaft überflutete das Hemd, das beim Verhör in Fetzen gerissen worden war. Die Gruppe der kaiserlichen Soldaten trat mit eisenbesetzten Stiefeln auf ihn ein und sang vollmundig aus einem Dutzend Kehlen:

»Gott erhalte, Gott beschütze
Unsern Kaiser, unser Land!
Mächtig durch des Glaubens Stütze
Führ' Er uns mit weiser Hand!
Lasst uns seiner Väter Krone
Schirmen wider jeden Feind:
Innig bleibt mit Habsburgs Throne
Österreichs Geschick vereint …«

Im Gegensatz zur Grünen Gendarmerie waren die

Röcke und Hosen der Soldaten der kaiserlich-österreichischen Armee aus einem dunkelblauen Stoff, wie Liesel längst wusste. In Liesels Ohren hallte das österreichische Kaiserlied aus den Mündern dieses halben Dutzends betrunkener Soldaten wie ein Drohgesang. Der Anblick von Armeeuniformen ließ sie noch immer erschaudern. Ihr Vater, ein einfacher Knecht, war 1866 zum Krieg der Bayern und Österreicher gegen die Preußen eingezogen worden. Liesel hatte diesen Mann niemals kennengelernt, weil er auf dem »Feld der Ehre«, wie es hieß, sein Leben sinnlos geopfert hatte. Ein Rossknecht, der sein Leben für die Reichen und Mächtigen gelassen hatte, einer von vielen. Liesel stand wie paralysiert im Angesicht dieser Misshandlung durch Uniformierte, die auf einen Wehrlosen spuckten und ihn traten.

»Verräter!«

»Auf das Schafott mit ihm!«

»Erschießen!

»Aufhängen …«

Der Boden schien Liesel zu verschlingen. Es war ihr, als spürte sie Schmerz und Furcht des armen Teufels. Gendarmerie-Major Vösenhuber sprang von seinem Sitz neben dem Kutschbock, als drei der Soldaten auf den Gefangenen zu urinieren begannen. Vösenhuber rannte auf die Soldaten zu und stieß den ersten, der sein Gemächt bereits ausgepackt hatte, in letzter Sekunde zurück. Lautstarke Empörung über den frechen Gendarmen machte daraufhin unter den Soldaten der kaiserlichen Armee die Runde.

»Der Gefangene gehört der Gendarmerie«, schrie Vösenhuber. »Meine Leute und ich sind für die Sicherheit dieses Mannes verantwortlich, dafür, dass ihm nichts passiert, bis ihm auf anständige Weise in Wien der Prozess gemacht wird. Die Herren mögen gefälligst zurücktreten, bevor ich mich vergesse!«

Der Soldat knöpfte seelenruhig seinen Hosenstall zu. Links und rechts zierten drei Sterne seinen Kragen. Außerdem zählte Liesel drei Knopflöcher, aber nur zwei Knöpfe, die traurig an goldenen Fäden an einer ansonsten tadellosen Uniform dieses hochdekorierten Mannes baumelten. Liesels Abneigung wuchs und wuchs. Aufgrund seiner Adlernase strahlte dieser Mann eine angeborene Arroganz aus. Der Mann schüttelte den Kopf. »Gestatten, Graf Adolf Prochaska von und zu Lilienfeld, Oberst der militärischen Geheimpolizei unseres allerhöchsten Kaisers und dafür zuständig, diesen Verbrecher dorthin zu bringen, wohin er gehört. Nämlich in die Kaserne der kaiserlichen Armee nach Meidling. Uns gehört der Gefangene – und nicht der Gendarmerie!«

Etwas im linken Auge des Obersts verstärkte den Eindruck von Gefühlskälte auf eine rätselhafte Art. Dieses Auge blickte unverwandt Vösenhuber und den Gefangenen an, was Liesels Aufmerksamkeit umso mehr auf sich zog.

»Graf Oberst Lilienfeld«, erwiderte Major Vösenhuber scheinbar unbeeindruckt. »Dieser Fall unterliegt unserem Verantwortungsbereich, weil es sich um nichts weiter als ein Verbrechen an Leib und Leben handelt. Wir haben den Gefangenen in der Nähe mit einem Gewehr aufgegriffen. Der Gefangene gehört daher ins Zuchthaus in die Wiener Josefstadt. Er ist ein ganz gewöhnlicher Mörder.«

Graf Oberst Lilienfeld straffte seine athletischen Schultern unter der Uniform. Das rechte Auge verwandelte sich in einen Schlitz, das linke erinnerte Liesel aufgrund seiner tumben Ausdruckslosigkeit mehr und mehr an das einer Porzellanpuppe.

»Dieser Ungar, Major Vösenhuber, hielt sich zuletzt in einer Arbeiterkaserne in Meidling auf. Dort soll er zusammen mit einer Gruppe von Verschwörern, die einem ungarischen Geheimbund angehören, verkehrt haben. Zu seinen Bundesbrüdern gehört außerdem der bereits verhaftete Anführer Ferenc László, der in Bad Ischl die Gräfin Tolna und andere Damen des Adels bestohlen haben soll. Dieser verbrecherische Geheimbund plant den Umsturz unserer Monarchie und ruft mit Flugblättern in den Fabriken zur Revolution gegen den allerhöchsten Kaiser auf. Die Sache unterliegt somit der militärischen Geheimpolizei, deren Agent ich bin. Es obliegt daher allein mir, die letzten Geheimnisse aus diesem Landesverräter herauszupressen. Hier.« Prochaska entrollte ein Blatt Papier und reichte es mit angewiderter Miene Vösenhuber.

Inzwischen hatten die anderen Soldaten dem Gefangenen auf die Beine geholfen und hielten ihn, da er vor Schmerzen kaum mehr allein aufrecht stehen konnte. Tränen, die der Gefangene vergeblich zu unterdrücken versuchte, liefen über sein Gesicht, dessen eine Hälfte monströs angeschwollen war. Liesel warf Angerer einen um Rat heischenden Blick zu. Diesem Mann in seiner misslichen Lage nicht zu helfen, hätte sie sich selbst nicht verzeihen können. Sie musste handeln. Konnte gar nicht anders. Und wenn es bedeutete, dass … Der Fotograf schien zu ahnen, was in diesen Momenten in ihr vorging, sagten ihr seine Augen. Sie selbst wusste nur zu gut, wie es sich anfühlte, wenn man hart angefasst wurde. Und so ahnte Angerer schon, was sie vorhatte, denn sie erkannte sein Nicken nur noch aus den Augenwinkeln, als sie auf den Gefangenen zustürmte …

Hoffentlich würden die Soldaten einer Frau keine Gewalt antun – bei ihrer Ehre!

Das war die Hoffnung, an die Liesel sich klammerte.

»Lauf, meine Lieselliesel! Lauf«, hörte sie Angerers Stimme hinter ihrem Rücken, sie anfeuernd.

Da stand Liesel schon längst bei dem Ungarn. Sie benutzte ihren staubigen Rock, um sein Gesicht von Blut und Schmutz zu reinigen. Der Gefangene murmelte kaum hörbar in deutscher Sprache ein »Vergelt's Gott, Madame.« Er schien gerührt, da er lauthals in Tränen ausbrach. Wie die heilige Veronika, die Jesus auf dem Kreuzweg ein Schweißtuch gereicht hatte, mochte die Situation auf die Soldaten wirken, die sie mit spöttischen Mienen betrachteten. Liesel verabscheute jedoch den Kirchgang und die Messen. Dann formten die Lippen des Mannes neben Liesels Ohr ein Wort, ein ersticktes Flüstern: »Atejtestvérei …« Seine Stimme erstarb. Liesel hielt ihn und spürte sein Beben an ihrem Körper sich fortsetzen, die Todesangst wirkte ansteckend. Bevor sie nachfragen konnte, was das Wort zu bedeuten hatte, ergriffen die Uniformierten sie wiederum unter den Armen und hielten sie nun auch wie ihre Gefangene. Liesel leistete keinerlei Widerstand, was ihr in Anbetracht der Übermacht als das Vernünftigste erschien.

Das musste wohl Ungarisch sein – vielleicht, dachte sie.

Sie schaute Hilfe suchend zu Angerer. Dieser leistete ihr endlich die ersehnte verbale Schützenhilfe. »Als Tatortfotograf ist es unsere vornehmste Aufgabe, von dem Gefangenen ein Bild anzufertigen. Nachdem dies bis jetzt noch nicht geschehen ist, warnen wir euch alle davor, dem Manne weitere Verletzungen zuzufügen, die ihn unkenntlich machen könnten. Wir brauchen ein Foto, auf dem die Richter ihn auch erkennen können. Also gestattet meiner

Assistentin und mir, sein Gesicht zu reinigen, und vielleicht findet sich im Keller der Poststation ja noch etwas Eis, damit auch die Schwellung schleunigst gekühlt werden kann, bevor die Herren ihn dann pflichtgetreu nach Meidling zur Kaserne bringen können, Graf Oberst Lilienfeld. Ihr wollt den armen Teufel doch nicht jetzt schon halb tot schlagen, bevor der Scharfrichter ihn köpfen kann. Es ist besser, Er hält sich an das Gesetz. Schließlich muss es doch auch in Seinem militärischen und allerhöchsten persönlichen Interesse sein, nicht ein Leben lang nur auf dem Rang eines Oberst zu dienen, oder?«, machte Angerer eine gefährliche Anspielung, auf den Rang des Obersts.

Was führte er nur im Schilde?

Lilienfeld reckte sein glatt rasiertes Kinn. Von einem Zivilisten auf diese Weise herausgefordert zu werden, geschah diesem Militäragenten offenbar höchst selten. Er trat widerwillig auf Angerer zu. »Lasst das liederliche Frauenzimmer los!«, befahl er seinen Männern, was augenblicklich geschah, und fuhr an Angerer gewandt fort: »Wenn es Ihm gefällt, dann soll Er halt ein schönes Foto zu seiner Erinnerung von dem Verräter machen. Aber merke Er sich, von diesem Tag an haben wir auch ein Auge auf Ihn, so wie wir alle Staatsfeinde stets im Auge behalten. Hat der feine Herr Tatortfotograf uns verstanden?«

Lilienfeld spie Angerer demonstrativ vor die Stiefel.

Angerer nickte. »Er kann uns ja sein linkes Glasauge gleich mitgeben. Dann stellen wir es zu Hause in unserem Atelier auf, damit Er auch wirklich stets ein Auge auf uns hat.«

Lilienfelds Züge schienen trotz der einsetzenden Dämmerung zu leuchten wie ein Streichholz. Die Adern an seiner Stirn pochten sichtlich vor Wut. Seine Untergebenen wagten kaum eine Miene zu verziehen, fürchteten wahrscheinlich eine schikanöse Retourkutsche im Falle eines Lachanfalls.

Gendarmerie-Major Vösenhuber zwirbelte zwischen Daumen und Zeigefinger der linken Hand seinen Schnurrbart. »Wir schlagen vor, der Herr Oberst Lilienfeld der kaiserlichen Geheimpolizei und seine Männer lassen den Herrn Fotografen ganz einfach seine Arbeit tun. Und der Gefangene bleibt heute Nacht noch in Gewahrsam der Gendarmerie, damit auch wir unsere Arbeit zu Ende bringen können. Wir hätten da nämlich noch ein paar Fragen an ihn, sobald unser ungarischer Dolmetscher eingetroffen ist.«

Sichtlich bemüht, die Beherrschung zu wahren, ließ Oberst Lilienfeld von dem Fotografen ab und wandte sich Liesel zu. »Und im Gegenzug sorgt der Herr Gendarmerie-Major Vösenhuber dafür, dass dieses liederliche Frauenzimmer in seinen Unterröcken von meinen tugendhaften Soldaten ferngehalten wird. Wir wollen nicht, dass ein Weib die Moral verdirbt! Hat er uns verstanden? Außerdem wollen wir auch von ihr, diesem Frauenzimmer, ein Foto haben. Man weiß ja nie, ob sie nicht doch irgendwo als Diebin oder Prostituierte gesucht wird, so wie sie daherkommt, bloßfüßig und mit offenem Korsett, gehört sie dem horizontalen Gewerbe an …«

»Ich bin die Liesel«, fiel Liesel ihm ins Wort. »Und ich stehe hier im Auftrag der allerhöchsten Kaiserin persönlich, weil ich eine Nachricht für den Bruder des Kaisers überbringen soll. Und ich bin keine …« Allein das Wort auszusprechen, verursachte Widerstand in Liesel.

»Jaja, ganz sicher.« Lilienfeld nickte. »Wenn Sie nicht gar zu diesem ungarischen Lumpengesindel gehört und mit diesem hier gemeinsame Sache gemacht hat. Bei dem Aufruhr im Land würde mich nichts wundern.«

Liesel ahmte eine Verbeugung in feinster Manier nach Art der spanischen Etikette nach, was auf Seiten Lilienfelds wie erwartet für Irritation sorgte. »Auch eine Dienerin und eine Bauernmagd hat ihre Ehre, Herr Oberst. Wann werden die feinen Herren das endlich einmal begreifen?«

Lilienfeld wandte sich angewidert von ihr ab. »Ach, Major Vösenhuber«, sprach er, und sein Glasauge schaute den anderen wieder völlig unverwandt an, »der Gefangene gehört übrigens allein uns. Ein Gendarmerie-Major wird ihm keine einzige Frage mehr stellen.«

»Das ist …«, protestierte Vösenhuber.

»Das ist ein Befehl! Nichtsdestotrotz soll der Gefangene bis morgen früh in Seinem Polizeigewahrsam hier in der Wachstube der Poststation bleiben. Aber dann wird der Verräter nach Meidling überführt, wie es sich gehört. Das ist ein ausdrücklicher Befehl des Kaisers.«

Vösenhuber verbarg seine Fäuste in den Hosentaschen. »Wir stimmen dem Herrn Grafen Oberst Lilienfeld und seinem soldatischem Gesangsverein zu. Aber dafür bekommen wir wenigstens noch unser Foto! Mit einem heilen Gesicht.«

7. Kapitel

Das Fellbüschel flitzte wie eine Kanonenkugel im Teezimmer über das Parkett. Die Gräfin Tolna erschrak über den Anblick der feuchten Hundeschnauze, die sich ihr entgegenstreckte und ein bedrohliches Zähnefletschen offenbarte. Dabei wäre ihr um ein Haar die Tasse aus elfenbeinweißem Sankt Pöltner Porzellan aus der Hand gefallen. Reflexartig trat die Gräfin, die ohnehin einen anstrengenden Tag hinter sich hatte, nach dem Tier. »Köter!«, fluchte sie, »zur Hölle mit dir! Überall verbreiten diese Hunde ihren Schmutz. So ein Hundsvieh gehört an die Kette draußen vor dem Haus und nicht in die Villa, wo die feinen Leute sich treffen.«

Gott sei Dank verfehlte ihr Bein den polnischen Rassehund, einen Pon, der dicht behaart war und treuherzig dreinblickte. Mary Vetsera warf sich rettend zwischen die Gräfin und den Rassehund, der der Zwölfjährigen prompt Pfötchen gab und ihr voll ehrlicher, dankbarer Freude, wie nur ein Hund sie zu empfinden vermag, das Gesicht leckte. »Fifi, meine Gute, endlich sehen wir uns wieder. Wo hast du nur so lange gesteckt?«, freute sich Mary über die Begegnung mit dem fröhlichen Vierbeiner.

Die Freifrau von Vetsera mahnte ihre Tochter: »Mary, wie unappetitlich! Ein Dame verhält sich gefälligst nicht so. Du holst dir Krankheiten wie eine Bauerndirne, wenn du

Fifi auch noch Küsse gibst. Steh gefälligst auf und benimm dich, wie es sich für eine Dame gehört. Du hast heute schon genug Ärger verursacht. Mir und der Gräfin.«

»Pfui Teufel!«, entsetzte sich die Tolna über die nassen Küsse, die das riesige Fellknäuel Mary gab. Alles in Mary sträubte sich dagegen, den beiden Damen zu gehorchen. Sie ließ das Streichen der weichen Zunge auf ihrem Gesicht genussvoll über sich ergehen.

Die reinste Provokation ... dafür, dass am heutigen Tage sowohl der Gräfin als auch ihrer Mutter die Hand ausgerutscht war. Mary genoss den Ekel im Gesicht der beiden und hätte fast gelacht.

Die Tolna stellte die Tasse auf einem Flügel mit der Aufschrift »Bösendorfer« ab und wandte sich an den vornüber gebeugten Klavierspieler: »Pfeife Er gefälligst Seinen unartigen Hund zurück! Diese Bestie hätte uns beinahe gebissen und unser zweites Kleid für die Reise auch noch fast ruiniert. Überall auf dem roten Brokat hat dieser Köter seine schwarzen und weißen Haare verteilt. Passe Er doch gefälligst besser auf den unappetitlichen Köter auf, bevor der mir das Kleid endgültig ruiniert!«

Das Klavierspiel verstummte abrupt. Alle Blicke der vornehmen Gesellschaft richteten sich auf den Pianisten, der gerade dabei gewesen war, an einer neuen Operette namens *Die Fledermaus* von Johann Strauß glorreich zu scheitern. Ein Aufatmen ging nach diesen Misstönen durch den Salon mit seinen Wänden, wo mit allerlei Grün und Stuck die Illusion eines reichlichen Blattwuchses erzeugt wurde. Jedoch wagte niemand unter den Damen und Herren, dem Pianisten direkt ins Gesicht zu sehen. Dadurch entstand der Eindruck, dass allein schon der Blickkontakt dem Betrachter ein Unglück bescheren könnte, so als wäre dieses auf irgendeine Art und Weise ansteckend. Der Pianist war von schmaler Gestalt und auch nicht besonders groß gewachsen; die mickrigen Schultern versteckte ein blauer Uniformrock mit mächtigen goldenen Schulterstücken. Das dünne, schmallippige Gesicht, das eher zu einem Jungen als einem Mann gepasst hätte, warf die Frage auf, woher seine Autorität gegenüber den anderen in diesem Raum rührte. Dieser zierliche Mensch schaute mit Augen, die durchsichtig wie Libellenflügel waren, zu dem halben Dutzend der fein gekleideten Herrschaften im Teezimmer des Gutshofes in Mayerling. Anstatt der höchsten Hofdame der österreichischen Kaiserin kontra zu geben, richtete er sich bedächtig auf, schritt auf wackeligen Knien durch den Raum und kniete sich ebenfalls zu seinem Hund hinab. »Ach, meine liebe Fifi«, sprach er, »kann es sein, dass du die Menschen besser einschätzen kannst, als ein jeder Mensch jemals dazu in der Lage wäre?«

Seine Stimme hörte sich noch immer brüchig an, was niemanden verwunderte. Nach dem Attentat und den stundenlangen Verhören, die er hinter sich hatte, glich er einem Häuflein Elend. Der Hund schmiegte sich tröstend an ihn und ließ sich vergnügt die Ohren kraulen.

»Wahrscheinlich«, so fuhr er fort, »wenn wir ein Hund wären, dann hätten wir die Gräfin Tolna auch längst für ihre Überheblichkeit und Respektlosigkeit uns gegenüber in Ihr Hinterteil gebissen. Wir wünschten, wir wären die Fifi, dann wäre das kein Problem.«

»Erzherzog«, erwiderte die Gräfin nun mit einem devoten Blick hinter ihren dichten Wimpern, »es lag niemals in unserer Absicht, Ihn zu kränken. Wir wissen doch, wie sehr Ihr Euren Köt… – äh, diesen Fifi liebt und er Ihnen ans Herz gewachsen ist.«

»Fifi ist eine Dame«, korrigierte der Erzherzog. »Meine Fifi ist nämlich eine vornehme Hündin und seit Jahren die einzige Frau an unserer Seite, wie Ihr doch sicher nicht entgangen sein dürfte. Sie weiß doch sonst auch immer alles über jeden.« Er seufzte schwer. »Ach, ein schlimmeres Ende hätte dieser Tag, der so glücklich begann, wohl kaum nehmen können, dass wir nun auch noch der Hofdame unserer Schwägerin und Cousine Elisabeth gegenüberstehen. Und nur die gute Fifi uns als einzig wahre Freundin geblieben ist. Dabei hat mir die teure Schwägerin Ihr Kommen gar nicht angekündigt, Gräfin. Wie kann das nur sein? Sie ist uns hier genauso willkommen wie unser Bruder Ferdinand in Mexiko den Rebellen.«

Die Gräfin errötete, schließlich hatte der Genannte sein mexikanisches Abenteuer nicht überlebt. Die Einheimischen hatten Ferdinand Maximilian mit zahlreichen Kugeln durchsiebt. Die Geschichte lag inzwischen 15 Jahre zurück, trotzdem hatte auch Mary davon gehört. Mary drohte vor Schadenfreude das Lachen auszukommen. Diese Beleidigung von allerhöchster Stelle hatte die arrogante Ungarin sich redlich verdient.

»Wo befindet sich eigentlich überhaupt diese Lieselliesel?«, fragte Erzherzog Ludwig nach einer weiteren Schrecksekunde. »Ich meine, immerhin hat man uns per Telegraf mitgeteilt, dass eine Kammerdienerin in den abgelegten alten Kleidern unserer Schwägerin einen Brief für unsere Wenigkeit überbringen soll. Wir fragen uns mit ernsthafter Sorge, Gräfin, was hat Sie mit diesem Geschöpf nur angestellt, dass es bei Ihrer Ankunft nicht mit Ihr in der Kutsche gesessen ist?«

Erzherzog Ludwig richtete sich auf und ließ sich auf einem Sofa nieder. Er deutete seinem Hund an, neben ihm

Platz zu nehmen. Das kluge Tier leistete der stummen Aufforderung Folge und genoss die verspielten Zärtlichkeiten des Erzherzogs, der in Tränen ausbrach und schluchzte, als habe ihn auf einmal die Nachwehe eines Albtraums gestreift. »Wir sitzen hier und lassen uns von der Gräfin Tolna auf unserem Gemüt herumtrampeln, als wäre Sie eine indische Elefantendame mit riesigen Ohren, und dabei hätten wir diesen Tag mit einer Purzeltagfeier* ausklingen lassen wollen. Wie schrecklich, dass der Herrgott unsere Wenigkeit so bestraft.« Ein Weinkrampf löste sich aus den Tiefen seiner schmalen Brust.

In die Gesichter der Gäste, die nervös in ihren Tassen rührten, hielt die Erkenntnis Einzug: Der Plan, den Erzherzog nicht auf das dramatische Geschehen dieses Morgens anzusprechen, war dabei fehlzuschlagen. Zu schwer wog der Schmerz über den Verlust des Freundes – oder wie er selbst ihn nannte: »Mein Herzbube.«

Die Schauspielerin Mina Pick löste sich aus der Umarmung ihres Verlobten, des jugendlichen Gastgebers Graf Reinhard Leiningen, und suchte nach tröstenden Worten, wie ihr Gesicht verriet. Neben dem hübschen Paar hockte mit übereinandergeschlagenen Beinen Erzherzog Ludwigs Neffe, der Kronprinz Rudolf, und paffte scheinbar unbeteiligt einen Zigarillo. Die drei jungen Menschen waren eng miteinander befreundet und wussten als Einzige, bei welch kompromittierendem Treiben der Bruder des allerhöchsten Kaisers Franz Josef und der Ermordete auf so blutige Weise gestört worden waren. Ein Skandal, wenn die Hintergründe bekannt wurden. Und so schwiegen sie über die Einzelheiten, um Ludwig nicht unnötig zu kompromittieren.

* Geburtstagsfeier

Mina Pick erhob sich und nahm neben dem Erzherzog auf dem Sofa Platz. Sie hielt seine Hände. Die Mimin sprach mit einer Stimme, die auch Marys Herz wärmte.

»Was für ein schreckliches Schlamassel! Mein Verstand begreift, aber mein Herz vermag es auch nicht zu glauben, genau wie das Ihre, verehrter Erzherzog Luziwuzi. Er hätte doch neben mir den dänischen Prinzen Hamlet zum Besten geben sollen auf der Bühne des *Grey-Theaters* in Wien. Das wäre seine bisher größte Rolle gewesen. Und nun?« Sie schüttelte theatralisch den Kopf, wobei ihre schwarzen Locken trotz der Hochsteckfrisur durcheinandergerieten. Ein jeder im Raum wurde von ihrem Auftritt und theatralischen Talent in den Bann gezogen. »Der Stern des begnadeten Schauspielers Ernst Fácánkert ist verblasst für immer und ewig. Und er hinterlässt eine Lücke auf den Bühnen der deutschen und ungarischen Lande, die auf ewig ein Schmerz sein wird für alle, die ihn gekannt haben.«

Ludwig nahm den Trost dankbar auf. »Ein wahrer Freund ist von uns allen gegangen, meine allerliebste und geniale Mina«, stimmte er ihr zu. »Und wir werden keinen Tag unseres Lebens mehr in der Naivität eines Menschen zu leben vermögen, der sich in der süßen Sicherheit wiegt, dass das Unglück allein stets die anderen trifft, aber niemals einen selbst. Unsere teure jugendliche Naivität ist uns für alle Zeit geraubt worden. Unsere Liebe.«

Ludwig ließ sich in Minas ausgebreitete Arme sinken.

»Ich bin sicher, der liebe Ernst sieht uns in diesem Moment vom Himmel herab zu«, sprach sie und deutete zum Plafond, auf dem sich barocke Engelsfiguren die Hände reichten und um Wolken tanzten. Sie hob an, den Erzherzog mit einem ihrer Lieder zu beruhigen: »Schlof, main kind, main treist, main schejner, schlof-sche …«

Ludwig entriss sich jäh ihrer Umarmung. »Wir verstehen das Jiddische so schlecht, und es deprimiert uns umso mehr mit seinem schwermütigen, traurigen Klang. Wir danken Ihr für den Versuch, unserer Schwere Leichtigkeit zu schenken. Aber Ihre schöne Stimme weckt die Erinnerung daran, wie sehr mein geliebter Herzbube sich darauf gefreut hatte, bei Ihrer Hochzeit mit dabei zu sein«, sprach er zu Mina und dem Gastgeber Graf Reinhard, der ebenfalls stumm diese Szene mit großen Augen verfolgt hatte. Graf Reinhard trug eine rote Dragoneruniform. In den Diensten der englischen Königin stehend, agierte er als ständiger Gesandter am Wiener Hof. Seine aufrechte Körperhaltung selbst im Sitzen, eines preußischen Offiziers würdig, blieb auch in diesem Moment der sentimentalen Schwäche bestehen, in dem die anderen Erwachsenen aufgrund der Peinlichkeit und Trauer am liebsten das Weite gesucht hätten.

Graf Reinhard versuchte sich in Diplomatie. »Nichts würde uns mehr freuen«, erklärte er mit fester Stimme, »als seine Hoheit, den Erzherzog Ludwig, auf unserer Hochzeit begrüßen zu dürfen. Es würde unserer geliebten Mina das Herz brechen, wenn der Herr Erzherzog dem schönsten Tag ihres Lebens aus Kummer fernbliebe.«

»Wir werden kommen«, versprach Ludwig. »Wir wissen doch, wie sehr es *ihm*«, und dabei richtete sich der Blick der durchsichtigen Augen himmelwärts, »gefallen hätte, an Ihrem Ehrentag mit Ihr zu tanzen, meine hochverehrte, wunderbare Mina. Oh, mein geliebter Ernst, wie sehr ich dich vermissen werde. Für den Rest meines Lebens.«

Auch der Kronprinz meldete sich nun zu Wort. »Seid versichert, hochgeschätzter Oheim, der Ermordete war unser aller Freund, und wir alle haben sein Schauspiel stets bewundert. Der große Shakespeare, so schien es uns, muss seine Dramen in weiser Voraussicht eigens für einen begabten Schauspieler wie den lieben Ernst verfasst haben. Wenn er auf der Bühne stand, so war es im Theatersaal stets mucksmäuschenstill. Frauen und Männer waren gleichermaßen fasziniert von seinem großartigen Spiel. Alle Herzen waren ihm zugetan.«

Der 24-jährige Kronprinz hatte im Jahr zuvor geheiratet. Seine Frau und seine neugeborene Tochter Elisabeth weilten in Laxenburg. Mina Pick war über lange Zeit seine Geliebte gewesen. Das war ein offenes Geheimnis bei Hofe. Aus politischen Gründen hatte er die Belgierin heiraten müssen. Mina hatte dabei den Prinzen zur Brautschau begleitet. Kein Geringerer als Rudolf hatte daraufhin die anmutige Mina mit seinem besten Freund seit Jugendtagen, dem Graf Reinhard von Leiningen, verkuppelt. Und so betrachteten die Anwesenden jede Regung des schlanken Mannes, der sich ebenfalls von seinem Stuhl erhoben hatte und sich nun vor Mina und den Onkel, der zugleich sein Großcousin war, hinkniete. Mit seinem gewohnt glasigen Blick sah er zu den beiden geliebten Menschen auf. Er ergriff seines Onkels und Minas Hände und meinte: »Wir sind uns sicher, wenn der liebe Ernst wiedergeboren werden sollte, und Gott möge mir meine blasphemischen Worte verzeihen, dann als ein herrlicher Pfau mit bunten Federn, dessen Lebenssinn allein darin bestünde, mit seiner Pracht das Dasein aller anderen Lebewesen zu bereichern. Denn das ist er ja immerhin auch in diesem Leben gewesen, einer, der durch seine Kunst und Schönheit unser aller Leben bereichert hat. Ein wunderschöner Vogel«, sprach da der kundige Vogelfreund aus dem Thronfolger.

Die Gräfin Tolna atmete aufgeregt. Ihre Schlüsselbeine

zeichneten sich schaurig dünn vor Anspannung in ihrem Dekolleté ab. »Was für eine Mesalliance für ein Mitglied der allerhöchsten kaiserlichen Familie!«, empörte sie sich. »Haltet doch wenigstens dem Kind die Ohren zu, damit es von all den unzüchtigen Gedanken nichts mitbekommt!«, befahl sie Helene Vetsera.

Mary zuckte zusammen.

Erzherzog Ludwig fiel der Hofdame barsch ins Wort: »Von welcher Unzucht Sie spricht, ist uns ein Rätsel. Oder will Sie die Liebe beleidigen?«

Mary suchte in den Augen ihrer Mutter nach Antwort. Mary und ihre Mutter befanden sich allein auf Einladung des Kronprinzen hier auf Graf Reinhards Gutshof in Mayerling. Der Bruder ihrer Mutter, ein Bekannter des Kronprinzen, hatte die Einladung eingefädelt. Die Mutter hatte sich zuerst gesträubt, doch die Einladung eines Mitglieds der allerhöchsten kaiserlichen Familie auszuschlagen, hätte den gesellschaftlichen Tod bedeutet.

Rudolf baute sich vor der Hofdame seiner Mutter auf und sprach ein Machtwort. »Es wird eine wunderbare Hochzeit werden, die unser guter Freund, der Graf Reinhard, und die wunderbare Mina Pick schon in drei Tagen am Wiener Hofe zu Schönbrunn zelebrieren werden. Wir haben das Brautkleid gesehen, das Mina mithilfe der Kaiserin in Davos gekauft hat. Ein herrliches Gewand!«

Mary stellte sich Mina in einem weißen Brautkleid vor. Die Einladung, am Wiener Hofe zu heiraten, kam nicht alle Tage vor, und obwohl sie keinerlei Bezug zu den künftigen Brautleuten hatte, freute sie sich aufrichtig für die beiden. »Wie herrlich! Eine Hochzeitsfeier im Schloss Schönbrunn. Werden wir auch zu dem Fest geladen sein, Onkel Luziwuzi?«, fragte sie den Erzherzog.

Ihre Mutter empörte sich, wobei wie stets eine Eiseskälte ihre schwarzen Augen erfüllte. »Kind! Wie kannst du nur so vorlaut und ungezogen sein …«

Der Kronprinz fiel Helene Vetsera ins Wort: »Es wird uns ein Vergnügen sein, die Hochzeit unseres engsten Freundes und Seiner künftigen Gattin auszurichten und die Tochter der Freifrau von Vetsera unter den Brautjungfern begrüßen zu dürfen. Ihr seid herzlich eingeladen, meine liebe kleine Mary.«

Freudentränen liefen Mary über das Gesicht, und »Onkel Luziwuzi« küsste sie wie eine Prinzessin ehrfürchtig auf die Stirn. Nun streichelten mit Marys Händen insgesamt acht die freudig erregte Fifi, die unermüdlich mit dem Schwanz wedelte, als habe sie jedes Wort, das in diesem Teesalon gesprochen worden war, verstanden.

Warum nur winselte die Hündin unentwegt?

Ludwig nickte. »Wir haben der lieben Mina in Davos unser Versprechen gegeben.«

»Und es wäre auch im Sinne des lieben Ernst«, sprach Mina. »Ein Versprechen bleibt ein Versprechen auch über den Tod hinaus.«

»Über den Tod hinaus«, hallte es in Mary nach.

Und als ob die Szene nicht bereits genug an Melodramatik geboten hätte, öffnete sich die Tür, und ein weiteres Mitglied des Freundeskreises betrat federnden Schrittes das Zimmer.

»Mein lieber Josef«, sprach Mina und beäugte den Koffer in der Hand des dunkelhaarigen Mannes, »wo will Er denn zu dieser späten Stunde noch hin?«

»Nach Wien. Ein Telegramm«, berichtete er, »erreichte uns vor einer Stunde. Die liebe Valerie Grey hat uns die Rolle des Hamlet an ihrem Theater angeboten. Einerseits fühlen wir uns schuldig, dem Ermordeten die Rolle zu stehlen, wie ein Verbrecher ....« Er stockte und schaute aus seinen tiefschwarzen Augen in die Runde, wartete offenbar auf eine Reaktion. Er war ein schöner Mann mit ebenmäßigen Gesichtszügen.

Luziwuzi schien als Einziger sein Bedürfnis nach einem Freispruch wahrzunehmen. »Der Ernst hätte Ihm aufgetragen, die Rolle zu spielen, seinem ungarischen Landsmann und Bruder im Geiste, Josef Kainz. Wie oft hat er von seinem Talent geschwärmt.«

Josef Kainz atmete auf. »Dann nimmt unser Freund Luziwuzi es uns nicht übel, wenn wir noch heute eine späte Kutsche nehmen?«

Marys Hand lag auf Fifis weichem Kopf. Sie hatte diesen anscheinend unbekannten jungen Mimen erst bei ihrer Ankunft kennengelernt. Die anderen Erwachsenen munkelten über seine Beharrlichkeit, hatte sie belauscht. Er war erst gestern zum wiederholten Mal vom Hofburgtheater abgelehnt worden, was ihn zwar kränkte, ihn jedoch nur in seinem Streben bestärkte.

»Ernst Fácánkert«, meldete sich nun auch der Kronprinz zu Wort, »hat Ihn stets als das größte Talent von allen bezeichnet.«

»Reise Er«, sprach Luziwuzi, »und spiele Er den Prinzen von Dänemark.«

»Ach, am liebsten möchten wir dem ganzen traurigen Anlass auch entfliehen«, schloss Mina Pick sich an.

»Ein Pferd«, säuselte Luziwuzi und rezitierte aus Hamlet, »ein Königreich für ein Pferd gäben wir jetzt.«

Fifi hatte aufgehört zu winseln.

8. Kapitel

»Das ist ein Amtsgeheimnis«, hatte der Major Vösenhuber Liesel und dem Fotografen zur Antwort geben.

Liesel rümpfte die Nase und sah davon ab, weiter auf den Major der Gendarmerie einzuwirken. Zu gerne hätte sie gewusst, wie der Ermordete hieß und auf welche Art er zu Tode gekommen war. Aber das ließ sich einfach nicht erfahren.

»Seien wir froh«, meinte Angerer anschließend, als sie draußen in der Dunkelheit nebeneinander her spazierten, »dass der Herr Graf Oberst Adolf Prochaska zu Lilienfeld gerade noch einmal sein Glasauge zugedrückt hat, sonst wäre uns beiden unser Widerstand gegen die geheime Militärpolizei übel bekommen.«

Liesel fühlte die Müdigkeit bleiern bei jedem Schritt über die Schotterstraße in ihren Knochen. Sie hatten den Gefangenen in der Wachstube der Gendarmerie in Alland fotografiert. Der Vorgang hatte eine halbe Stunde in Anspruch genommen. Vösenhuber hatte die ganze Zeit über die Szenerie mit Argusaugen beobachtet. Liesel hatte das Gesicht des Ungarn mit Wasser und Seife gereinigt, und tatsächlich fand sich auch Eis aus dem Keller, wo die Bierfässer und Weine im Sommer stets kühl gelagert wurden. Angerer benutzte ein modernes deutsches Modell, hatte er ihr heimlich erklärt. Die Blitzmaschine stand separat. Und so hatten die anwesenden Beamten ihr die Rolle der Assistentin anscheinend abgekauft. Ein perfekt inszeniertes Zusammenspiel, bei dem Liesel den Kasten mit dem Blitzlicht bedient hatte. Auf der Hofburg wurde man ja ohnehin täglich gezwungen, den Leuten ein Theater vorzuspielen. In Wien wird jeder, was er in Wirklichkeit nicht ist, sinnierte sie. Das Gerät war ganz schön heiß geworden, und Liesel hätte sich beinahe die Finger an einem Draht verbrannt. Anschließend hatte Angerer ein Foto von Liesel gemacht und schließlich auch diese Fotoplatte dem selbstgefälligen Lilienfeld überlassen. Vösenhuber und Lilienfeld hatten sich wie zwei Konkurrenten gegenübergesessen und ihre Arbeit und den Gefangenen beobachtet.

Liesel stapfte barfuß dahin. Angerer hatte ihr seinen grünen Herbstrock mit herrlichen Hirschhornknöpfen geliehen, obwohl sie trotz des offenen Dekolletés kaum fror. Als Hirtin war sie eisige Temperaturen gewöhnt. Erst am Martinitag, dem 11. November, hatte sie das Vieh jedes Jahr zurück zu den Bauern getrieben, wie es seit jeher Tradition war. Bis dahin hatte ihr Körper mit jedem Herbsttag mehr und mehr gelernt, Wind, Kälte und Regen zu trotzen. Erst in Wien hatte sie zum ersten Mal erlebt, wie sich ein grippaler Infekt, der einen ins Bett zwang, anfühlte.

Angerer schnalzte mit der Zunge. »Ich denke, hochverehrtes Fräulein Lieselliesel, wir sollten deine Kleider finden, wenn du nicht doch krank werden willst, denkst du nicht auch?«

Liesel hob die Schultern. Dieser Mann dachte eindeutig zu viel, verrieten ihr sein zerknirschter Gesichtsausdruck und seine ständige Verwendung des Wortes »denken«. »Ich meine«, sagte sie, »ich müsste die Stelle leicht wiederfinden, wenn ich will. Ich kenn mich aus im Wald. Aber was halten Sie davon, Meister Angerer, lieber noch einmal dorthin zu gehen, wo der Tempel ist? Vielleicht finden wir etwas, das den armen Teufel von seiner Schuld entlastet. Mein Gefühl sagt mir nämlich, dass er mit dem Mord gar nix zu tun hat.«

»Wie kommt Sie darauf, fragen wir uns verdutzt, dass ausgerechnet wir zwei Laien etwas finden sollten, das dem Major Vösenhuber entgangen sein sollte? Geschweige denn dem kaiserlichen Agenten Lilienfeld.«

Das Bild der Tränen in den Augen des Tatverdächtigen, in denen ein verzweifeltes Flehen lag, begleitete Liesel auf Schritt und Tritt, seit sie die Station verlassen hatten.

»Manchmal sollen auch schon Unschuldige hingerichtet worden sein.« Und diesen hohen Herrschaften traue ich alles zu, fügte sie in Gedanken hinzu, da sie noch nicht sicher war, ob sie diesem seltsamen Kauz überhaupt vertrauen konnte.

»Hmm«, seufzte er und betrachtete den Kirchturm hinter dem Gasthaus der Poststation. 21 Uhr. »Wäre wohl schon interessant zu wissen, in welchen Schlamassel unser Freund, der Erzherzog Luziwuzi, da wieder einmal hineingeraten ist. Das ist schließlich der einzige Grund, warum wir uns als Tatortfotograf hergegeben haben, wie sich wohl jeder über uns denken kann.« Er genehmigte sich eine Prise Schnupftabak.

»Was euch Männern nur so daran gefällt, sich dieses schwarze stinkende Zeug in die Nasen zu reiben?«, fragte Liesel sich laut. »Mir hat es immer gegraust, wenn ich eure Taschentücher habe waschen müssen, wenn ich im Winter eine Bauerndirne gewesen bin.«

Angerer blieb stehen. »Darf ich dem Fräulein Lieselliesel vielleicht eine Prise als Kostprobe anbieten? Vielleicht versteht sie uns Männerleute dann ja besser.«

Wie immer, wenn sie in Aufregung geriet, bohrte sie schon wieder mit dem rechten großen Zeh im Boden, bis der Nagel wehtat und sie zum Aufhören zwang. »Das hat mir noch nie ein Mann angeboten. Weil sich so was für uns Weiberleut ja gar net schickt«, verfiel sie in ihr geliebtes Bayerisch.

»Hmm«, seufzte Angerer schon wieder, »wer kann heutzutage noch in aller Gewissheit sagen, was sich für ein Fräulein schickt und was nicht. Manchmal denke ich mir, die Belichtungszeit für einen Film könnte ruhig kürzer sein. Dann könnte ich mit meiner Kamera endlich all das einfangen, was in Wien ein jeder tut, worüber aber niemand offen zu sprechen wagt. Mit meiner Kamera könnte ich Bilder aufschnappen wie ein Spatz einen fetten Regenwurm. Was ist gegen die Technik, mit der sich allein die Männer auskennen, schon eine Prise Schnupftabak in der Nase einer Frau, die uns herrlich sympathisch ist?«

Er stellte Koffer und Stativ auf dem Bürgersteig ab. Liesel ließ sich das nicht zweimal sagen und streckte den Arm aus. Daraufhin klopfte er aus der gläsernen Flasche ein Häufchen des braunen Pulvers auf den Handrücken zwischen Daumen und Zeigefinger. Liesel rieb es sich, ohne zu zögern, in ihre Nase. Davon hatte sie schon als Kind geträumt. Entschlossen zog sie den Tabak nach oben und spürte sogleich ein feuriges Brennen bis in die tiefsten Tiefen ihrer Schädeldecke. Sie versuchte, den Tabak solange wie möglich in sich zu behalten. »Hatschi!«, nieste sie nach zehn Sekunden. Tabakkrümel und Sekret schossen ihr gleichermaßen als Rotzfahnen aus ihrer Himmelfahrtsnase, und sie ergriff mit verschwommenem Blick und fahrigen

Händen das schmutzige Taschentuch, das zuvor der Fotograf selbst unzählige Male benutzt hatte. In der Not frisst der Teufel ja bekanntlich Fliegen, dachte sie, und putzte sich damit Nase und untere Gesichtshälfte ab.

Angerer lachte, Liesels Augen tränten noch.

»Tapfer geschlagen, Fräulein Lieselliesel«, stellte er nüchtern fest, »ich denke, jetzt sind wir beim Du, Kuhhirtin, Bauerndirne und neuerdings Kammerdienerin ihrer allerhöchsten kaiserlichen Majestät, nehmen wir an.«

Liesel überhörte seinen ironischen Wortwitz und schüttelte das Taschentuch aus.

»Du«, wiederholte sie und reichte ihm das Taschentuch zurück.

»Immerhin sind wir ja jetzt auch so was wie Schnäuztuch-Verwandte«, scherzte er, »weil wir das gleiche benutzen. Übrigens, kannst du eigentlich neben dem Hirten auch noch reiten, mein bayerisches Menschlein?«

Sie hasste es, wenn sie so genannt wurde. »Ich bin mal als Kind auf einem Ochsen geritten, weil mich die großen Buben im Dorf gegen meinen Willen einfach draufgesetzt haben. Ich hab mir bei dieser Gaudi fast das Genick gebrochen, und ein Bein habe ich mir auch verstaucht.«

»Gut, das ist ja immerhin etwas. Wir gehen nämlich jetzt noch mal zur Poststation zurück und leihen uns eine von den zahmeren Stuten aus.«

»Aber …«

»Nichts da. Zu Fuß brauchen wir ewig. Außerdem habe ich ungarische Wurzeln. Und die Ungarn sich bekanntlich ein Reitervolk. Ich denke, ich weiß, was ich tue. Und außerdem erwartet die Kaiserin sicherlich, dass du ihr die wertvollen Kleider wieder zurückbringst. Also keine Widerrede!«

»Du hast kein Recht, mich zurückzubringen.«

»Als gehorsamer Untertan ist es sogar meine Pflicht!«

Liesel fühlte Panik beim bloßen Gedanken an eine Rückkehr an den Hof in sich aufsteigen. Am meisten fürchtete sie eine Begegnung mit der Hofdame Tolna. »Musst du mich denn unbedingt an den Hof zurückbringen? Wir können doch so tun, als wären wir uns hier niemals begegnet.«

»Ich verlange Dankbarkeit«, antwortete er. »Die Kaiserin hat dir eine Anstellung und ein Dach über den Kopf gegeben. Und ich habe dich heute immerhin vor einer Verhaftung gerettet. Du kannst dir denken, was du willst ... Ohne ein Dienstbotenzeugnis landest du höchstens in der Gosse. Und das würde ich mir niemals verzeihen.«

Sie ließ die Schultern hängen. Wo er recht hatte, hatte er recht.

»Ihr reichen Leute seid alle gleich«, sagte sie.

»Kopf hoch«, entgegnete er und nahm ihr Kinn, um ihr in die Augen zu schauen. »Und irgendwann sollte ja auch der Bruder des Kaisers doch noch zu seiner Post kommen. Findest du nicht, dass das deine allerhöchste Pflicht ist, Lieselliesel?«

Ehe sie protestieren konnte, griff Angerer nach seinem Gepäck und schritt zielstrebig über die staubige Straße in Richtung des Stalles der nächtlichen Poststation. Liesel spürte den Boden unter ihren Füßen wanken wie ein Floß auf einem reißenden Strom.

»Kein Mensch kann mich dazu zwingen, je wieder ein Korsett zu tragen«, schrie sie ihm hinterher und folgte ihm eilenden Schrittes. »Und diese engen Schnürschuhe werde ich auch nie wieder anziehen.«

Sie schleuderte das Paar, das an den Schnürsenkeln

zusammengebunden über ihrer rechten Schulter hing, nach ihm. Zu ihrer Wut gelang es ihm, es aufzufangen.

Er hielt ihr die Schuhe mit einem freundlichen Lachen hin und sprach: »Mein schönes Fräulein, darf ich es wagen, meinen Arm und Geleit Ihr anzutragen?«

»Was heißt das jetzt wieder?«, fragte sie verdutzt.

Er grinste scheinbar frech über ihre ratlose Miene. »Das ist Goethe. *Faust*.«

»Ich kenne keinen Goethe«, erwiderte sie trotzig und stampfte mit einem Fuß auf.

»Der ist auch schon sehr, sehr lange tot. Das war lang vor deiner Geburt, dass er verstorben ist«, erklärte er wie ein Schullehrer, eine Art, die ihre Wut noch weiter befeuerte.

»Dann ist es ja auch kein Wunder, dass ich noch nie von ihm gehört hab«, beschloss sie und stapfte ihm mit stolz gerecktem Kinn voran wie eine Königin.

9. Kapitel

Unter den Hufen der Stute lösten sich Erde und Tannennadeln.

Die Türme des Schlosses erhoben sich majestätisch über dem Wald und in den nachtblauen Himmel. Selbst die Sterne strahlten an diesem Ort viel heller als bei der Hofburg, wo der Schein unzähliger Gaslaternen das Firmament seines Glanzes zu berauben schien. Liesel umklammerte die Taille des Fotografen, denn sie fürchtete, wenn sie losließ, sofort vom Rücken des Pferdes in eine bodenlose Tiefe zu fallen. Wo sind nur die Zeiten hin, bedauerte sie sich selbst, als ich noch gewusst habe, was am nächsten Morgen auf mich wartet?

Kamera und Stativ baumelten bei jedem Schritt des Pferdes neben dem Reitgeschirr. Angerer ritt noch tiefer in den Wald, und Schloss Liechtenstein geriet im Dickicht wieder außer Sichtweite, was Liesel insgeheim bedauerte. Der Anblick dieses märchenhaften Schlosses gefiel ihr. Als Angerer ihr nach einer Stunde galant aus dem Sattel half, wünschte sie, das Pferd hätte sie noch ewig durch die Nacht getragen. Das waren die schönsten Momente seit Langem gewesen.

»Und«, erkundigte er sich nach ihrem Befinden, »sehen meine Augen da nicht Wohlgefallen in Fräulein Liesellie-sels Miene?«

»Es war eine Tortur«, erwiderte sie, noch immer zornig aufgrund seiner Drohung, sie zur Kaiserin zurückzubringen.

»Aber ich denke …«

»Du kannst dir denken, was du willst. Ich weiß genau, was ich tun werde, wenn es uns gelungen ist zu beweisen, dass der arme Ungar unschuldig ist. Ich werde meine Reise fortsetzen.«

»Welche Reise?«, fragte er verwundert.

»Die Reise nach …« Herrgott, sie biss sich auf die Zunge und schwieg. Seit sie ein Kind zur Welt gebracht hatte und von einem Bauernhof davongejagt worden war, befand sie sich auf dieser Reise, schloss sie in Gedanken. Aber davon brauchte dieser Fremde ja nichts zu wissen.

»Ach, was geht es Sie an, Meister Angerer?«, geiferte sie.

»Im Moment sind wir jedenfalls angekommen«, sprach Angerer.

Er band die Stute an einer Buche fest. Einzelne Blätter segelten trotz der Windstille zu Boden. Natürlich genehmigte Angerer sich als Erstes auch jetzt eine Prise Schnupftabak, was ihr allmählich auf die Nerven ging. Liesel stapfte über den Nadelboden und fühlte genussvoll unter ihren Fußsohlen die kühlen, glatten Steine, die dazwischen aus dem Boden schauten. Er hatte sie nicht überreden können, Schuhe anzuziehen. Schließlich ließ sie sich auf einem umgestürzten Stamm neben der künstlich angelegten römischen Ruine nieder. Sie malte mit den Zehen nachdenklich die Stelle, die Angerer bereits zigfach fotografiert hatte, nach. Das Blut war schon im Felsen fest eingetrocknet. Liesel folgte einem Impuls und stellte sich just in dem Moment auf dieselbe Stelle, an der am Morgen ein Mensch seinen letzten Weg hinüber ins

Jenseits angetreten hatte. Ihr fielen die Augen zu, und sie genoss den Zustand zwischen Wachsein und Einschlafen wie eine beruhigende Trance. Zwei Männer erschienen vor ihrem inneren Auge. Der eine trug eine kaiserliche Uniform, vielleicht ein hoher Offizier. Goldene Schulterstücke drohten seine schmächtige Erscheinung zu erdrücken, und der andere … Täuschte sie sich? Der Mann stand da wie … wie … Adam neben Eva im Paradies, bevor sie erkannt hatten, dass sie nackt waren. Ungläubig öffnete sie die Augen wieder und schaute zu Angerer, der in der Zwischenzeit seine Kamera aufgebaut hatte.

»Gut so, Lieselliesel, genauso stehen bleiben«, redete er eifrig auf sie ein. »Das, denke ich, müsste so passen, denke ich mir.«

Ein Blitz erleuchtete für Sekunden das Bauwerk und sogar den Wald. Reflexartig schloss Liesel ein zweites Mal die Augen, und es war ihr, als spürte sie in ihrer Brust mit einem Mal eine klaffende Wunde. Der Schmerz raubte ihr fast den Atem. Ihr schwindelte. Der Boden tat sich wie die losen Bretter einer Tenne unter ihr auf, und sie drohte nach unten zu stürzen. Ihre Knie knickten ein, und sie brach inmitten des Bauwerks zusammen. Hart landete sie auf dem Stein, ohne jedoch den Schmerz des Aufpralls zu spüren. Ihre Hände und Beine zuckten unkontrolliert wie zum Tanz. Ein zweiter künstlicher Blitz folgte. Liesel riss in Panik die Augen auf, um diesem Albtraum zu entfliehen, was sich als ein vergeblicher Versuch erwies. Der Mann in der kaiserlichen Uniform rannte, vor seelischem Schmerz schreiend, auf sie zu. Sie erinnerte sich, diesen Fremden auf einem Bild in der Hofburg bereits des Öfteren gesehen zu haben. Er sah wie eine schwächliche Miniaturausgabe des allerhöchsten Kaisers aus. Er hielt sie in seinen Armen. Für eine Ewigkeit. Ein zweiter Schuss brachte das Blut in ihren Ohren zum Tosen … Dann verblasste die Szenerie, und es blieb nichts als das Rauschen des Wienerwaldes, das sie so sehr an ihre verlorene Heimat erinnerte. An den bayerischen und böhmischen Wald.

Sie schaute in das Gesicht des Fotografen und brauchte ein paar Sekunden, ehe sie begriff, wie sie an diesen Ort gelangt war. Angerer hielt sie in seinen Armen, so wie der Uniformierte den Sterbenden gehalten hatte. Liesel empfand Wut über ihre Fantasie, die ihr offenbar einen Streich gespielt hatte.

Er befühlte ihre Stirn. »Du glühst ja, meine liebe Lieselliesel.«

Seine fürsorgliche Stimme holte sie endgültig in die Wirklichkeit zurück.

»Was war nur mit mir?«, murmelte sie.

»Dein Blick war für einen Moment so sonderbar. Wie abwesend. Man könnte meinen, du hättest die Fallsucht, aber es war kein Schaum vor deinem Mund, wie bei diesen Geisteskranken sonst üblich, wie ich gehört habe. Wenn ich gewusst hätte, dass du …«

Sie schüttelte den Kopf. »Ich bin gesund und kann arbeiten! Und die Fallsucht fällt bei mir auch weg. Und ich brauche auch keinen Teufelsaustreiber, der mich im Weihwasser ertränkt, während ich schreie.« Sie kannte derlei Geschichten von frommen Frauen, die die Stigmata Christi bekommen hatten und die dadurch an Händen, Füßen und an der Stirn bluteten …

Sie schüttelte sich. Allein die Vorstellung ließ sie schaudern. Was die Pfaffen von der Kanzel herab predigten, war ihr noch nie sympathisch gewesen.

»Aber warum warst du dann auf einmal weg? War das das erste Mal?«

»Ich hab das zum ersten Mal gehabt, nachdem mein Bub gestorben ist.«

»Dein Bub?«, fragte er verwundert.

Sein treuherzig-besorgter Blick brachte sie schließlich doch zum Reden. »Ich hab meinen toten Buben auf dem Arm gehalten, und auf einmal ist es in mir so gewesen, als wäre ich in ihm drin und wäre mit ihm gemeinsam gestorben. Als hätte ich seinen Tod mit ihm erlebt. Er ist nämlich gleich nach der Geburt gestorben«, erklärte sie ihm.

»Das ist traurig«, war offenbar alles, was ihm einfiel.

Sie unterdrückte ihre Tränen.

»Wo liegt dein Kind begraben?«

»Da, wo auch die Selbstmörder liegen. In einem Eselsgrab, in ungeweihter Erde. Sie haben mir gesagt, dass mein Sohn niemals auferstehen wird. Und es ist meine Schuld, weil er nicht getauft worden ist und ich ihn in Sünde geboren habe. Das ist der Grund, warum er ein Dasein bei den verdammten Seelen führen muss bis in alle Ewigkeit.«

Angerer streichelte über ihr Haar. Zum ersten Mal hatte sie diese ganze Geschichte einem anderen Menschen anvertraut – außer der Kaiserin, die sie daraufhin aus Mitleid in ihre Dienste genommen hatte.

»Und gerade eben bist du wieder im Körper eines Sterbenden gewesen?«

Damit hatte er die Situation durchschaut. Sie schwieg.

»Wie ist das eigentlich, wenn man stirbt?«, wollte er wissen.

»Ich kann es nicht beschreiben, was da in einem ist … es ist wie hell und dunkel gleichzeitig und warm und kalt … das ganze Leben auf einmal und nichts …« Sich des tiefen Widerspruchs ihrer Schilderung bewusst, endete sie mit: »Nichts, was man mit Worten beschreiben kann. Das ist der Tod.«

»Und was ist eigentlich aus dem Vater deines Kindes geworden?«

»Er ist ins Amerigha davongelaufen«, antwortete sie – die landläufige bayerische Redewendung benutzend für »nach Amerika«.

Sie maß sein bärtiges Gesicht. Er sah kauzig und verschroben aus. Eigentlich hätte dieser Rübezahl dem Alter nach ihr Vater sein können. Und auch seine Berührungen unterschieden sich von denen anderer Männer, deren Hände sich gezielt zu anderen Stellen ihres Körpers verirrt hatten, als sie in Passau in der Poststation gekellnert hatte. Er küsste sie auf die Stirn, und sie ließ es regungslos zu.

»Hast du bei diesem Sterben eben gesehen, wer den Mann erschossen hat?«

»Nein. Ich habe nur seine Liebe gespürt. Und Verzweiflung. Trauer … und da war noch was«, fiel ihr ein und sie musste lachen. »Der Mann war bloßfüßig – so wie ich«, sie streckte demonstrativ ein Bein aus und zeigte es ihm, »allerdings vom Hals abwärts bis zu den Zehen.«

Er fiel in ihr Lachen mit ein. »Du bist lustig, Liesel. Du träumst von einem Nackerpatzerl und fällst mir hier in Ohnmacht. Aber langsam kann ich mir vorstellen, was der Luziwuzi und der Ermordete hier getrieben haben, jetzt wo du es sagst. Schließlich kenne ich dem Luziwuzi seine künstlerischen Vorlieben und seine Steckenpferde ganz gut.«

»Und was haben der Erzherzog und sein Freund hier gemacht?«, bohrte sie nach.

Er drückte seinen Zeigefinger auf ihre Lippen. »Ich bin der Meinung, eine reine Seele wie du, meine liebe Lieselliesel, die fast selbst noch ein Kind ist, sollte von solchen Affinitäten lieber noch nicht allzu viel wissen. Und außerdem bin ich nach wie vor der Meinung«, fuhr er fort, »damit du nicht weiter so unzüchtig herumlaufen musst, Lieselliesel, sollten wir jetzt schnell das Gewand der Kaiserin suchen gehen, bevor wir ihrem Schwager einen Besuch abstatten und du ihm den Brief übergeben kannst. Alles andere musst du noch nicht wissen.«

Sie riss sich wütend von ihm los. Seine Worte kränkten sie. Ich bin kein Kind!, hätte sie ihm am liebsten zugeschrien. Wahrscheinlich war es wirklich die klügere Strategie, sich im Leben an niemanden mehr zu binden, dann konnte man weder verletzt noch enttäuscht werden. Und die Männer waren doch sowieso alle gleich. Sie beschloss im Gegenzug für die Kränkung, ihm zu verschweigen, was der Ungar ihr in seiner Not zugeflüstert hatte. Wahrscheinlich hatte sie sich ohnehin verhört und würde sich vor diesem Leibfotografen ihrer kaiserlichen Hoheit nur blamieren, wenn sie sich ihm offenbarte. Außerdem sollte er doch selbst sehen, wie er zurechtkam, dieser feine Herr, der sicher in seinem ganzen Leben noch nie einer einzigen Kuh das Euter geputzt hatte, geschweige denn sich vorstellen konnte, wie schön es sich anfühlte, die Füße an einem Lagerfeuer in Kuhfladen zu wärmen. Ein Teil in ihr konnte es kaum erwarten, auch diesem feinen Herrn zu entfliehen. Zurück in ihre Welt mit all den Tieren, die es viel ehrlicher mit ihr meinten als all die Menschen auf dieser Welt.

10. Kapitel

Sie befanden sich auf einer Anhöhe schon nahe der Straße nach Wien, als Liesel über einen Ast stolperte und schmerzhaft zwischen Haselnusssträuchern landete. Sie fing sich mit den Handflächen auf. Just in dem Moment erspähte sie auf dem Boden etwas Glitzerndes vor sich. Wie ein Kristall. Sie griff nach dem fingernagelgroßen Gegenstand, der das Mondlicht rein und hell reflektierte. Ein silberner Knopf mit der Prägung des Habsburgischen Doppeladlers.

»Was ist das denn?«, fragte Angerer.

»Der stammt aber nicht von meinem Kleid«, lautete Liesels erster Gedanke und Kommentar.

Angerer bückte sich, die Stute an der Leine hinter sich her führend, zu ihr hinab. Seine hellen Augen hinter den dicken Brillengläsern verengten sich. »Das ist ein Knopf, wie er für gewöhnlich an Uniformröcken von Gendarmerie und Armee getragen wird.« Er kämmte sein struppiges Haar mit der Hand aus der Stirn und betrachtete das Utensil nachdenklich wie eine Münze, die eine lange Reise durch Zeit und Länder zurückgelegt hatte.

»Erinnerst du dich?«, fragte er sie sodann. »Hast du auch gesehen, was ich beobachtet habe, Lieselliesel?«

Liesel nickte. »Am Kragen des Geheimpolizisten hat so ein Knopf gefehlt.«

»Was kann der Herr Graf Oberst Lilienfeld nur hier gesucht haben, frage ich dich? Andererseits sind derlei Uniformknöpfe in der kaiserlichen Armee wahrscheinlich so zahlreich wie die Sterne am Himmel. Der Fund bedeutet für uns nicht mehr und nicht weniger, als dass ein Mann in Uniform hier entlang gegangen ist und einen Knopf verloren hat. Das beweist noch lange nicht die Unschuld des armen Ungarn.«

»In meinem Traum hat der Erzherzog Ludwig auch eine kaiserliche Uniform getragen.«

»Und sie haben den armen Ungarn in der Nähe des Tatorts gefangen genommen. Lilienfeld oder seine Männer haben diesen Knopf also bei der Festnahme des vermeintlichen Mörders verloren.«

Liesel reichte ihm ihren Fund, worauf Angerer ihn in einer Brusttasche seines Rocks verschwinden ließ – zusammen mit der Schnupftabakflasche.

»Ist dir vielleicht noch jemand anderer gefolgt, als du heute Nachmittag hierher davongelaufen bist, Lieselliesel?«

Liesel blickte zwischen den Stämmen der Tannen und Buchen hindurch. »Ich kann mich nicht erinnern, dass ich jemanden bemerkt habe.« Sie zeigte in Richtung Schloss. »Aus dieser Richtung bin ich jedenfalls gekommen. Aber ich kann mir kaum vorstellen, dass die Gräfin Tolna mir extra einen Mann in Uniform hinterhergeschickt hat, um nach mir zu suchen. Die hat mich doch immer als Rivalin gesehen und ist vor Neid fast geplatzt.«

»Der Kaiser hat überall seine geheimen Agenten.«

»Wofür braucht er die denn?«

»Man sagt, wenn der Kaiser schläft, dann übernehmen seine Agenten es, den Kronprinzen und die Ungarn und ihre Freunde zu überwachen.«

»Komische Sitten«, befand Liesel. »Dass der Kaiser sogar seinen eigenen Sohn überwachen lässt, hätte ich mir nicht gedacht. Aber kein Wunder. Hab ihn in den drei Monaten nur ein einziges Mal bei Hof gesehen.«

»Dem Kaiser missfallen Rudolfs moderne Ansichten über Demokratie, und Rudolf missfallen des Kaisers altmodische Ansichten. Was die beiden verbindet, ist ihre Jagdleidenschaft. Das Schloss, das du da drüben zwischen den Wipfeln siehst, gehört der altehrwürdigen Familie Liechtenstein. Der Fürst von Liechtenstein gehört übrigens zu den reichsten Leuten im gesamten Kaiserreich und weit darüber hinaus. Den Knopf kann genauso eine seiner fürstlichen Wachen verloren haben oder einer seiner Jäger. Der Fürst ist einer der engsten Vertrauten seiner Hoheit, des allerhöchsten Kaisers Franz Josef, und er ist auch ein Freund von Kronprinz Rudolf.«

»Und wenn der Graf Oberst bei diesem Fürsten zu Gast gewesen ist?«, überlegte Liesel. »Und einer von seinen Leuten hat den Mord am Freund des Erzherzogs begangen, und jetzt schiebt man den Mord einem angeblichen ungarischen Rebellen in die Schuhe?«

Angerer bohrte sich mit dem kleinen Finger im Gehörgang, wohl eine Art Übersprunghandlung, die er nutzte, um Zeit zum Nachdenken zu gewinnen. »Ich kenne den Fürsten gut. Er ist ein Freund von mir. Er ist vor ein paar Tagen auch in Bad Ischl gewesen, wo er mir für eine Fotografie eigens Modell stand. Der gute Johann ist ein sanftmütiger Mensch und ein Freund der feinen Künste. Er ist unverheiratet, was ihn in den Augen mancher Leute sonderbar wirken lässt. Außerdem ist er auch mit dem Luziwuzi recht gut befreundet, genau wie ich. Daher kann ich mir nicht vorstellen, dass er in ein Mordkomplott gegen dessen Gefährten verwickelt sein könnte. Nicht auszudenken, wenn dem so wäre! Unwahrscheinlich, dass er mit Lilienfeld befreundet ist.«

»Und wenn doch?«

»Ich sehe schon, du hast dich schon entschieden, wer hinter dem Attentat steckt«, stellte er augenzwinkernd fest.

»Warum sollte es nicht so sein? Diesem Lilienfeld traue ich alles Schlechte dieser Welt zu. Manche Bauern, die ich kennengelernt habe, würden nicht einmal ein Stück Vieh so quälen wie dieser Graf Oberst Lilienfeld einen wehrlosen, angeketteten Menschen. Und der Knopf kann nur von seinem Uniformkragen stammen! Das lasse ich mir nicht ausreden.«

»Die geheime Militärpolizei hat die Aufgabe, die kaiserliche Familie zu schützen. In diesen Kreisen dienen nur wenige Auserwählte, erzählen die Klatschmäuler bei Hofe, die sich des Vertrauens des Kaisers als würdig erwiesen haben. Und der Kaiser verzeiht weder Fehler noch Illoyalität.«

Liesel verschränkte die Arme. Dann kann ich ja eigentlich auch gleich weglaufen, war sie versucht zu denken. Die Art und Weise, wie auch er ihre Argumente abtat, erinnerte sie an viele Male in ihrem Leben, da sie als einfache Dienstbotin auch nicht ernst genommen worden war.

»Wie wär es, Meister Angerer, wenn wir diesem Fürsten von Liechtenstein, den du ja angeblich so gut kennst, einen Besuch abstatten und ihn einfach fragen, ob Lilienfeld letzte Nacht rein zufällig sein Gast gewesen ist?«

Er ließ die Arme hängen. »Eigentlich gehört es ja nicht zu meinen Aufgaben, den obersten Polizeibeamten seiner Hoheit zu spielen. Andererseits – denke ich – schätze ich den Fürsten Liechtenstein zu sehr, als dass ich ihn nicht vor falschen Freunden wie diesem Lilienfeld warnen möchte. Ich denke, es ist meine Pflicht, als Freund.«

»Das denke ich auch«, schloss sie sich ihm in seiner Sprache an.

»Außerdem lässt du uns beiden ja wohl keine andere Wahl, Lieselliesel. Ich tue es, um dich vom Gegenteil zu überzeugen. Damit du siehst, dass ich recht habe mit dem, mit dem was ich denke. Hugh, ich habe gesprochen.« Er berührte mit der Handfläche seine Brust in der Art der Indianer. Liesel erinnerte sich an derlei Abbildungen aus Zeitungen. Schwang hier schon wieder seine bürgerliche Überheblichkeit ihr gegenüber mit? Oder tat er ihre Meinung ab, weil er ein Mann und sie eine Frau war?

Sie verspürte tiefe Lust, es ihm heimzuzahlen. »Und ich denke, dass ein erwachsener Mann, der davon lebt, von anderen Leuten Bilder zu machen, auch mal was Nützliches tun sollte, anstatt in der Welt herumzureisen und die Eitelkeit reicher Leute zu bedienen.«

Sie sah den Schmerz in seinem Gesicht und bereute augenblicklich ihr scharfes Geschütz.

»Eines Tages«, erwiderte er, »wird die Fotografie genauso eine Kunstform sein wie die Malerei. Und du wirst meine erste und teuerste Muse, meine liebe Lieselliesel.«

Er lächelte die Verletzung hinweg und legte einen Arm um sie. Ausnahmsweise ließ sie eine solche Berührung zu. Zum ersten Mal seit langer Zeit. Zum erste Mal, seit ... Zu ihrer Verwunderung fühlte sie sich in seiner Gegenwart wohl. Auf eine andere Art als damals, als sie im Heu in den Armen eines gleichaltrigen Mannes lag, der ihr ewige Liebe geschworen hatte, beide mit schweißnasser Haut. Bevor sie durch die Hölle gegangen war. Die Nähe dieses Mannes fühlte sich herrlich an, aber anders.

Warum nur entstand zugleich Widerstand in ihr?

»Aber erst einmal muss es in der Welt gerecht zugehen, dann erst kommen das Paradies und die Kunst und dann die Liebe.«

11. Kapitel

Sie fanden das Kleid und sämtliche Unterröcke. Zwischen Jungfichten, Lärchen, Moos und Brombeergestrüpp sammelten sie die einzelnen Stücke auf. Widerwillig schlüpfte Liesel in das halbe Dutzend unnötiger Stoffschichten, die bei jedem Schritt raschelten. Liesel verzichtete absichtlich darauf, das Korsett festzuschnüren, wie die Schneiderin Sophie dies nach dem Mittagessen meisterhaft vollbracht hatte. Angerer stand hinter ihrem Rücken und schaute kavalierhaft in eine andere Richtung. Um der Situation ein wenig von ihrer Peinlichkeit zu nehmen, dozierte er: »Als die Kaiserin in Schönbrunn vor 28 Jahren den Kaiser geheiratet hat, war sie noch kein solcher Hungerhaken wie heute.« Als sie angezogen vor ihm stand, drehte er sich ihr wieder zu. »Ein Bauernmädchen im Kleid einer bayerischen Prinzessin. Am liebsten würde ich jetzt die Kamera auspacken und deine rebellische Schönheit der Nachwelt erhalten.«

Es fiel Liesel schwer, sein Kompliment anzunehmen. »Ich bin in Herrgotts Namen ganz bestimmt kein Motiv für eine von diesen Ansichtskarten, die es überall zu kaufen gibt. Ich habe in meinem Leben gelernt, wie man sein Brot auf ehrliche Weise verdient.«

Sie hielt ihm stolz die verhornten Handflächen entgegen.

»Genau dieser Widerspruch macht deine Schönheit aus«, sagte er, verstärkte dadurch aber nur ihre Unsicherheit und Unmut. Kein normaler Mann wie er fand einer Dirne gegenüber einfach so schöne Worte, ohne früher oder später eine Gegenleistung zu verlangen. Darauf konnte sie gut und gerne verzichten. Liesel nahm energisch die Schnürstiefel in die Hand und marschierte voran in Richtung Schloss Liechtenstein. Angerer führte wie ein Diener die Stute hinter ihr her.

Sie hörte ihn gelegentlich schnaufen wie ein altes Ross. »Lieselliesel, geh nicht so schnell«, rief er ihr zu. »Und erschreck bitte ja nicht, wenn du die Schwester des Fürsten siehst. Sie kann nämlich wirklich nichts dafür. Sie kann …« Er ächzte.

»Was soll das jetzt schon wieder heißen?«

Sie hielt inne.

»Die Martha ist mit dem guten Johann von Bad Ischl aus direkt nach Liechtenstein gereist, anstatt mit ihrem Gatten nach München zu fahren«, wich er statt einer Erklärung aus. »Die Martha hat einen bayerischen Offizier aus dem Hause Wittelsbach geheiratet.«

»Mei, und was interessiert mich des jetzt? Bevor ich mich darüber aufrege, ist es mir lieber wurscht, mit wem die feinen Herrschaften aller verheiratet sind.«

Gerne hätte sie mehr über derlei Verhältnisse erfahren, um sich eine Meinung über den Mann zu bilden, dem sie sogleich begegnen würden, doch sie wollte um keinen Preis neugierig erscheinen.

Und so passierten sie das Schlosstor gegen 22 Uhr bei tiefster Dunkelheit. Die Wachen beklagten sich darüber, das Gittertor zu dieser unchristlichen Stunde noch einmal hochziehen zu müssen.

»Willst du dir nicht endlich auch die Schuhe anziehen?«, redete Angerer auf sie ein.

Liesel beschloss, sich ihre Unsicherheit nicht anmerken zu lassen. »Weißt du, Viktor, ich habe bis vor drei Monaten nicht einmal ein einziges eigenes Paar Schuhe besessen. Wenn ich am Sonntag in die Kirche habe gehen müssen, dann hat mir die Bäuerin einfach ein altes Paar von ihr geliehen. Ich habe es satt, mir ständig die Schuhe von irgendwem anderen ausleihen zu müssen – selbst wenn es die Schuhe der allerhöchsten Kaiserin von Österreich sind! Um diesen Preis verzichte ich lieber. Mit diesen Füßen bin ich jahraus, jahrein über Stock und Stein gelaufen und war frei im Wald.«

Ein halbes Dutzend Hunde in ihren Zwingern, die sich knurrend gegen die Gitter warfen, bildeten das nächtliche Empfangskomitee. Liesel zog die Schultern hoch und trat lautlos an den fürstlichen Wachen vorbei in einen Vorraum, in dem sie von oben bis unten gemustert wurden. Männer geleiteten sie bei jedem Schritt. Das Wappen auf ihren Uniformen bestand aus einer Fürstenkrone über einem roten Hermelinmantel und machte einen wahrlich königlichen Eindruck. Liesel zählte an sämtlichen Krägen die Knöpfe und stellte fest, dass auch hier der eine oder andere fehlte.

»Ich bin der Angerer aus der Vorstadt Wieden und ein Freund des Fürsten Johann persönlich«, hatte Angerer dem Hauptmann erklärt.

»Ich weiß«, hatte dieser ihm, sein Bajonett schulternd, zugestimmt. »Ich habe schließlich meinen Herrn und seine Schwester auch in Bad Ischl keinen Moment aus den Augen gelassen, Meister Angerer.«

»Gott sei Dank ist der Fürst eine Nachteule«, sprach Angerer im Foyer des Schlosses. »Er wird uns bestimmt heute noch empfangen, weil er sowieso vor dem Morgen nicht einschlafen kann, wie wir ihn kennen und schätzen gelernt haben als unseren Freund.«

Die Stute wurde in den Stall gebracht. Zwei weitere Männer begleiteten Liesel und den Fotografen in einen Rittersaal, der sich ebenfalls im Erdgeschoss befand. Prächtige Wandteppiche zeigten mittelalterliche Spektakel und Schlachten. Liesel blieb beim Anblick von derlei längst vergangenem Leben die Spucke weg vor Staunen. Anscheinend existierte auch unter den reichen Menschen eine gewisse Sehnsucht nach der Vergangenheit. So wie sie sich manchmal nach der Zeit mit ihrer Mutter zurücksehnte. An den dunklen Holzverkleidungen hingen Geweihe von Sechzehnendern und anderen prächtigen Hirschen. Ein Ofen aus weißen Kacheln sorgte für eine angenehm wohlige Wärme. Der Holzboden unter ihren Füßen knarzte, ehe sie über einen Perserteppich schritt, der jedes Geräusch verschluckte. Schließlich trat Liesel über das braune Fell eines Bären. Menschen, die in diesem Gebäude residierten, mussten sich ob ihres Reichtums unglaublich glücklich schätzen, dachte sie und fühlte sich gleichzeitig verloren. Was dachten diese Menschen wohl über eine Dahergelaufene, der nicht einmal die Kleider, die sie am Körper trug, selbst gehörten? Warum nur hatte es dem Herrgott so sehr gefallen, die Menschen in derart unterschiedliche Schichten einzuteilen?

Der Hausherr erhob sich bei ihrer beider Anblick schwerfällig aus einem Fauteuil mit kunstvoll geschnitztem Holz und purpurnem Damast, wie Liesel es auch aus Schönbrunn kannte. Fürst Johann von Liechtenstein verwendete trotz seines erst mittleren Alters einen Gehstock. Irrte Liesel sich, oder war das linke Bein des Fürsten kürzer als das rechte?

Der Fürst unterdrückte ein Husten, bemerkte sie sofort. Sie hätte einen reichen Tyrannen erwartet, aber sein Lächeln wirkte ebenso müde wie gütig. »Die guten Leute bringt der Herrgott immer wieder zu mir zurück«, sprach er und streckte die Hände auf eine Weise von sich, dass sie seine offenen Handflächen sahen.

Angerer und der Fürst umarmten einander. Ob der traurigen Gestalt des Fürsten verspürte Liesel plötzlich Mitleid, und sie schämte sich vor sich selbst für ihre Vorurteile und den Neid, den der Anblick der Schlossanlage in ihr ausgelöst hatte. Was war das größte Vermögen schon wert, wenn einem Menschen dafür die Gesundheit fehlte?

Angerer stellte Liesel auch ihm als Assistentin vor. »Ich denke, du hast schon von ihr gehört, Kaiserin Elisabeths Liesel, daher die Lieselliesel.«

Der Fürst betrachtete sie voller Heiterkeit aus blauen Augen. Liesel erinnerte sich an Kinder im Dorf, die an Lähmungen litten und von den anderen auf grausame Weise schikaniert und verspottet worden waren. Vor ihr stand ein Mann, der durch sein ungleichmäßiges Wachstum ebenfalls ein Außenseiter war, wenn auch innerhalb der adeligen Gesellschaft. Vielleicht harmonierte er gerade deswegen mit dem sonderbar kauzigen Fotografen, vermutete sie.

Er begrüßte sie.

»Setzt euch«, forderte Johann von Liechtenstein sie sodann auf, »und erzählt mir, warum ich mich über eure Anwesenheit freuen darf, mein lieber Viktor und – liebe Lieselliesel. Ich habe übrigens tatsächlich schon von dir gehört. Die Gräfin Tolna soll in dir ja alles Schlechte dieser Welt sehen, heißt es.«

Liesel errötete. »Die Tolna ist das Schlechte dieser Welt.«

»Endlich einmal jemand, der bei Hofe die Wahrheit sagt«, meinte Johann von Liechtenstein. »Aber wenn man bei Hofe die Wahrheit sagt, braucht man am besten einen schnellen Schimmel, heißt es.«

Angerer und Liesel ließen sich auf ein französisches Kanapee sinken. Der Fürst ließ sich wieder vor einem Schachbrett nieder und lehnte sein Haupt auf den gebogenen Gehstock.

»Die schönsten Partien spiele ich gegen mich selbst«, erklärte er. »Übrigens, mein lieber Freund Viktor, fällt dir in diesem Saal etwas auf?«

Angerer zeigte zu den Geweihen.

»Ja, die Geweihe sind ein Geschenk meines Schwagers Arnulf von Bayern, dem Münchener, dafür, dass er mir die Lieblingsschwester abspenstig gemacht hat.«

»Beeindruckend«, gab Angerer zurück.

»Na ja, ich wollte nicht unhöflich sein. Aber so erspart der liebe Arnulf einem Krüppel wie mir wenigstens, dass ich selbst auf die Jagd gehen muss. Ich ertrage die mitleidigen Blicke des Kaisers und seines Sohnes stets so schwer. Sie sind zwar nett, aber in ihren Augen lese ich stets das Wort Krüppel. Aber was gibt's bei dir? Erzähl.«

»Mein lieber Johann, hast du einem gewissen Graf Oberst Lilienfeld und seinen Leuten letzte Nacht Quartier in deinem Schloss gegeben?«

»Ja«, folgte prompt die Antwort. Ein Hustenanfall, der das bleiche Gesicht gräulich färbte, schüttelte den dürren Körper. »Natürlich«, fuhr er fort, nachdem er sich wieder gefasst hatte. »Aber warum fragst du?«

»Was wollte er hier?«, fragte Liesel.

»Bis heute am Morgen war er mein Gast«, erklärte der Fürst frei von der Leber weg, »dann hat er auf einmal abreisen müssen. Zu einer ziemlich frühen Stunde. Es war noch kaum hell. Aber er war allein, ohne soldatische Begleitung. Dieser Graf Oberst Lilienfeld stammt ja aus einer Salzburger Familie, wie du bestimmt weißt. Er hat die Heirat meiner Schwester Martha mit dem Sohn des bayerischen Prinzregenten Luitpold geschickt eingefädelt. Dafür bin ich ihm unendlich dankbar. Aber seit der Heirat benimmt dieser Lilienfeld sich, als wäre ich ihm dafür einen Gefallen schuldig. Wenn ich gewusst hätte, auf wen oder was ich mich da einlasse, dann hätte ich der Vermählung meiner lieben Schwester Martha mit diesem Grafen Arnulf von Bayern niemals zugestimmt. Andererseits hat meine Schwester, die gute Martha, dank ihm eine ausgezeichnete Partie gemacht. Immerhin hat sie einen echten Wittelsbacher geheiratet, einen reichen und einflussreichen Mann. Wenn der bayerische König Ludwig stirbt oder abdankt, dann ist die gute Martha Teil der herrschenden Familie. Und wie es aussieht, versuchen die Minister des bayerischen Königs ihn schon seit Längerem zu entmachten. Er ist ein seltsamer Kauz, der sich mehr für Kunst und die Musik von Wagner interessiert als für die Politik. Und so ist die gute Martha auch dann anständig versorgt, wenn mich ein früher Tod wegen meiner Kränklichkeit ereilen sollte.«

»Was war der Grund für Lilienfelds Übernachtung?«, insistierte Angerer bei seinem Freund, der aufgrund seiner Weitläufigkeit den roten Faden verloren hatte.

»Geschäfte in Baden. Mit allerlei jüdischen Kaufleuten macht er Geschäfte. Die Industriellenfamilie Bösendorfer soll einer seiner größten Abnehmer sein. Es geht um Elfenbein aus den britischen Kolonien für Klaviertasten. Lilienfeld fungiert als eine Art Zwischenhändler mit seinen ausgezeichneten Kontakten nach Triest, mit denen er vor mir und der guten Martha wie ein wild gewordener Parvenü geprahlt hat.«

»Elfenbeinhandel also.«

Liesel wusste nicht recht, was damit gemeint war, und Angerer genehmigte sich genussvoll eine Prise Schnupftabak. »Ich nehme an, die Ware stammt aus Ägypten, wenn die Briten damit zu tun haben. Außerdem passt das vom Seeweg her ganz gut ins Bild, denke ich. Nach Triest an den habsburgischen Hafen ist es von dort aus ein kurzer Weg. Aber das wäre ja ein Diebstahl an der britischen Krone vorbei, wenn ich mich nicht irre, mein lieber Johann.«

»Genau dasselbe befürchte ich auch. Und sollte das Ganze auffliegen, wird man es mal wieder auf die Gier der Juden schieben, fürchte ich. Dieser Lilienfeld wird schon einen Weg finden, sich die Hände in Unschuld zu waschen. Lieber Viktor, ich mache mir große Sorgen um meine Schwester.«

»Aber warum? Sie ist doch mit dem Wittelsbacher verheiratet?«

Johann von Liechtenstein stopfte sich nervös eine Pfeife aus dunklem Holz, während er sich eine Antwort zu überlegen schien. Eine Dame trat durch die Tür am anderen Ende des Raums. Ihr schwarzes Haar trug sie zu einer Hochsteckfrisur aufgetürmt. Als sie mit raschelnden Röcken näher kam und stehen blieb, erkannte Liesel die Nase, die sich spitz und lang vom Rest ihres Gesichts abhob und entfernt an einen Greifvogel erinnerte. Liesel musste ihren Blick senken, um das abstehende Körperteil nicht schamlos anzustieren und die Frau damit zu beleidigen. Sie konzentrierte sich auf das kardinalrote Kleid, das geschmackvoll mit Rüschen, Rosen und Tulpenornamenten verziert war.

»Martha, wie schön, dass du noch wach bist«, sagte der Fürst zu seiner Schwester.

Angerer erhob sich und begrüßte die Dame, indem sie sich vertraut auf die Wangen küssten. Liesel richtete sich ebenfalls mit gesenktem Blick auf. Und schon wieder stellte Angerer sie als »Lieselliesel« vor.

Und auch in das außergewöhnliche Gesicht dieser adeligen Dame trat das Erkennen. »Das ist also jener Wildfang, den die klatschsüchtigen Hofdamen als das neue Lieblingshaustier der allerhöchsten Kaiserin bezeichnen.« Martha strahlte Liesel aus hellen Augen mitleidig an. »Und der allerhöchste Kaiser schwärmt seinen Generälen gegenüber über dein Hinterteil, heißt es. Man weiß wirklich nicht, wen man in dieser Sache mehr bemitleiden soll. Wer hat weniger Niveau: der Kaiser oder die Hofdamen?«

»Was interessiert es mich, was die Leute über mich reden?«, gab Liesel sich scheinbar unbeeindruckt, obwohl so viel Wahrheit eindeutig schmerzte.

»Unsere Lieselliesel hat sich eine kleine Auszeit von der Kaiserin und dem Wiener Hof genommen«, erklärte Angerer.

»Ich bin eigentlich nur hier, Prinzessin, weil ich wissen will, ob der Graf Oberst Lilienfeld Ihnen mitgeteilt hat, dass er einen Anschlag auf den Freund eines Mitglieds der kaiserlichen Familie verhindern will.« Und dabei hat er einen Knopf an seiner Uniform verloren – oder er war selbst der Mörder. Den letzten Gedanken behielt Liesel für sich und rechnete mit Widerstand von allen Seiten. Wann hatte je eine Bauerndirne oder Kammerdienerin auf diese Weise zu einer angeheirateten Prinzessin von Wittelsbach, geborene Liechtenstein, gesprochen? Zu ihrer Überraschung machte niemand Anstalten, sie sogleich mit der Hand zu züchtigen, wie es sich unter derartigen Umständen gehörte. Niemand gab ihr eine Ohrfeige. Liesel blinzelte aus einem Reflex heraus. Und atmete tief durch. Konnte ihr Glück kaum fassen.

»Mein Gemahl pflegt recht gute Beziehungen zur britischen Marine. Über seinen Vater, der die bayerische Gesandtschaft bei der Queen Victoria repräsentiert, soll er den Kontakt zu britischen Handelsschiffen herstellen, die wiederum dazu genutzt werden sollen, das Elfenbein über Triest unter österreichischer Flagge einzuführen. Oh, ich mache mir deswegen so große Sorgen um meinen Arnulf.«

Liesel war baff. Ungewöhnlich, dass eine Adelige ihr Rede und Antwort stand. Und noch ungewöhnlicher, dass ... »Ungewöhnlich«, erwiderte sie, »dass ein Mann seine Frau in seine Geschäfte einweiht.« Es wäre ihr gleichgültig gewesen, von diesen Adeligen aufgrund ihrer frechen Art davongejagt zu werden. Dann hätte sie eben auf eigene Faust weiter ihre Nase in Dinge gesteckt, die sie augenscheinlich nichts angingen. Einen größeren Gefallen hätten diese Herrschaften ihr kaum tun können.

Die Prinzessin ließ sich auf einem der kunstvoll geschnitzten Hocker nieder. »Eigentlich dürfte ich es gar nicht wissen, aber mein Beichtvater, der Frater Ivan vom Kloster zu Heiligenkreuz, hat es mir anvertraut. Der Frater Ivan war ja auch mit in Bad Ischl, wie der liebe Viktor sich bestimmt erinnert.«

»Der scheinheilige Betbruder, der die ganze Zeit an der Seite der Gräfin Tolna herumscharwenzelte«, pflichtete Angerer ihr bei.

»Und eigentlich hätte der Frater Ivan mir das Beichtgeheimnis niemals anvertrauen dürfen. Aber Ivan sieht es als meine Aufgabe, dass ich auf meinen Mann mit der Kraft der Vernunft einwirken soll, damit er nicht zum Verräter an Habsburgs Krone wird. Und in diesem Dilemma stehe ich nun und weiß nicht, was ich tun soll.«

Angerer machte keinen Hehl aus seiner Betroffenheit. »Wenn dein lieber Arnulf sich auf Lilienfelds verbrecherische Pläne einlässt, dann endet er wie alle Verräter. Wenn er Glück hat, dann bekommt er eine Kugel, wie es sich für einen Offizier gehört.«

»Beneidenswert«, meinte Liesel, »dass man euch Adelige mit der Kugel hinrichtet. Unsereiner kommt auf das Schafott oder wird aufgehängt vor allen Leuten. Was haben Frau Prinzessin jetzt vor?«

»Wenn Arnulf fällt, dann falle ich als seine Gemahlin noch viel tiefer. Dann bleibt mir selbst der Ausweg in ein Kloster versperrt.«

Angerer streichelte der Prinzessin über den Handrücken. Dann zog er den Knopf aus seiner Tasche und legte ihn auf den Tisch neben das Schachbrett. Der Fürst paffte noch immer nervös seine Pfeife und bot ihm an: »Unsere Schwester hilft ihm morgen in der Frühe gerne, den wieder anzunähen.«

Angerer schüttelte den Kopf. »Den hier hat die Lieselliesel auf dem Weg von der römischen Ruine hierher zufällig gefunden. Und rein zufällig fehlte an Lilienfelds Kragen genau ein solcher Knopf, als wir ihn heute Nachmittag in Alland angetroffen haben.«

»Ich fahre morgen früh nach München«, erklärte Martha.

»Und was hast du dort vor, meine liebe Schwester?«

»Mit Engelszungen auf Arnulf einreden.«

»Vielleicht kann ich Frau Prinzessin ja nach München begleiten«, schlug Liesel vor. Die Idee, sich auf diese Weise nach Bayern abzusetzen, begann ihr zu gefallen. Und vielleicht gelang es ihr, über den Sohn des Prinzregenten die Wahrheit herauszufinden.

Angerer durchschaute ihre Absicht schneller als ein betrogener Ehemann die Ausflüchte seiner Ehefrau. »Nichts da, Fräulein, dich, meine liebe Lieselliesel, bringe ich persönlich zur allerhöchsten Kaiserin zurück. Nicht auszudenken, was für ein schlechter, ungehorsamer Untertan ich wäre, wenn ich der Kammerdienerin ihrer allerhöchsten Kaiserin zur Flucht verhülfe.«

Liesel verfluchte in Gedanken Angerers Loyalität. Wie gern hätte sie auch so einen Vertrauten. Wie schön wäre es, noch länger an seiner Seite zu bleiben. Gern und schön und länger.

»Du vergisst, dass ich den Brief seiner Hoheit, dem Erzherzog, noch nicht ausgehändigt habe. Und vorher kehre ich nicht zurück, mein lieber Meister Angerer.«

»Aber dann ist Schluss mit deinem kleinen Ausflug, Mademoiselle.«

Liesel schaute in die traurigen Augen der Prinzessin, und mit einem Mal schien es ihr, als ob ein geheimes schwesterliches Band zwischen ihnen entstanden war.

»Ich verspreche Ihnen, hochwohlgeborene Prinzessin Martha«, sprach Liesel mit ihrer feierlichsten Stimme, »ich werde sehen, was ich tun kann. Wir müssen diesen Graf Oberst Lilienfeld aufhalten, bevor er Sie und Ihren Mann mit in den Abgrund zieht … und *du* am Ende noch in ein Armenhaus kommst.«

Die beiden Adeligen maßen die Kammerdienerin, die so frech und zwanglos ins Du übergegangen war, mit vor

Staunen offenen Mündern. Dann brachen sie in amüsiertes Lachen aus. Liesel errötete und brachte schließlich auch ein Lächeln zustande.

»Frechheit siegt«, sagte die Prinzessin und erriet Liesels sehnsüchtige Gedanken: »Eine Kuhhirtin müsste man sein. Oh, wie wäre das schön?«

12. Kapitel

Die Männer blieben im Salon. Johann füllte zwei Schnapsgläser und sog genüsslich an seiner Pfeife. Angerer stopfte sich schon wieder Tabak in seine Nasenlöcher, als Liesel und die Prinzessin zur Tür ins Stiegenhaus hinausstapften. Liesel folgte Martha von Wittelsbach widerwillig eine Wendeltreppe empor in eine Kammer. Das Geräusch der Flammen in einem Kanonenofen hörte sich wohlig an. Eine Dienerin eilte herbei und bezog die Kissen mit frischer Seidenbettwäsche. Martha blickte erwartungsvoll auf Liesels Füße und befahl ihrer Dienerin, »ein Lavour« herbeizubringen. Eine Viertelstunde später brachte die Dienerin Liesel den gewünschten Gegenstand sowie eine Wurzelbürste und duftende Honigseife. Liesel blieb am Bettrand gehorsam sitzen und tauchte ihre Füße ins heiße Wasser. Die Dienerin und Martha ließen sie daraufhin endlich allein. Liesel atmete erleichtert auf und versuchte, sich in aller Ruhe zu erinnern, an wie vielen Wachen sie seit Betreten des Schlosses vorbeigekommen war. Eine weitere Viertelstunde später kam Prinzessin Martha zu ihr in die Kammer zurück. Liesel lehnte das weitere Angebot, sich aus den Kleidern helfen zu lassen, dankend ab.

»Das schaffe ich schon allein«, schlug sie das gut gemeinte Angebot der Prinzessin aus.

Im Alter von fünf Jahren war Liesel nach dem Tod ihrer Mutter zu einem sogenannten »Quartierkind« geworden. Alle drei Wochen hatte eine andere Familie sie aufnehmen müssen. Das gebot die christliche Nächstenliebe gegenüber den Waisen. Und so hatte die Bemutterung durch die Prinzessin düstere Erinnerungen in ihr geweckt. Was musste sie im Gegenzug dafür wohl schon wieder leisten?

Während sie die Füße badete, zog sie nachdenklich das Kuvert zwischen ihren Brüsten hervor.

Liesel lauschte der Stille um sich herum und wünschte, sie könnte neben einem Hütehund liegen und ihm das Fell kraulen. Auch die Kühe, Schafe und Ziegen fehlten ihr mit jedem Tag mehr. Sogar den bösartigen italienischen Hahn vermisste sie, der sie jedes Mal versucht hatte anzufallen, wenn sie auch nur in seine Nähe kam.

Die Tiere waren immer ehrlich mit ihr gewesen.

Was hätte sie jetzt dafür gegeben, statt auf einer Rosshaarmatratze unter einem klaren Himmel zu liegen?

Liesel trocknete sich die Füße ab.

»Jawohl, Frau allerhöchste Kaiserin«, sprach sie zu sich selbst. In Gedanken führte sie eine perfekte Verbeugung aus. »Darf ich Hoheit Feuer geben? Darf ich Hoheit eine Hantel reichen? Es ist uns eine Ehre, mit Hoheit durch den Schlossgarten laufen zu dürfen und bei Ihren allerhöchsten kaiserlichen Klimmzügen nachhelfen zu dürfen.«

Liesel richtete sich auf. Sie steckte das Kuvert mit dem roten Siegel wieder zwischen ihre Brüste.

»Ich werde den Brief dem Erzherzog Luziwuzi persönlich überbringen«, sprach sie zur Kaiserin Elisabeth und verneigte sich ein letztes Mal vor einer Unsichtbaren. »Aber anschließend verschwindet Ihre treue Dienerin, die Lieselliesel, auf Nimmerwiedersehen, Allerhöchste der allerhöchsten Allerhöchsten Allerallerallerhöchstenhöchstenhöchsten … Höchsten!«

Lange her, seit sie so laut und befreit gelacht hatte wie in diesen Momenten.

Liesel drehte sich ein letztes Mal im Kreis und schlich zur Tür. Sie drückte die Klinke, ohne ein Geräusch zu verursachen, nach unten. Vorsichtig steckte sie ihren Kopf hinaus in den stockfinsteren Gang mit der Wendeltreppe, die sie eine halbe Stunde zuvor emporgestiegen war. Sie trat nach draußen und spürte sogleich die Absätze der Stufen wie kantige Steine in einem Bachlauf, bei denen man aufpassen musste, nicht auszurutschen. Blind ertastete sie einen Handlauf. Stufe für Stufe hangelte sie sich anschließend an der Wand entlang und erreichte im Nu das Erdgeschoss. Irgendwo hier hatte sich die Wachstube der Uniformierten befunden. Irgendwo hier musste das doch sein! Oder befand sie sich bereits im Keller? In irgendeinem Verlies, in dem einst Menschen verhungert waren? Zu Liesels Glück schnarchten die Wachen ganz in ihrer Nähe, wodurch sie wusste, dass sie sich doch nicht geirrt hatte. Sie benetzte ihren Zeigefinger mit Spucke und hielt ihn nach draußen an die frische Luft. Der Wind stand günstig. Die Hunde würden keinerlei Witterung von ihr aufnehmen, wenn alles gut ging. Sie zählte in Gedanken leise bis drei und rannte, so schnell ihre Füße sie trugen, lautlos und pfeilgerade auf das Gittertor zu. Sie würde einfach nur darüber klettern müssen … Die beiden Schatten lösten sich, drei Schritte, bevor sie das Tor erreichte, aus einer der Mauernischen und ergriffen Liesel unter den Armen. Sie spürte wieder einmal Ohrfeigen links und rechts brennend in ihrem Gesicht. Eine Hand krallte sich mit aller Gewalt an ihrem Kinn fest. Liesel spürte die Anwesenheit eines dritten Mannes, der sie am ganzen Körper abtastete und mit einer gezielten Bewegung den versiegelten Brief zwischen ihren Brüsten hervorzog. Die Hunde in ihren Zwingern hatten den Vorfall längst bemerkt und fletschten im Mondlicht die Zähne wie Höllengeschöpfe. Schüsse aus Gewehren krachten und zischten an Liesel vorbei. Die maskierten Schatten ließen aufgeschreckt von Liesel ab. Liesel taumelte. Schmeckte Blut an ihrem Zahnfleisch und spürte pochende Schmerzen in den Schläfen. Schemenhaft erkannte sie das Gittertor, das einen Spaltbreit offenstand. Die Maskierten krochen hindurch und lösten sich in der Schwärze dahinter in Nichts auf. Ihre Schritte verhallten in der Nacht.

»Halt! Stehen bleiben!«, schrie der Hauptmann der Schlosswache.

Liesel spürte Arme, die sie ein weiteres Mal an den Schultern ergriffen.

Ein zweiter Mann eilte herbei. Liesel roch seinen nach Schnupftabak riechenden Atem, den er durch den Mund und seine Nasenlöcher verströmte.

»Lasst sie los! Sie hat mit dem Einbruch ja gar nichts zu tun. Das ist doch nur die berühmte Kammerdienerin ihrer allerhöchsten Kaiserin, die Lieselliesel. Hat sich wohl verlaufen, das arme Kind. Mitten in der Nacht.«

Meister Angerer hielt sie fest in den Armen. Tränen liefen ihr heiß über das Gesicht. So sehr schämte sie sich.

Die Wachen ließen rasch von Liesel ab und schossen aus Gewehrmündungen Feuersalven auf das Tor. Die Funken stoben in alle Richtungen.

»Bitte sei mir nicht böse, mein lieber Meister Angerer«, flehte Liesel, »ich … sie … ich dumme Gans … sie haben mir den Brief … gestohlen. Ich … ich habe es einfach zugelassen.«

*

Zeitungsartikel Neues Wiener Journal vom Sonntag, dem 29. Oktober 1882, Bad Ischl – Wien

Ein Paukenschlag erschütterte am gestrigen Tage die Ermittlungen rund um den Schmuckdiebstahl, bei dem die Hofdame der Kaiserin, nämlich keine geringere als die Gräfin Tolna, als Hauptgeschädigte betrachtet werden darf. Dank beherzter polizeilicher Ermittlungen konnte der Dieb ja wie berichtet bereits in Bad Ischl gestellt werden. Es handelt sich um den mutmaßlichen Anarchisten Ferenc László, ein ungarischer Landsmann, der zu einem Geheimbund gehören soll, welcher aus den ungarischen und serbischen Kronländern seine Mitglieder rekrutiert. Der Geheimbund des Ferenc László hat es sich zur Aufgabe gemacht, die allerhöchste kaiserliche Familie zu stürzen und zu ermorden, wie die Polizei inzwischen bekannt gab. Nun ist diesem verräterischen Mordgesellen und gotteslästerlichen Anarchisten bei der Überstellung von Bad Ischl nach Wien, wo ihm der Prozess gemacht werden sollte, die Flucht gelungen. Der Unhold soll durch die Hilfe von Verbündeten aus der verriegelten Kutsche der Gendarmerie auf der Straße zwischen Sittendorf und dem Kloster Heiligenkreuz befreit worden sein. Hinweise, die zu einer Dingfestmachung führen, werden mit einer Prämie von

1000 Gulden belohnt. Ferenc László und seine Spießgesellen gelten als gefährlich, da sie stets Waffen bei sich führen und nichts mehr zu verlieren haben.

13. Kapitel
Sonntag, 29. Oktober, 1882

Der Hahn krähte bei Sonnenaufgang auf einem Misthaufen stehend und plusterte sein buntes Kleid. Angerer lächelte über so viel tierische Eitelkeit und führte die zahme Stute neben sich her über die Straße zur grünen Villa des Grafen Reinhard zu Leiningen. Von Schloss Liechtenstein nach Mayerling waren sie fast eineinhalb Stunden unterwegs gewesen. Liesel hing erschöpft und gekränkt von den Ereignissen der Nacht im Sattel. Sie hatte sich einiges an Beschimpfungen durch die Schlosswache anhören müssen. Die wogenden Schritte des Pferdes beruhigten Liesels Nerven ein wenig, was sie bitter nötig hatte. Die unsichtbare Verbundenheit mit dem Tier gab ihr ein Stück Vertrauen in die Welt zurück. Liesel fror und trug freiwillig die Schnürstiefel an ihren Füßen. Allmählich kam doch auch für sie fühlbar der Herbst. Das Leben bei Hofe war wohl schuld daran, dass ihr Körper sich nicht wie sonst an die Jahreszeit angepasst hatte.

An einer Straßengabelung blieb Angerer stehen, die Stute tat es ihm gleich. Der grüne Anstrich des Gebäudes und die ebenfalls grünen Fensterläden erregten Liesels Interesse. Ein oberer Stock mit weißen Balkonen und ein Giebeldach ließen das Gebäude schlicht und zugleich elegant wirken. Oberhalb der Straße erspähte sie eine Kirche, ein Gasthaus und ein halbes Dutzend Häuser, die Dorfbewohnern gehören mochten.

Endlich befand sie sich am Ziel ihrer Reise. Hier sollte sie den Erzherzog treffen. Sie spürte, wie sich ein Stein von ihrem Herzen löste. Liesel hatte die ganze Nacht kein Auge mehr zumachen können. Und in diesem Zustand der Erschöpfung stand sie eine Viertelstunde später im Teezimmer der Villa keiner Geringeren als der Gräfin Tolna höchstpersönlich gegenüber. Ihre letzte Begegnung lag weniger als 24 Stunden zurück. Und schon hatte das Hofleben Liesel wieder fest in den Klauen. Angerer hielt Liesels Hand, was in den Augen der Ungarin jede Menge Fragezeichen verursachte. Liesel verschwieg der Hofdame gegenüber ihren erneuten Fluchtversuch und gestand lediglich ein, dass sie nicht aufgepasst hatte und sie des Briefes für den Erzherzog bei »einem Spaziergang« rund um Schloss Liechtenstein herum von Unbekannten beraubt worden war. Das erklärte auch die geschwollenen Backen und die aufgeplatzte Unterlippe, die Prinzessin Martha mithilfe von Arnikablütentinktur kräuterkundig wie eine Krankenschwester versorgt hatte. Liesel rechnete jeden Augenblick mit dem Schlimmsten. Zu ihrer Überraschung formten die dünnen Lippen der Hofdame ein Lächeln, dem ausnahmsweise etwas Warmes und Sanftes innewohnte. Liesel spürte trotzdem eine Gänsehaut an ihrem Rücken.

»Wir sind so glücklich«, säuselte die Tolna mit sanfter Engelsstimme, »dass unserer hochgeschätzten Lieselliesel nichts Schlimmeres widerfahren ist. Was sind gegen ein Menschenleben schon zu Papier gebrachte Worte unserer allerhöchsten Kaiserin Elisabeth von Österreich und Königin von Ungarn?«

Liesel konnte ihr Glück kaum fassen. Das hörte sich ja wie ein glatter Freispruch an!

»Wie kann ich der Frau Gräfin nur für Ihre Großzügigkeit und Güte danken?«

Liesel knickste nach der allervornehmsten Art und Weise und senkte demütig den Kopf, froh darüber, dass auch Angerer ihren Ausbruchversuch verschwieg.

Angerer half der Gräfin aus ihrer sichtlichen Rührung, die Liesels Dankesworte in ihr offenbar ausgelöst hatten.

»Wir waren uns von Anfang an darüber im Klaren, dass Güte und Großzügigkeit der Gräfin Tolna keine Grenzen kennen. Die Ärmste war von ihrem Gewissen und Angst geplagt. Seht, wie blass das arme Kind ist.«

»Die Ärmste«, stimmte auch die Gräfin zu.

»Wo ist eigentlich der Erzherzog, Gräfin?«, fragte Angerer. »Die Lieselliesel möchte ihm gerne selbst ihr Ungeschick beichten.«

»Der Herzherzog ist soeben erst zu Bett gegangen. Er saß die ganze Nacht am Klavier. Die Lieselliesel kann jetzt nicht zu ihm. Wir bitten den Herrn Leib- und Hoffotografen und die Kammerdienerin der allerhöchsten Kaiserin daher, keinen unnötigen Lärm zu verursachen, bevor sie noch heute zurück nach Wien reisen, wo Sie von der Kaiserin bereits erwartet werden. Der Kaiser hat den dringenden Wunsch, endlich einmal gemeinsam mit seiner Gemahlin auf einem Foto für alle Zeiten verewigt zu werden.«

Liesel beendete die Verbeugung. Bevor sie nach Wien zurückkehrte, galt es, die Unschuld des armen Ungarn zu beweisen. »Dürfen wir den Toten vielleicht sehen?«, fragte sie.

Die Gräfin schüttelte auf einmal empört den Kopf.

»Warum will Sie einen Toten sehen? Das schadet doch nur Ihrem kindlichen Gemüt.«

Angerer insistierte: »Wie hieß der Ermordete eigentlich, Gräfin?«

»Genügt es dem Herrn Fotografen denn nicht, dass Er den Tatort und die Todesumstände bereits fotografiert hat, wie uns zu Ohren gekommen ist?«

»Wir könnten ein Bild auf dem Totenbett zur Erinnerung machen«, fiel Liesel ein. »Es gibt doch nichts Grausameres als zu wissen, dass ein Mensch, den man geliebt hat, in der Erde liegt und verfault. Ein letztes Bild könnte dem Erzherzog doch über den Tod seines Freundes hinweg ein Trost sein, oder nicht?«

Die Tolna machte eine wegwerfende Handbewegung. »Ach, was weiß ein junges unbedarftes Ding wie Sie schon davon, wie es ist, einen geliebten Freund zu verlieren? Sie weiß doch noch gar nichts vom Leben, weil Sie immer nur in Ihrer bäuerlichen Welt gelebt hat. Und das Kind, das Sie unehelich zur Welt gebracht hat, war doch sofort tot. Sie hat das Kind also nicht einmal richtig kennengelernt. Deswegen weiß Sie auch nicht, was Trauer ist. Also, warum sollte Sie gar etwas vom Schmerz verstehen?«

Es kostete Liesel Kraft, sich einen gedanklichen Anker im Hier und Jetzt zu suchen, um mit den Gedanken nicht zu der Sterbesituation ihres Kindes abzudriften. Und so betrachtete sie eine purpurne Schleife im hochgesteckten Haar der Gräfin. Für gewöhnlich hatte dieser Trick schon öfter funktioniert, um nicht in Tränen auszubrechen, wenn sie in ihren Armen den toten Säugling spürte und sein Geruch ihr in die Nase stieg, als hätte eine unsichtbare Macht ihn wie durch einen dunklen Zauber erneut dorthin gelegt.

»Der Ermordete, Gräfin«, erwiderte Liesel mit zitternder Stimme, »stand dem Erzherzog Luziwuzi nackt gegenüber. So wie die ersten Menschen im Garten Eden. Hat Frau Gräfin das eigentlich gewusst?«

»Was fällt Ihr ein?« Der befehlsgewohnte Ton und die überhebliche Art kehrten nun ebenfalls mit einem Schlag zurück, und wie erwartet, erhob die Tolna ihre rechte Hand zur Ohrfeige.

»Was«, fragte Liesel und spürte Wut in sich aufsteigen, »hat seine allerhöchste Hoheit, der Kaiser, damit gemeint, ich sollte seinen Bruder durch meinen Anblick *heilen*? Was ist am Bruder des Kaisers nur so krank, dass keiner es wissen darf und es trotzdem ein jeder zu wissen scheint?«

Liesel fühlte sich gespannt wie eine Bogensehne kurz vor dem Abschießen des Pfeils. Sie erwartete jede Sekunde, die Hand klatschend auf ihrer Wange zu spüren. Allein Angerer schob sich genussvoll und seelenruhig eine Prise Schnupftabak in die Nase. »Unsere süße kleine Liesellies el hat noch nicht gelernt, dass in Wien alles und jedes erlaubt ist, solange man sich dabei nur nicht erwischen lässt, stimmt's, Gräfin?«

Er zwinkerte der Hofdame zu aller Provokation auch noch schelmisch zu. »Wollen wir bloß hoffen, dass in Wien niemand der Kaiserin erzählt, dass Frau Gräfin in Ischl die ganze Zeit von ihrem russischen Beichtvater begleitet worden ist, der Ihr ein sehr guter Freund sein soll.«

»Das ist eine … eine … eine solche Frech…« Der Tolna blieb das Wort ihm Halse stecken.

Eine Tür flog auf, und kein Geringerer als der Erzherzog Ludwig persönlich betrat in einem Kimono aus Seide mit asiatischem Muster das Teezimmer, in dem noch das Tafelsilber der vergangenen Nacht auf einem Glastisch herumstand. Der jüngste Bruder des Kaisers blickte allen dreien in die Gesichter. Mit einer wissenden Miene, so schien es Liesel. Hatte er etwa draußen vor der Tür gelauscht?

»Guten Morgen, die Herrschaften«, grüßte er und setzte sich schwungvoll an das Klavier, auf dem zwei leere Weinflaschen und ein noch halb voller Kristallkelch standen. »Das stand doch ohnehin in der Zeitung, lieber Angerer«, sprach er und bestätigte Liesels Verdacht. Ungelenk schlug er ein paar schräge Takte auf den Tasten an, ehe er verkündete: »Unser Schmerz lässt uns einfach keine Ruhe. Wir können kein Auge zu tun. Und so bleibt Schlaf ein frommer Wunsch. Dabei heißt es doch immer, wer schläft, sündigt nicht. Wer weiß, ob unsere Seele jemals wieder Ruhe finden wird. Nichtsdestotrotz freuen wir uns über den Besuch unseres alten Freundes Angerer. Und diese bezaubernde Dame hier ist also das Fräulein Lieselliesel, die uns auf andere Gedanken und Gelüste bringen soll, wenn es nach der allerhöchsten Verwandtschaft geht. Sieh mal einer an.« Er taxierte Liesel von Kopf bis Fuß.

»Hoheit!«, sprach die Tolna erregt. Um Atem ringend, betrachtete sie den ungekämmten und müde dreinblickenden jüngsten Bruder des Kaisers von Österreich-Ungarn, der schwarze Ringe unter den Augen hatte, aber aufgekratzt war, als hätte er literweise schwarzen Kaffee in sich hineingeschüttet.

Liesel knickste artig. »Seid gegrüßt, Hoheit.«

Ein Hund wieselte zu Liesels Überraschung durch die offene Tür und schmiegte sich an des Erzherzogs Bein, der ihn streichelte und mit zärtlichen Worten bedachte. »Fifi, meine liebe, geliebte Fifi, du bist die Einzige, die mich versteht.«

Die Gräfin zeigte mit ihrem Finger wie mit einer Stichwaffe auf Liesel und erklärte: »Sie hat den Brief mit der Nachricht für den Erzherzog verloren. Dieser Trampel ist schuld an allem Unglück, Hoheit.«

Ludwigs schmale Schultern erschlafften. »Ach, was kümmert es uns, wer sich den Brief abluchsen ließ? Viel lieber möchten wir erfahren, wer denn ein Interesse daran hatte, den Brief unserer allerhöchsten Schwägerin«, er grinste schelmisch, »an uns so einfach Hokuspokus Verschwindibus verschwinden zu lassen wie ein Kaninchen im Zylinderhut. Das ist doch die eigentliche Gewissensfrage, Gräfin, oder wie der Dichterfürst Goethe es formulieren würde, eine Gretchenfrage. Wer spielt in dieser Inszenierung das Gretchen?«

Liesel konnte das Zähneknirschen der Hofdame förmlich hören.

»In der Hinsicht stimmen wir Hoheit natürlich zu«, sprach die Tolna. »Das wäre natürlich wesentlich wichtiger zu wissen, wo der Brief hingekommen ist.«

»Und wo ist jetzt der Leichnam unseres geliebten Freundes Ernst Fácánkert nur geblieben, Gräfin Tolna?«, hakte Ludwig nach. »Wir sind gerade in der Kapelle gewesen, und zu unserem tiefsten Bedauern haben wir feststellen müssen, dass der Sarg mit dem geliebten Menschen nicht mehr vor dem Altar aufgebahrt steht. Wo ist der schöne Tote nur hin, Gräfin? Hat Sie ihn auf dem Gewissen?«

Der Erzherzog erhob sich und schritt bedeutungsschwer wie der Anwalt des Teufels auf die Gräfin zu und starrte sie an. Das Fellknäuel auf vier Pfoten sprang zu Liesel und leckte ihre Unterarme und Hände freundlich ab. Liesel streichelte den Pon an Hals und Kopf, was dieser mit einem Schwanzwedeln honorierte.

»Braves Mädchen, meine Fifi«, lobte der Erzherzog die Hündin. »Sie hat eine Menschenkenntnis und weiß, wer gut ist und wer seine Seele dem Teufel verkauft hat, nicht wahr, Gräfin Tolna?«

Die Hofdame lief puterrot an.

Liesel fiel ein: »Ist es denn bei feinen Herrschaften gar nicht üblich, bei den Toten in der Stube zu wachen bis zu ihrer Beerdigung? So wie bei uns zu Hause bei den Bauern.«

»Wir wollten Seiner Hoheit doch nur den traurigen Anblick ersparen«, entgegnete die Tolna. »Die Kaiserin persönlich hat dies per Telegraf angeordnet, damit die feine Seele ihres Schwagers so wenig Schaden nehmen soll wie nur möglich. Und so haben wir den Ermordeten noch gestern Nacht in das Kloster von Heiligenkreuz bringen lassen. Dahinter gibt es einen schönen Friedhof.«

»Die Kaiserin«, ahmte Ludwig mit verächtlicher Stimme die Gräfin nach, »ach, die Gute schafft es mit ihren Intrigen immer wieder, einen Keil durch die allerhöchste kaiserliche Familie zu treiben. Jetzt hat sie uns auch noch das Allerliebste geraubt in ihrer hinterfotzigen Durchtriebenheit.«

Ludwig ignorierte die Empörung der Hofdame und machte drei Schritte auf das Klavier zu. Ehe Liesel begriff, war er vorhatte, sprang er auf das Instrument und stand darauf wie auf einer Bühne. Die Flaschen und der Kristallkelch zerbrachen auf dem Marmorboden. Der Erzherzog entledigte sich mit einer Art gleichgültigen Schulterzuckens des Kimonos. Das Kleidungsstück löste sich wie ein Kokon vom Körper eines Schmetterlings. Ludwig breitete die Arme aus. Die Hofdame ächzte fassungslos: »Aber Hoheit …«

Angerer schürzte verkniffen die Lippen zu einem Grinsen, eigentlich hatte seine Hand sich gerade nach dem Schnupftabak bewegt, doch sein Arm fror über der Rocktasche ein.

Der Erzherzog präsentierte seine volle Mannespracht. »Seht mich an, Gräfin von Tolna«, rief er und lachte, »und richten Sie ihrer allerhöchsten Kaiserin aus, es ziemt sich nicht, den Luziwuzi, das schwarze Schaf, nach Wien zu rufen für ein harmonisches Familienfoto. Berichte Sie ihr einfach, was Sie soeben gesehen hat. Uns ist die Lust auf ein Familientreffen ohnehin gründlich vergangen.«

»Richte Sie gefälligst Ihre Augen woanders hin!«, befahl die Gräfin Liesel und hielt ihr die Hände vors Gesicht.

Angerer trat nach vorne, beugte sich nach unten und griff nach dem abgelegten Kleidungsstück. Er reichte es dem Erzherzog zurück, der mit einer Mischung aus Lachen und Weinen wieder hineinschlüpfte, jedoch keinerlei Anstalten machte, es vorne zu verschnüren. Liesel blickte fassungslos durch die Finger der Gräfin hindurch.

»Was für ein gelungener Auftritt, Gräfin«, höhnte Ludwig. »Man könnte Euch die Posse von der anständigen Dame beinahe glauben.« Er pfiff seiner Hündin. »Komm, Fifi, wir zwei ziehen uns zurück. Bei so viel Scheinheiligkeit wird es Zeit, für die arme Gräfin Tolna ein wenig zu beten. Wir haben gehört, Sie hat ohnehin nach dem Frater Ivan von Heiligenkreuz bereits rufen lassen.«

Wie ein Fisch in einem Kescher rang die Hofdame nach Atem. Ihre Hände sanken herab. Der Erzherzog knallte mit Getöse die Tür hinter sich zu, wodurch Staub zu Boden rieselte. Laut und theatralisch, genauso wie sein Auftritt gewesen war, stampfte er über die Dielen des Gangs.

Liesel und Angerer tauschten Blicke. Liesel versuchte, sich gegen das vergnügte Grinsen im Gesicht des Fotografen zu wehren, aber es wirkte auf magische Weise ansteckend. Liesel nieste und lachte zugleich.

Die Gräfin verpasste ihr klatschend endlich die ausnahmsweise wohl verdiente Ohrfeige, was Liesel dieses Mal in keiner Weise kränkte, geschweige denn schmerzte. Dafür amüsierte sie sich einfach viel zu sehr.

»Na warte, kleines Miststück …«, knurrte die Gräfin, und ihre Augen verwandelten sich in Schlitze. »Wir haben bemerkt, dass du durch unsere Finger geschaut hast. Dafür wirst du nach dem Gottesdienst die Beichte ablegen.«

»Wie Frau Gräfin wünschen«, knickte Liesel scheinbar demütig ein.

Angerer schüttelte verständnislos den Kopf. »Aber Frau Gräfin können doch nicht ernsthaft verlangen, dass ein anständiges Fräulein das, was das Fräulein Lieselliesel soeben mitanschauen musste, einem Geistlichen gegenüber erwähnt.«

Liesel, die die Anspielung des Fotografen – offenbar im Gegenzug zur Gräfin – nicht verstanden hatte, meinte: »Mei, des is eh koa Problem. Ich hab schon geholfen, Stiere zu kastrieren, seit ich ein Kind gewesen bin. Ich kenn mich aus.«

Die Tolna wandte sich mit hochrotem Kopf zur Tür. »Na warte, Sünderin, unser hochwürdiger Frater Ivan wird dir schon die Leviten lesen. Mit einer wie dir bin ich noch immer fertig geworden. Du bist schneller wieder vom Hof verschwunden, als du bis drei zählen kannst.«

14. Kapitel

Frater Ivan vom Zisterzienserkloster zu Heiligenkreuz zelebrierte in der Laurentius-Kapelle die Sonntagsmesse. Dies geschah in lateinischer Sprache, die anscheinend niemand außer dem Geistlichen selbst beherrschte, verrieten die gelangweilten Gesichter. Liesel ließ die Zeremonie ebenso teilnahmslos über sich ergehen wie all die anderen, die zu den Gästen des Grafen Reinhard gehörten. Der Erzherzog kauerte auf der Männerseite neben seinem Neffen Rudolf und dem Gastgeber persönlich. Auch diesen jungen Mann hatte sie in Gesellschaft des Kronprinzen schon des Öfteren am Wiener Hof gesehen. Angerer saß, auf Ludwigs Insistieren hin, zu dessen Rechten und linste während des Gottesdienstes immer mal wieder zu Liesel zur Frauenseite hinüber. Liesel hatte auf Befehl der Hofdame Tolna zu deren Linken Platz genommen. Die Tolna ließ Liesel seit ihrer Ankunft und der anschließenden Posse keine Sekunde aus den Augen. Liesel wiederum beobachtete die meiste Zeit über den Erzherzog, als wäre er ein Schaf, das dazu neigte, jederzeit die Herde zu verlassen. Ludwig kauerte auf seinem Platz wie ein Sterbender in seinen letzten Zügen, seine Bewegungen und auch das Kreuzzeichen wirkten fahrig, und beim Knien schien es, als ob ihn jeden Augenblick die Kraft verlassen würde. Die Posse, die sich nur eine Stunde zuvor im Teezimmer ereignet hatte, schien in einer anderen Welt, in einem anderen Leben stattgefunden zu haben. Melancholie hatte die aufgekratzte Stimmung abgelöst. Hinter Liesel und der Hofdame saßen in der Kälte der Kapelle die Freifrau von Vetsera und ihre Tochter Mary, die die ganze Zeit über unruhig mit einem Bein gegen die Bänke klopfte, was das Sitzen für Liesel, die vor ihr Platz genommen hatte, zur Tortur machte. Die Nervosität des quengeligen Kindes übertrug sich mit jeder Erschütterung des Holzes auf Liesels Nervenkostüm wie ein Klöppel auf den Mantel einer Glocke. Die Schauspielerin Mina Pick und ihr Verlobter, der Graf Reinhard, warfen sich während der Wandlung ständig heimlich verliebte Blicke zu, was Liesel ebenfalls in keiner Weise entging. Selten hatte sie eine Dame von einer solchen Grazilität zu Gesicht bekommen wie Mina Pick, die einen purpurnen Kopfschmuck mit Pfauenfedern in ihren vollen schwarzen Locken trug.

Der Frater mit den eisigen hellen Augen schloss den Gottesdienst mit einem gregorianischen Mönchsgesang. Der Tenor berührte Männer und Frauen gleichermaßen. Liesel spürte die Schönheit dieser Stimme wie ein Kitzeln in der Tiefe ihrer Brust. Dabei wäre ihr beinahe der Anblick der Gräfin Tolna entgangen. Irrte sie oder kamen die eigenartigen Lippenbewegungen der Hofdame einem Hecheln gleich? Mit einer Verzückung, die Liesel ihr niemals zugetraut hatte, verdrehte die Tolna neben ihr die Augen. Ihre Lider zuckten nervös wie Libellenflügel. Die Gräfin musste sich mit den Händen an der Bank festhalten, um nicht zu taumeln. Der Geistliche mit der blonden Tonsur sah zur kaiserlichen Hofdame, woraufhin diese seinen Blick aus glasigen Augen erwiderte. Eine einzelne Träne lief der Tolna aus einem Augenwinkel, den sie mit einer behandschuhten Hand blitzschnell wegwischte, dann verhallte der Gesang, und gleichzeitig schien die Kontrolle über Körper und Mimik in die Hofdame zurückzukehren. Liesel atmete ebenfalls auf. Selten hatte sie eine schönere Stimme gehört. Woher, überlegte Liesel, hätte sie im Falle einer Ohnmacht der Tolna nur ein Fläschchen mit Riechsalz herbekommen? Aber vielleicht reichte ja zur Not auch eine Prise von Angerers Schnupftabak. Liesel grinste bei dem Gedanken und brach in ein heiteres Lachen aus, das zwischen Altar, Wänden und Heiligenfiguren durch das sakrale Gebäude hallte.

Alle Augenpaare starrten empört oder erheitert in ihre Richtung, und Liesel verstummte. Heiße Röte schoss ihr in die Wangen. Am liebsten wäre sie im Boden versunken.

Nach dem Gottesdienst schritt die Gemeinschaft der Gläubigen nach draußen.

Nur die Tolna blieb sitzen und stierte Liesel an. Liesel verharrte kniend in Erwartung ihrer Beichte. Auch der Frater blieb in der Kirche zurück. Für gewöhnlich hatte Liesel als Kind die obligatorische Beichte an den Feiertagen stets als Schikane empfunden. Ständig hatte sie sich Sünden einfallen lassen müssen, damit der Geistliche mit ihr zufrieden war. Was sollte sie ihm heute erzählen? Aber wahrscheinlich hatte die Tolna ihn längst ins Bild gesetzt.

Der Frater starrte sie bohrend an, und Liesel fühlte die alte Ohnmacht wie als Kind in sich aufkeimen. Sich offenbaren zu müssen vor einem Fremden, der einem mit Höllenqualen drohte für Sünden, von denen man niemals gehört hatte geschweige denn wusste, was die Bedeutung dieser unheilschwangeren Worte war. Warum nur nahm die Tortur durch die Kirche nie ein Ende?

»Folge mir, Sünderin«, sprach der Frater in seinem harten russischen Akzent.

Er begab sich voran in den Beichtstuhl. Liesel erhob sich und folgte ihm dahin, wo sie nur ein hölzernes Gitter und ein durchsichtiger Vorhang trennte. Ihre Knie schmerzten. Auch die Wangenknochen machten nun wieder pulsierend auf sich aufmerksam. Das kommt davon, wenn man ungehorsam ist. Ist die körperliche Züchtigung nicht schon Strafe genug? Warum muss ich mein Inneres jetzt auch noch vor einem Fremden entblößen?

Liesel sprach lustlos die altbekannte Formel: »Ich bin ein Weib, ich stehe in meinem 18. Jahr, und meine letzte Beichte war …«, sie musste kurz nachdenken, »… zu Lichtmess, bevor ich meine Anstellung gewechselt habe.«

Die Antwort des Fraters ließ nicht lange auf sich warten. »Du hast dich der Unkeuschheit und des Hohns deiner Herrin gegenüber schuldig gemacht, wie uns zu Ohren gekommen ist. Bekennst du dich schuldig, Sünderin?«

Liesel atmete langsam in den Bauch. »Mei, dann bekenne ich mich halt schuldig, respektlos gegenüber der Gräfin gewesen zu sein – und der Unkeuschheit auch, wenn's sein muss.« Es war wohl das Beste, die Prozedur einfach über sich ergehen zu lassen.

»Außerdem ist uns zu Ohren gekommen, dass du dich der Sünde der fleischlichen Liebe, die allein den Verheirateten vorbehalten ist, hingegeben haben sollst, bevor du an den Hof der allerhöchsten Kaiserin gekommen bist. Bekennst du dich auch dessen schuldig, Sünderin?«

Ich bin schuld, weil mein Kind in ungeweihter Erde liegt, schoss ihr jäh der Gedanke in den Kopf. Sie unterdrückte Tränen und antwortete: »Ich habe gesündigt, Frater.«

»Dein Ruf ist dir bereits vorausgeeilt, Huber Elisabeth. Die Leute sagen, dein Gemüt ist von einer sündhaften Bauernschläue und von Respektlosigkeit gegenüber der Obrigkeit geprägt wie das einer Anarchistin.«

Herrgott, bitte lass diese Beichte zu Ende gehen. Ich habe doch nix Böses getan … »Mein Jesus, Barmherzigkeit«, stimmte sie zu und sprach damit die Formel, die traditionell die Aufzählung der Sünden abschloss. Jetzt hatte gefälligst die Absolution zu erfolgen.

»Als Dienerin – als Magd«, geiferte Ivan, »sollst du nur reden, wenn ich dich frage. Oder willst du in deiner Hochmut es wagen, gegen die von Gott geschaffene Ordnung aus Klerus und Adel aufzubegehren?«

»Nein, niemals. Ich will gar nicht aufbegehren, aber es passiert mir immer wieder. Einfach so. Meine Gedanken …«

»Halte deine lose Zunge in Zaum, Weib.«

»Ja, Frater, wie Sie befehlen.« Eine heiße Träne lief ihr über die linke Wange.

»Gut, wie ich sehe, bereust du deine Sünden aufrichtig. Ich will dir die Absolution sogleich erteilen. Aber beantworte mir zuerst noch eine Frage.«

Liesel hielt die Luft an.

»Erinnerst du dich«, fuhr der Geistliche fort, »an die Worte, welche der sündige Mörder gestern zu Alland vor der Wachstube der Gendarmerie zu dir sprach, Liesel? Jemand hat gesehen, dass er dir Worte ins Ohr geraunt hat.«

Woher wusste der Frater über die Begegnung mit dem verzweifelten Gefangenen Bescheid? Und warum wollte er wissen, was der arme Teufel ihr in seiner Verzweiflung in Ungarisch anvertraut hatte.

»Ich verstehe kein Ungarisch«, antwortete Liesel und

hätte sich vor Zorn über sich selbst am liebsten auf die Zunge gebissen.

»Woher willst du wissen, in welcher Sprache der gemeine Mörder zu dir gesprochen hat, Kammerdienerin Liesel?«

Diese Beichte ist ein abgekartetes Spiel, schoss es ihr in den Kopf. Wer ist hier der wahre Sünder, Frater?, hätte sie ihn am liebsten auf der Stelle gefragt. Haben der Erzherzog und die Gräfin die Posse absichtlich inszeniert, um mich in diese Bredouille zu bringen? Oder hat die Hofdame das …

Liesel stotterte. »Es heißt doch, dass … dass der gemeine Mörder ein … ein … ungarischer Landsmann sein soll, genau wie die Gräfin Tolna?«, wurde ihr im selben Atemzug bewusst. »Der Gendarmerie-Major Vösenhuber hat es mir und dem Angerer verraten.«

»Weiß der Fotograf, was der Gefangene dir zugeraunt hat?«

»Nein, wie denn, ich habe ja nichts von dem verstanden.«

»Schwöre beim Herrgott, dass du niemandem verraten wirst, was hier in diesem Beichtstuhl gesprochen worden ist. Schwöre es bei Gott, Elisabeth Huber, geboren zu Hauzenberg bei Passau, aufgewachsen als ein Quartierkind in derselben Gemeinde, die ledig und in Sünde ein Kind geboren hat, das für ihre Sünde von Gott dem Herrn bestraft worden ist.«

Liesels Stimme erlosch. »Ich schwöre es, Frater«, brachte sie heiser hervor.

Gefiel es diesem Mann Gottes, sie immer wieder an ihrer verletzlichsten Stelle zu treffen?

Seine Worte ergossen sich wie kaltes Wasser über sie. »Andernfalls fällst du genau wie dein in Sünde geborener, namenloser ungetaufter Sohn der ewigen Verdammnis anheim. Hast du mich verstanden, unkeusches Weib?«

Die grauen Augen blitzten wie Eis, durch das die Sonne brach, durch den Spalt im Vorhang zwischen ihnen. Liesel wandte ihren Blick ab.

Sie nickte.

»Dann erteile ich Ihr hiermit die Absolution all Ihrer Sünden, auch wenn Sie noch so verdorben und unkeusch gewesen ist. Als Buße legen wir Ihr auf, zehnmal das Vaterunser und zehnmal den Rosenkranz unserer Heiligen Jungfrau Maria zu beten.«

Das klang wie ein großzügiges Angebot. Selten hatte ein Mensch sich wohl billiger von seinen Sünden freikaufen können. Und doch würde sie sich wohl für immer am Schicksal ihres Sohnes schuldig fühlen.

»Amen«, erwiderte sie.

»Der Friede sei mit dir.«

»Und mit deinem Geiste.«

Liesel erhob sich und trat vom Beichtstuhl in die Kapelle zurück. Ihre Augen brauchten einige Sekunden, um sich an die Helligkeit zu gewöhnen. Sie schaute mit verschwommenem Blick zu den Kirchenbänken auf der Frauenseite links im Schiff des Gebäudes. Die Tolna blickte, wohl ebenfalls kniend ihrer Beichte harrend, zu ihr auf und lächelte. Der Triumph stand ihr wie einer Feldherrin ins Gesicht geschrieben. Liesel brauchte mehrere tiefe Atemzüge, um sich aus ihrer Starre zu lösen. Sie wäre in diesem Zustand durch den Anblick der Hofdame keines zusammenhängenden Gedankens fähig gewesen. Dann betrat Liesel eine der hinteren Kirchenbänke und kniete nieder. Sie begann das erste Vaterunser vor sich hin zu murmeln.

Die Gräfin Tolna erhob sich sodann und schritt mit raschelnden Röcken zum Beichtstuhl. Dort zog sie die knarrende Holztür hinter sich zu und war mit ihrem Beichtvater allein.

15. Kapitel

Im Verlauf des Vormittags ließ die Hofdame Liesel keine Sekunde aus den Augen. Liesel hatte sich stets in ihrer Nähe aufzuhalten, Befehle auszuführen und vor Ehrfurcht und Dankbarkeit zu knicksen. Zog Liesel eine unwillige Miene, erhob die Tolna drohend ihre locker sitzende Hand. Liesel kannte die Geste nur zu gut, woraufhin sie wie ein trotziges Kind vorerst gehorchte. Die anderen Gäste, einschließlich Angerer, saßen im Teezimmer und wärmten sich am offenen Kamin. Die Herren spielten Schach oder sprachen über Politik, die Damen tranken Tee und unterhielten sich über die Kaiserin und die viktorianische und die Pariser Mode. Liesel interessierte weder das eine noch das andere. Das Beichtgespräch geisterte ihr wie ein endloses Echo durch den Kopf. Hatte sie sich verplappert, zu viel gesagt? Warum nur hatte dieser unheimliche Frater mit der wunderschönen Gesangsstimme ihr verboten, das, was sie gehört hatte, weiterzuerzählen? Und überhaupt – wofür, für welche Art von Sünde hatte die Tolna sich im Anschluss an Liesels Beichte bei dem Frater die Absolution erbeten?

Jetzt saß der Frater mit den asketischen Gesichtszügen am Kopf der Tafel und sprach mit den Herren über die Zollpolitik der englischen Königin gegenüber Russland und den Getreidepreis an der Krim, als wäre er ein Geschäftsmann oder Adjutant des Kaisers persönlich. Nur manchmal garnierte er seine Worte mit dem einen oder anderen Zitat aus der Bibel. Ivan bewegte sich würdevoll. Die weiße Mönchskutte und das braune Überkleid standen ihm ausgezeichnet. Soeben trug er ein biblisches Gleichnis vor: »Da sah der König einen Gast, der nicht dem hochzeitlichen Anlass gemäß gekleidet war, und fragte ihn nach dem Grund für derlei Respektlosigkeit. Als der Gast ihm daraufhin die Antwort schuldig blieb, ließ er ihn hinauswerfen – denn viele sind berufen, aber wenige sind auserwählt.«

Er schaute zu Liesel.

Kronprinz Rudolf und Graf Leiningen traten von nebenan aus dem Jagdzimmer. Mit geröteten Augen blickten sie in die Runde.

Liesel kam ein Gedanke: Handelte es sich vielleicht bei dem Priester um einen der Spione des Kaisers, der hier auf sie oder auf den Kronprinzen und die Hofdame aufpassen sollte?

Der Kronprinz lallte: »Das schöne Wetter, Herrschaften, bietet sich an, nach dem Mittagessen eine Jagd zu veranstalten. Außerdem hat uns auch der werte Graf Oberst Lilienfeld sein Kommen angekündigt. Der Graf soll ja ein ausgezeichneter Schütze sein.« Er wandte sich an Angerer: »Der Herr Hof- und Leibfotograf unserer allerhöchsten Mutter wird prächtige Böcke vor sein Stativ bekommen. Es wird ihm eine Freude und Ehre sein, uns ebenfalls zur Jagd zu begleiten. Das ist ein Befehl, mein lieber Meister Angerer.«

»Es ist uns eine Ehre«, antwortete Angerer.

»Oh ja«, rief Mary Vetsera erfreut. »Mama, dürfen wir den Herrn Kronprinzen auch zur Jagd begleiten und zusehen, wie er ein Wildschwein erlegt? Bitte, bitte, bitte.«

»Aber mein kleiner Liebling«, redete Helene auf Mary ein, »das ist viel zu gefährlich. Und ich will doch nur, dass alles zu deinem Besten und deinem Wohlergehen geschieht, wenn wir in einer Stunde abreisen müssen.«

Rudolf grinste mit seinen traurigen Augen, über denen eine Art Schleier lag. »Als Kronprinz befehlen wir der guten Helene, dass auch Ihre Tochter Mary dem fröhlichen Treiben beizuwohnen hat als unsere zukünftige Hofdame. Und merke Sie sich eines: Selbst die Kaiserin liebt die Jagd, also ziemt es sich auch für jede andere Dame, dem fröhlichen Treiben zu Pferde beizuwohnen. Lassen Sie uns die Jagd feiern, solange das Jagdrecht noch allein dem Adel gebührt, Freifrau von Vetsera.«

Ein Affront, der dazu führte, dass die einst »schönste Braut von Konstantinopel«, wie Helene von Vetsera hinter ihrem Rücken genannt wurde, Rudolf giftige Pfeile aus ihren schwarzen Pupillen entgegenschleuderte. »Hoheit, wir haben die Gastfreundschaft des Grafen von Leiningen schon lange genug strapaziert, da gehört es sich nicht, auch noch mit auf eine Treibjagd zu gehen, die für das Kind außerdem viel zu gefährlich werden könnte.«

Rudolf zuckte mit den Schultern und erwiderte in einem nonchalanten Tonfall: »Wäre Ihre Mary ein Junge, dann trüge sie wahrscheinlich eine Uniform, so wie wir sie von klein auf getragen haben. Es wird Zeit, dass die kleine Mary ihre Erfahrungen macht, bevor sie unter die Haube kommt. Das ist doch schließlich Ihr sehnlichster Wunsch für Ihre Tochter, oder, dass sie einmal eine gute Partie macht?«

Rudolf wartete nicht auf eine Antwort und tanzte mit übermütig schwingenden Armen durch das Zimmer. Die Schauspielerin Mina Pick betrachtete ihn und ihren Verlobten mit einer Sorgenfalte über der Himmelfahrtsnase. Das Verhalten des Grafen Leiningen und des Kronprinzen fand Liesel allgemein sonderbar, schon seit sie die beiden zum ersten Mal gesehen hatte. Was hatten diese ständig geröteten, verquollenen Augen nur zu bedeuten? Hatten die beiden schon am Vormittag zu viel Schnaps getrunken? Aber warum waren sie so aufgekratzt?

Mary drehte sich ebenfalls. »Oh ja, habt Dank, kaiserliche Hoheit.« Sie knickste kurz vor dem Kronprinzen. Dieser ergriff sie an den Armen und schwang sie wie ein Karussell im Prater durch die Luft. Mary jubelte. Leiningen wiederum riss seine Verlobte Mina an sich und herzte und küsste sie ungehörig vor allen Gästen auf Lippen und Hals voll ungezügelter Leidenschaft, als wäre sie eines der leichten Mädchen, die die Praterstraße bevölkerten.

Liesel sah in dem Trubel die Gelegenheit gekommen, der Hofdame zu entfliehen, und stand leise auf. Die Tolna packte sie prompt von hinten an der Bluse und zog sie auf den Hocker zurück. »Was fällt Ihr ein?« Liesel spürte zum zweiten Mal an diesem Tag die Hand der Hofdame klatschend auf ihrer linken Wange.

»Au.« Liesel japste vor Schreck nach Luft, und beinahe hätte sie die Situation als zum Lachen komisch gefunden, weil sie wusste, dass die Ohrfeige nicht ihr galt, sondern viel mehr dem Kronprinzen, an den die Hofdame jedoch niemals gewagt hätte, Hand anzulegen. Sie rieb sich scheinbar amüsiert die Wange, um der Tolna jegliche Genugtuung zu vergällen.

Der Kronprinz zwinkerte ihr zu und baute sich vor der Gräfin auf. »Und das fesche Fräulein Lieselliesel wird uns ebenfalls begleiten, Gräfin Tolna. Das ist ein Befehl.

Heute Nachmittag wollen wir alle frei sein und uns glücklich fühlen, wie die Engel im Himmel sich fühlen, wenn die Frömmler unten in der Hölle schmoren.«

Angerer saß am Tisch bei den Herren und steckte sich eine Prise Schnupftabak in die Nase. Er blinzelte Liesel unauffällig zu.

Angerer nieste. »Hatschi!«

Der Kronprinz rief: »Jeder hier kann zum Ziel dieser Anarchisten werden, wie wir alle wissen. Jeder kann morgen schon tot sein, nicht wahr, Gräfin? Da ist es doch unser gutes Recht, wenn wir den Tag feiern und genießen, als wäre er unser allerletzter auf dieser verdrießlichen und ungerechten Welt, in der immer nur die Reichen über die Armen bestimmen und der Herrgott sich schon längst von uns allen abgewandt hat.«

Frater Ivan musterte den Kronprinzen mit versteinerter Miene, und Liesel war sich sicher, was ihre Vermutung betraf: Der Kaiser hatte den Geistlichen als Spion auf seinen Sohn angesetzt. Wenigstens war sie damit nicht die Einzige, der man einen persönlichen Aufpasser mit auf den Weg geschickt hatte.

Rudolf und sie nickten einander wie Verbündete zu.

»Es mir eine Ehre, Majestät begleiten zu dürfen«, sagte Liesel.

Der Kronprinz nahm ihre Linke und hauchte ihr einen Kuss auf den Handrücken. »Und uns erst, liebes Fräulein Lieselliesel, und uns erst, schönes Fräulein.«

16. Kapitel

Zum Mittagessen wurde Kaiserschmarrn mit Zwetschkenröster kredenzt. In der anschließenden Zeit der Mittagsruhe musste Liesel die Gräfin Tolna in ihre Kammer begleiten und deren Rücken mit einer Bürste und einem Handtuch massieren. Vom Nachbarzimmer aus vernahm Liesel ein kindliches Weinen und das Fauchen eines Stocks.

»Die arme, aufmüpfige Mary Vetsera«, kommentierte die Tolna mit einem selbstgefälligen Lächeln. »Ihre Mutter ist wohl die wahre Schuldige, warum das arme Kind keine zwei Sekunden ruhig auf seinem Hinterteil sitzen kann. Aber wer sein Kind liebt, der züchtigt es, das steht schon in der Bibel. Die arme Helene versucht einfach, eine gute Mutter zu sein. Ich fürchte nur, bei der kleinen Mary sind ohnehin Hopfen und Malz verloren. Aus dem bürgerlichen Adel wird diese Familie niemals herauswachsen. Da merkt man einfach, dass das blaue Blut in der Abstammung fehlt.«

Nachdem das Klatschen aufgehört hatte, folgte Totenstille, und Liesel wagte kaum zu atmen.

Zwei Stunden später saß Mary von Vetsera fröhlich lachend in einem Damensattel auf einer Stute, neben ihr ritt die Mutter, ebenfalls im Damensattel auf einem weiblichen Pferd. Mutter und Tochter sahen einander vertraut an. Wahrscheinlich hatte die Mutter die Tochter zuerst geschlagen und sie anschließend auch selbst getröstet. Die Verbindung zwischen den beiden schien fest, schloss Liesel aus dem Verhalten. Mary trug ihrer Mutter die Züchtigung nicht nach. Wie lange würde das wohl so bleiben? Würde Mary Vetsera eines Tages, in ein paar Jahren, aus ihrem Elternhaus davonlaufen und vielleicht in ihrer Not dann dem falschen Mann aus Liebe folgen?

Liesel hielt sich beim Anblick eines prächtigen weißen Lipizzaners, auf dem der Kronprinz thronte, an einer Wasserpumpe vor dem Pferdestall fest. Sie verspürte Respekt vor dem riesigen Tier. Stocknüchtern wirkte der Kronprinz inzwischen. Neben ihm saß auf einem englischen braunen Fuchs sein Freund Reinhard von Leiningen. Ebenfalls mit völlig klarem Blick, im Gegensatz zum Vormittag. Ein Dutzend Jäger mit Hörnern und Gewehren sowie ein Rudel russischer Windhunde begleiteten die Jagdgesellschaft, die aus insgesamt neun Jagdgästen und einem Dutzend Jägern zu Pferd sowie einem halben Dutzend Jagdgehilfen zu Fuß bestand.

Erzherzog Ludwig war ebenfalls aus dem Reich der Toten auferstanden. Er bevorzugte wie sein Neffe einen Lipizzaner, wenn auch einen schwarzen mit einem weißen Tupfen auf der Stirn, ein ganz seltenes Tier, da derlei Pferde üblicherweise weiß waren. Erzherzog Ludwig hatte die Stunden nach dem Gottesdienst in seiner Schlafstube verbracht, und selbst das Mittagessen hatte er ausgelassen, was ihm kein Mensch verdenken konnte. Zu schwer wog die Trauer um seinen geliebten Freund. Umso mehr Aufmerksamkeit erregten seine Erscheinung und seine heitere Miene, die ganz und gar nicht zur trübseligen Stimmung passte, die er den Anwesenden am Vortag geboten hatte, wie Liesel gehört hatte.

»Die Natur ist uns immer ein Trost gewesen«, rezitierte er jetzt wieder voller Theatralik wie ein Mime. »Wir können es kaum erwarten, uns im Jagdrausch zu verlieren. Horrido! Horridoooh«, rief er und schwang die Büchse wie zum Angriff.

Ein Jagdhorn erscholl, und Schüsse wurden abgefeuert.

Frater Ivan ritt an der Spitze der adeligen Jagdgesellschaft auf einem rotbraunen Englischen Vollblut, das von allen Tieren das prächtigste war und dem Kloster Heiligenkreuz gehörte.

Angerer hielt sich auf der zahmen Stute, die sich inzwischen an ihn gewöhnt hatte, als Schlusslicht der Gesellschaft. Die Fotoausrüstung baumelte wie immer neben dem Geschirr des Pferdes. Liesel saß hinter ihm und hielt sich an seiner Taille fest. Ihr Herz schlug vor Aufregung bis zum Hals.

»Was bin ich froh, dass ich nur auf der Jagd nach guten Bildern bin«, rief Angerer ihr zu.

»Wann werden diese feinen Herrschaften endlich einmal aufhören, mich wie ihr Eigentum zu behandeln? Ich wollte doch gar nicht mitreiten«, protestierte Liesel.

Die Gräfin Tolna hielt sich rechts von ihnen – *beinahe* außer Hörweite.

Angerer lenkte die Stute noch ein wenig weiter von den Frauen weg. »Was hast du dem Frater Ivan alles gebeichtet, Lieselliesel?«

Liesel spähte zur Gräfin. Im Damensattel konnte eine Person nur allein reiten. War für ein glücklicher Umstand. Sonst hätte Liesel nicht die Gelegenheit gehabt, Angerer Gesellschaft zu leisten. Liesel beugte sich nach vorne. Die Gräfin war etwa 20 Schritte entfernt, und ihre Augen hatten sich in Sehschlitze verwandelt.

»Hat die Tolna ein Gspusi mit dem Frater Ivan?«, antwortete sie mit einer Gegenfrage. »Was denkst du über die beiden armen Sünder?«, ließ sie ihrer losen Zunge freien Lauf.

»Wer könnte nur ein Interesse daran gehabt haben, dir den Brief der Kaiserin zu stehlen, Lieselliesel, das frage ich mich wiederum die ganze Zeit.«

Die Gräfin trieb ihr Pferd auf wenige Meter zu ihnen heran. Verdammt. Liesel schwieg und schaute scheinbar teilnahmslos nach vorne. Tannen und Fichten von einem satten Grün und Ahornbäume mit golden leuchtenden Blättern zogen an ihnen vorbei. Ein gewaltiger Fels erhob sich zu ihrer Linken, ebenfalls von Wäldern umsäumt, in den Himmel. Sie galoppierten durch das Waldstück, das zum Gutshof der Familie Leiningen gehörte. Das Kläffen der Hunde hallte aus immer größerer Entfernung zu ihnen. Liesel war froh über den Abstand zur Spitze. Königliche Jäger waren ihr immer ein Gräuel gewesen, weil der Radau bei der Jagd Kühe und Schafe verschreckte. Wilddieben dagegen konnte sie ihre Jagdleidenschaft nachfühlen, da der Hunger ihnen keine Wahl ließ. Und so mancher von ihnen siechte im Zuchthaus zu Tode, da er sich mit Krankheiten ansteckte, was Liesel als himmelschreiende Ungerechtigkeit empfand.

Der Lärm, der sich gegen die Windrichtung ausbreitete, nahm mit einem Mal deutlich zu. Liesel spürte ihr Herz immer nervöser schlagen. Die Vorstellung, was sich keine 100 Meter weiter vorne im Dickicht abspielte, ließ sie schaudern. Tiere, die, von Todesangst gehetzt, eine leichte Beute waren – allein die Vorstellung tat ihr in der Seele weh.

Liesel beugte sich vor und schloss die Augen. Wenigstens hatte sie kurz zuvor die Gräfin aus ihrem Blickfeld verloren. Sie öffnete die Augen wieder und starrte auf den Nadelboden, was ein Schwindelgefühl in ihr auslöste. Schüsse donnerten wie in einer Schlacht. Ein aufgehetztes Rudel Wildschweine schrie irgendwo in Panik. Die Furcht der Tiere verlieh ihren Lauten einen allzu menschlichen Charakter.

Ein weiterer Schuss ganz in Liesels Nähe explodierte aus einer feurigen Mündung. Liesel spürte das Geschoss glühend in ihrer Brust einschlagen. Brennendes Eisen. Ihre Arme verkrampften sich um den Fotografen. Sie versuchte, ihre Hände zu bewegen. Sich an ihm festzuhalten. Die Kraft wich jedoch schlagartig aus ihren Schultern und Beinen. Sie stürzte nach hinten aus dem Sattel und landete auf dem Waldboden. Erst durch den Aufprall erwachten die Nerven in den Muskeln kurzfristig zu neuem Leben, als Liesel schreckliche Schmerzen an der Wirbelsäule wahrnahm. Als sie die Augen öffnete, erkannte sie, dass ihre Arme ein Stück Felsen umklammerten, während ihre Beine in der Luft hingen. Ein Abgrund tat sich unter ihr auf. Nichts als Geröll spürte sie unter ihren Füßen. Zwischen Buchenstämmen schnaubte ein Pferd mit weißem Fell und jagte vorwärts durch das Dickicht wieder davon. Ein allerletztes Mal konzentrierte Liesel ihre Kräfte in die Arme und Hände, um sich nach oben zu ziehen. Dann stürzte sie in die Tiefe, hörte als Letztes Angerers entsetzte Schreie. Meter für Meter ging es nach unten. Liesel prallte auf und rollte wie eine Puppe den steinigen Hang hinunter. Über eine felsige Granitformation hinweg. Und blieb reglos liegen. Unfähig zu jeder weiteren Bewegung. Blitze jagten durch ihre Wirbelsäule. Liesel besaß keinerlei Gefühl und Beherrschung über Arme und Beine. Panik übermannte sie wie ein übermächtiges Raubtier. Bin ich jetzt … *gelähmt!*

Das Letzte, was sich vor ihrem inneren Auge offenbarte, war der Anblick ihres toten Sohnes, der plötzlich lebte und sie anlächelte aus Freude, sie zu sehen. Der Schwärze, die sie sodann umhüllte, folgte eine erlösende Ohnmacht, in der ihr Geist aufhörte zu existieren.

17. Kapitel
Montag, 30. Oktober 1882

Aus der Schwärze in Liesels Traum schälten sich nach und nach Gestalten heraus. Der Kronprinz thronte auf seinem weißen Lipizzaner. »Jeder hier kann zum Ziel dieser Anarchisten werden«, sprach er mit klarer Stimme. »Jeder kann morgen schon tot sein, nicht wahr, Gräfin? Da ist es unser gutes Recht, wenn wir den Tag feiern und genießen, als wäre er unser allerletzter …« Rudolf presste die Schenkel zusammen und trieb das edle Pferd vor Liesels geistigem Auge vorbei. An seine Stelle trat der Frater mit den eisigen blauen Augen, der von seiner Kanzel herab predigte. »… da sah der König einen Gast, der nicht dem hochzeitlichen Anlass gemäß gekleidet war, und fragte ihn nach dem Grund für derlei Respektlosigkeit. Als der Gast ihm daraufhin die Antwort schuldig blieb, ließ er ihn hinauswerfen – denn viele sind berufen, aber wenige sind auserwählt.« Sein Blick lähmte Liesels Körper, es war ihr unmöglich davonzulaufen. Zuletzt erspähte sie in der tiefen substanzlosen Dunkelheit das von Blut und Schmerz gezeichnete Gesicht eines Mannes, der fast noch ein Kind war und sie aus verquollenen, zugeschwollenen Augen flehend ansah. Er sprach voller Verzweiflung – wie ein Betender – auf sie ein: *»A-tej-test-vé-rei …«*

Das waren die Bilder ihres Fiebertraums.

*

»*A-tej-test-vé-rei …*«, hörte Angerer die Kammerdienerin ihrer Hoheit, der allerhöchsten Kaiserin, im Fiebertraum sprechen, wenn auch undeutlich. Unverständlich. Endlich ein Lebenszeichen, dachte er, wenn diese unwillkürliche Aneinanderreihung von Silben ihm auch völlig sinnlos erschien. Wahrscheinlich gaukelte das Fieber der Lieselliesel irgendwelche Schreckgespenster vor. Ach, wie sehr er den Geruch von Essig und Chlorkalk verabscheute, hätte Viktor Angerer auf keinem Foto der Welt zum Ausdruck bringen können. Ob man wohl jemals Gestank fotografieren konnte?

Der Geruch nach Desinfektionsmittel weckte die letzten Erinnerungen an seinen Bruder im Wiedner Spital. Die Tuberkulose war eine Geisel der Menschheit. Im 1879er-Jahr war Ludwig daran verstorben. Jetzt, da Angerer seinen Blick über die Lieselliesel gleiten ließ, packte ihn dieselbe Ohnmacht wie damals, am Krankenbett sitzend und dem Tod ins Gesicht sehend. In dem Wissen, dass er nichts für sie tun konnte.

Als die Lieselliesel nach Mitternacht die Augen öffnete, erschien es ihm daher wie ein Wunder.

»Meister Angerer?«, hörte er ihre schwache Stimme. Er hatte sich kaum je mehr gefreut, seinen Namen zu hören. Fast wäre ihm die Glasflasche mit dem Schnupftabak entglitten. Sie purzelte über das verschwitzte Laken, wo sich ein paar braune Krümel verteilten.

»Liesel … Lieselliesel, meine Liesel, und ich habe schon geglaubt, ich muss ein Totenfoto von dir machen. Was bin ich froh …«

Sie hustete schwach. Er stützte ihren Kopf und Oberkörper, wischte ihr die Mundwinkel mit seinem geliebten Schnäuztuch ab.

»Was ist passiert?«, fragte sie und blickte ihn mit glasigen Augen an.

Sollte er ihr die Wahrheit zumuten? Oder sie lieber noch ein wenig schonen? Andererseits hätte dieses Geschöpf, das von Kindesbeinen an in einer harten bäuerlichen Welt sich durchzukämpfen gelernt hatte, den Braten gerochen, vermutete er. Und vielleicht vertraute sie ja eines Tages auch einem Mann, der aus einer reichen Familie, die mit ihrer Kunst wohlhabend geworden war, stammte. Er erzählte ihr in knappen Worten vom Hergang des Jagdunfalls. »Eine verirrte Kugel muss den Weg in deine Richtung gefunden haben«, analysierte er das Geschehen, obwohl er selbst an der Version seine Zweifel hegte. »Und das ausgerechnet, nachdem du am Vormittag zu einer Beichte bei Frater Ivan verdonnert worden bist. Ich möchte nur zu gern wissen, was du dem scheinheiligen Bruder von einem Zisterzienser im Beichtstuhl erzählt hast, meine Lieselliesel. Ich bin mir sicher, du weißt zu viel von was auch immer.« Das war seine These, die ihm nur logisch erschien.

Liesels hellblaue Iriden färbten sich dunkel. Offenbar durchlebte sie den Moment der größten Todesgefahr noch einmal, vermutete er aufgrund des Bebens, das ihren Körper erfasste. Sie klammerte sich an ihm fest. Ihre Nägel in seiner Haut verursachten ihm Schmerzen am Unterarm. Er ließ den festen Druck duldsam über sich ergehen.

»Warum bin ich nicht gestorben, Meister Angerer?«

Enttäuschung stand ihr ins Gesicht geschrieben, die ihn tief in seinem Herzen erschütterte. Ihre Hände ließen seine Unterarme los, und sie tastete nach ihrer Brust – nach dem Verband, den ein Arzt, aus dem Kurort Baden eigens von Kronprinz Rudolf herbeigerufen, ihr fachkundig angelegt hatte. Liesel hatte zahlreiche Prellungen erlitten, die eine oder andere Rippe war vielleicht auch angeknackst, so lautete die Diagnose des Mediziners. Sie sollte sich in den nächsten Tagen möglichst ruhig verhalten.

Angerer griff in Richtung einer irdenen Nierenschale, die auf dem Nachttisch stand. Er nahm ein Medaillon aus Zinn in die Hand. Eine Träne lief beim Anblick dieses kleinen Gegenstands über Liesels Gesicht. Zerbeult und geschwärzt, was nicht zuletzt am Schießpulver lag, mit dem das Zinn Bekanntschaft gemacht hatte, legte er es in ihre Hand.

»Die Dienerin ihrer Hoheit hatte wohl ein kleines Geheimnis in ihrem Korsett eingeflochten«, meinte er. »Sieh nur, das Geschoss steckt darin und hat dir offenbar auf wundersame Weise das Leben gerettet, meine kleine Lieselliesel. Ist das nicht das wahre Wunder in dieser ganzen Angelegenheit?«

Liesel weinte eine Weile, und als sie die Tränen besiegt hatte, sprach sie: »Eine Locke von meinem Sohn. Am Herzen habe ich sie stets getragen. Versteckt in dem schrecklichen Korsett. Das Letzte, was mir von meinem Buben geblieben ist. Jetzt ist sie …« Liesel schüttelte den Kopf. Offenbar fehlten ihr die Worte, ihren unsagbaren Schmerz auszusprechen.

»Sieh es so«, versuchte er, ihr Trost zu spenden, »dein Bub hat dir auf diese Weise aus seinem Grab heraus das Leben gerettet. Dein Sohn hat auf dich aufgepasst wie ein guter Geist – oder ein Engel, der dich immer begleitet.«

Liesels Finger umschlossen das Erinnerungsstück. Welche Geheimnisse mochte diese junge Frau noch verbergen? Wäre er jünger gewesen, hätte er sich vielleicht in sie verlieben können, wurde ihm schmerzlich bewusst. Aber um sich in eine Frau zu verlieben, dafür war er schon zu lange ein Junggeselle und schätzte sein Leben und seine Freiheit viel zu sehr.

»A-tej-test-vé-rei …«, flüsterte sie.

»Was heißt das?«, fragte er.

»Das wollte der Frater von mir wissen.«

»Und?«

»Ich hab mich nicht recht daran erinnern können. Im Beichtstuhl.«

Er ließ sich die Silben – jede einzeln, dann aneinandergereiht – durch den Kopf gehen. »Das klingt ja beinahe wie Ungarisch. Mein Bruder Ludwig hat, bevor er Fotograf geworden ist, in Budapest Pharmazie studiert. Bei uns zu Hause ist manchmal Ungarisch gesprochen worden, wegen meinen Großeltern und …« Er wiederholte: »A tej testvérei … – Moment mal – das *ist* Ungarisch und heißt …äh, Geschwister der Milch«, sinnierte er vor sich hin, »ja – exakt, das heißt es … Geschwister der Milch. Warum habe ich das nicht gleich erkannt. Das also sind die Worte, die der arme Teufel, äh …« Er versuchte, die grausamen Bilder eines geschundenen und getretenen Mannes aus seinem Kopf zu verbannen, indem er den letzten Gedankengang mit einer Frage überdeckte: »Danach hat dieser Frater Ivan dich also im Beichtstuhl gefragt?«

»Ja.«

»Milchgeschwister, so nennt man zwei Kinder, die nicht von derselben Mutter stammen, aber von ein und derselben Amme gestillt werden.«

Die Lieselliesel übersetzte seine Worte ins Bayerische: »Bei uns daheim sagt man, dass Milchbrüder und -schwestern im Geiste miteinander verwandter sein sollen, als leibliche Geschwister das manchmal sind.«

Angerer genoss eine Prise Schnupftabak. Der Gedanke

musste erst einmal in ihm sacken. Ach, wie gut das tat. »Möchtest du auch?«

Liesl biss mit schmerzhaft verzerrtem Gesicht die Zähne zusammen. Er deutete das als Nein. Er versuchte, sie aufzuheitern, und schüttelte die Phiole vor ihr. »Du weißt nicht, was du dir entgehen lässt. Aber leider fürchte ich fast, dass das, was dieser bedauernswerte Mensch dir zugeraunt hat, uns nicht recht weiterbringen wird, denke ich, dass ich denke. Leider.«

Liesel lehnte sich im Sitzen in ihr Kissen zurück und ließ wie eine welke Blume den Kopf hängen. Ihre sonst quirlige Art wich dem Ausdruck einer für ihre jungen Jahre vorzeitig gealterten Frau.

»Bevor auf mich geschossen worden ist, habe ich ein weißes Pferd gesehen.«

»Der Kronprinz war mit einem weißen Lipizzaner bei der Jagd unterwegs, der Lieblingsrasse der Habsburger. Apropos weißes Pferd, dreimal darfst du raten, wer am Abend endlich doch noch auf dem Gut angekommen ist.«

»Lilienfeld?«

»Woher weißt du das?«

»Na, immerhin hat der Kronprinz ihn ja am Vormittag angekündigt – aua.« Sie presste die Lippen aufeinander und stöhnte.

»Die geheime Militärpolizei ist somit doch wieder unter uns. Und wer weiß, ob Lilienfeld nicht auch einen Spion auf diesen Gutshof eingeschleust hat.«

»Ist es nicht ein sonderbarer Zufall, dass ich gestern Nacht überfallen worden bin? Keinerlei geheime Militärpolizei konnte den Überfall verhindern. Und dann widerfährt mir beinahe ein tödlicher Unfall bei der Jagd? Ich komm wir vor wie eine Katze mit sieben Leben, die allmählich ihrem Ende zugehen.« Der Versuch eines Lächelns spielte um ihre Mundwinkel, und die mit einem gesunden Misstrauen gegenüber allem Fremden ausgestattete Lieselliesel sah ihn durchdringend an. Er fürchtete sich fast vor ihrem Urteil über seine Person.

»Dann wären ja nach dem Überfall auf Schloss Liechtenstein und gestern Abend noch fünf Leben übrig«, rechnete er ihr rasch vor.

Wie tapfer sie doch ist, dachte er voller Bewunderung.

»Und wenn du ehrlich bist, Meister Angerer«, entgegnete sie, »dann weißt du das im Grunde deines Herzens auch. Oder bist du wirklich wie das Schaf, das nichts ahnend seinem Metzger in die Arme läuft und sich sogar freut, weil es mit einer Rübe gelockt wird? Mich hat das immer gewundert, dass Schafe nicht die geringste Furcht zeigen, wenn ihre Artgenossen neben ihnen geschlachtet worden sind. Sie grasen und fressen gemütlich weiter. Wissen anscheinend überhaupt nicht, was da gerade passiert.«

Er schauderte bei der Vorstellung.

»Dann ist es wohl besser«, resümierte er, »du gehst so schnell wie möglich an den Wiener Hof zurück. Dort solltest du sicher sein, bei all den Wachen, die dort herumschwirren.«

»Das glaubst auch nur du. Nach mir hat die Tolna scheinbar ihre Beichte abgelegt. Was ist, wenn der Frater Ivan ihr hörig ist? Wenn er ihr Werkzeug ist? Wenn er ihr doch verraten hat, dass ich irgendwas gehört habe? Allein die Tatsache könnte doch schon eine Bedrohung für die Tolna sein, wenn sie mit den Anschlägen auf mich zu tun hat.«

»Aber was hätte denn die Tolna für ein Motiv, den Herzensbuben des Luziwuzi umbringen zu lassen?«

Während sie sprach, hatte sie mehrmals versucht, das völlig deformierte Medaillon aufzuklappen. Tränen der Wut liefen jetzt aus ihren Augenwinkeln.

»Ich bleibe so lange hier«, sprach sie, »bis ich herausgefunden habe, wer es auf mich abgesehen hat. Und wenn es das Letzte ist, was ich tue. Ich will wissen, was in dem Brief steht. Vielleicht habe ich dann die Antwort auf alle meine Fragen. – Aua«, stöhnte sie schon wieder und rang um Atem.

18. Kapitel

Bettlägerig zu sein bedeutete, nicht arbeiten zu können. Nicht arbeiten zu können bedeutete Hunger. Und schon in der Bibel hieß es: Wer nicht arbeitet, der soll auch nicht essen. Und Hunger wiederum bedeutete Tod.

Keinen einzigen Tag ihres Lebens hatte Liesel es gewagt, der Arbeit fern und im Bett zu bleiben, weil exakt diese Gedanken, die sich als fester Glaube von Kindesbeinen an in ihr Innerstes eingebrannt hatten, ihr zu viel Angst machten.

Der Schein der Petroleumlampe verlieh Angerers Zügen, wie er neben ihr saß und redete, einen bläulich-gelben Schimmer.

Endlich wagte Liesel, die Bettdecke wegzustrampeln – trotz Schmerzen – und besah sich ihren Körper, dessen Haut in allen Farben des Regenbogens schimmerte. Von Blau, Rot, Gelb und Orange waren alle Farbnuancen dabei. Angerer redete auf sie ein, sich doch um Himmels willen noch zu schonen. Sie ignorierte seine gut gemeinten Ratschläge und tat das Gegenteil. Es gelang ihr, die einzelnen Glieder zu bewegen und auszustrecken. Wenn ihre Welt auch komplett aus Schmerzen zu bestehen schien, so biss sie tapfer die Zähne zusammen, wie sie es schon als Quartierkind, Kuhhirtin, Dirne und zuletzt als Kellnerin gelernt hatte.

Erst nachdem sie sich von der Funktionsfähigkeit ihres

Körpers überzeugt hatte, lehnte sie sich zurück und setzte mit ihm das Gespräch fort.

»In Wien haben die Leute getuschelt, dass die Gräfin Tolna in Bad Ischl ausgeraubt worden ist. Angeblich ist das sogar in den Zeitungen gestanden. Aber leider kann ich ja, wie du weißt, nicht lesen und schreiben, weil ich meiner Lebtag lang am liebsten Kühe gehütet hab.«

»Es ist sogar in den Klatschblättern dieses Reichs gestanden.«

»Und du warst auch in Bad Ischl mit von der Partie?«, erkundigte sie sich.

»Ja.«

»Kann ich mal so ein Foto sehen, das du von ihr gemacht hast?«

»Wieso?«

»Ich hab gehört, der Gräfin soll in Ischl ein Geschmeide gestohlen worden sein. Und dann soll es wie durch ein Wunder wieder in ihrem Schrank oder Zimmer gelegen haben. – Wie spät ist es eigentlich?«, fragte sie und schaute zum Vorhang, durch den kein einziger Lichtschimmer drang. »Und was ist heute für ein Tag?«

Er blickte auf eine goldene Taschenuhr. »Halb eins, heute haben wir Montag, den 30. Oktober anno 1882. Du hast also nur ein paar Stunden geschlafen. In der Zeitung von gestern, die erst spät, während du hier gelegen bist, eingetroffen ist, steht, dass der angebliche Dieb, dieser Ferenc László, bei seiner Überstellung von Bad Ischl nach Wien hier ganz in der Nähe entwischt sein soll.«

»Vorgestern also«, wiederholte sie.

Er hielt ihr gedankenlos eine Zeitung unter die Nase.

»Macht es euch Reichen eigentlich Spaß, uns Arme immer wieder zu demütigen?«

»Ach so«, sagte er und wurde sich seines Fauxpas bewusst. Beschämt legte er die Zeitung auf den Nachttisch.

Sie beschloss, ihm mit einem bauernschlauen Gedanken zu imponieren. »Wenn dieser Dieb vorgestern geflohen ist, dann könnte er doch den Mord am Herzbuben vom Luziwuzi begangen ... Apropos«, fiel ihr ein, »steht über den armen Teufel eigentlich auch etwas in dieser Zeitung?«

Ein unsichtbarer Nagel schien sich in ihr Schultergelenk zu bohren. Sie presste die Lippen aufeinander, um sich nichts anmerken zu lassen.

Angerer blätterte und offenbarte ihr die Fotografie, die sie am Vortag im Auftrag des Gendarmerie-Majors Vösenhuber in gemeinsamer Arbeit vollbracht hatten. »Hier, da hat der Herr Graf Oberst Lilienfeld meine Negative aber schnell nach Wien zum Entwickeln gebracht, wie mir scheint. Und hier steht, unser armer Teufel, András Szabo, wurde am 11. August 1865 in einem ungarischen Dorf, in Fácánkert, geboren. Er ist ein Schustergeselle. Angeblich soll er ja, so steht es auch hier, in Meidling in Kreisen der ungarischen Anarchisten verkehrt haben, und es wird vermutet, dass sein Anschlag eigentlich dem Erzherzog persönlich galt und nicht dem aufstrebenden ungarisch-österreichischen Shakespeare-Darsteller Franz Fácánkert.«

»Moment, wie hast du ihn eben genannt?«

»Fácánkert. Genau wie das ungarische Dorf, aus dem sein Mörder stammt.«

»Wo liegt dieses ... dieses Dorf genau in Ungarn?«

Stolz darüber, an dieser vervielfältigten Fotografie mitgewirkt zu haben, betrachtete sie den nach ihrer festen Überzeugung Unschuldigen. Wie viele andere Menschen auf dieser Welt betrachteten wohl gerade eben dieses Foto, bei dem sie, die unbekannte Huber Liesel aus einem Kuhdorf mitten im Bayerischen Wald an der österreichischen Grenze, den Verdächtigen hergerichtet hatte, dass er wieder einigermaßen wie ein Mensch aussah. Und schließlich hatte sie auch noch den Funken sprühenden Blitz bedient, wodurch die Züge des Verdächtigen erst Konturen und Graustufen angenommen hatten. Ob seine lieben Eltern in Ungarn ihren Sohn auf diesem Foto wiedererkannten? Oder war er genau wie sie ein Quartierkind gewesen oder vielleicht noch schlimmer – in einem Waisenhaus aufgewachsen? Liesel hätte nicht sagen können, warum sie sich mit diesem Fremden auf eine Weise seelenverwandt fühlte. Wahrscheinlich hätte selbst Angerer das niemals verstanden, vermutete sie, und schwieg daher darüber. Gleichzeitig nährte der Gedanke, die Assistentin des Hof- und Leibfotografen der allerhöchsten Kaiserin Elisabeth zu sein, ein Wesen namens Eitelkeit in ihr. Das fühlte sich tausendmal freier an, als die alten Kleider der Habsburger Kaiserin zu tragen und diese bei ihren sportlichen Übungen zu begleiten wie eine Bergziege, die der Kaiserin begeistert nacheiferte.

»Das Dorf gehört zur Grafschaft Tolna«, erzählte Angerer, »und liegt damit wohl nicht weit vom Familiensitz deiner Lieblingshofdame entfernt, meine liebe Lieselliesel.«

»Kann ich die Bilder von der Tolna in Ischl sehen?«, wiederholte sie.

Liesel ließ die Arme mit der Zeitung sinken.

»Zu deinem Glück habe ich die Negative noch vor Ort in meinem Ischler Atelier entwickelt. Warte einen Moment, ich hole die Fotos.«

Er verließ den Raum und kehrte nach ein paar Minuten mit einer kunstvoll verzierten Holzschachtel zurück.

»Hier.« Er nahm den Deckel ab und präsentierte ihr ein Foto, das die Hofdame in einem geblümten Herbstkleid und mit Hut und Schleife zeigte. Um ihren Hals hing ein Geschmeide. »Ein Stern mit einem … äh, Delfin«, erkannte Liesel sofort. »Das ist das Lieblingstier der allerhöchsten Kaiserin. Eine komisch ausschauende riesige Forelle, wenn man mich fragen würde. Kaum zu glauben, dass es solche Fische wirklich gibt.«

Er lächelte. »Da die Kaiserin nicht selbst vor Ort sein konnte, hat sie es durch die Prinzessin Martha von Wittelsbach überreichen lassen.«

Liesel resümierte: »Das Geschmeide gilt zuerst als gestohlen und liegt dann wie durch die Kraft des Heiligen Geistes wieder bei ihren Sachen. Also, ich mag die Gräfin nicht, und ich bekomme ständig ihre Verachtung zu spüren. Würde es dich wundern, wenn ich ihr sogar einen Betrug zutraue?«

Die Tolna zeigte auf dem Foto ein bezauberndes Lächeln, als könnte sie keiner Fliege was zuleide tun. Das ärgerte Liesel an diesem Bild am meisten – weil es log!

»Bei diesen Fotos, die ich auf Bestellung mache«, erklärte er ihr, als läse er Liesels Gedanken, »wollen die Menschen aussehen, wie sie sich selbst am liebsten sehen wollen, nicht so, wie sie wirklich sind, meine Lieselliesel. Ein guter Fotograf hilft ihnen dabei, diese Illusion zu erzeugen. Fotografie hat auch immer mit Zauberei zu tun. Das mag ich an meinen Beruf. Und manchmal möchte ich bei all den Porträts am liebsten auch viel ehrlicher sein dürfen.«

»Und wenn Franz Fácánkert und die Gräfin Marie von Festetics Tolna Milchgeschwister gewesen sind?«

Er sah sie zweifelnd an. »Nur weil sie aus derselben Grafschaft stammen?«

»Na, immerhin hat doch der Fácánkert mit dem Erzherzog seinen Geburtstag feiern wollen. Und die Tolna hat in Bad Ischl ihren Geburtstag ohne die Kaiserin gefeiert.«

Er reagierte, wie sie erwartet hatte, nämlich indem er sich erst einmal eine ordentliche Prise Schnupftabak eifrig in seine Nasenlöcher stopfte. »Das wäre ja ein …« Er kämpfte gegen das Niesen an.

»Ein was?«

»Ein Skandal. Hatschi!« Er putzte sich Nase und Mund. »Und was haben dann dieser flüchtige László Ferenc und Lilienfelds Gefangener mit dieser Geschichte zu tun?«

»Das weiß am ehesten der Frater Ivan, denke ich mir. Schließlich hat er von mir wissen wollen, was der Szabo mir heimlich gesagt hat.«

»Aber der Frater Ivan ist doch ein Russe, und er ist ein fanatischer Freund der alten Ordnung. Erinnere dich nur, was er gestern Vormittag im Teezimmer von sich gegeben hat. Nur wenige sind seiner Meinung nach auserwählt. Damit meint er den alten Adel, der auserwählt ist, über das Bürgertum und die einfachen Leute zu herrschen.«

»Was halten die Hofdame und der fromme Bruder nur vor uns allen geheim? Und – wo ist der Brief hingekommen?«, insistierte Liesel.

»Genau das sind auch meine Gedanken«, gab er zu. »Kannst du etwa auch noch Gedanken lesen, mein liebes Fräulein?«

»Beim Vieh muss eine gute Hirtin auch immer spüren, was den Tieren als Nächstes durch den Kopf geht. Das Viehtreiben ist die beste Schule, um auch in den Menschen zu lesen.«

»Solange du mich hier nicht zum Ochsen machst, will ich dir ja gerne glauben. Aber was sollen wir deiner Meinung nach tun, um das herauszufinden?«

»Glaubst du, dass dein Freund Luziwuzi wissen könnte, ob die Tolna und Fácánkert Milchgeschwister gewesen sind?«

»Ich glaube kaum, dass der Luziwuzi das weiß. Aber ich kann es ja mal probieren. Fragen kostet bekanntlich nichts, denke ich, dass ich denke. Dazu müsste ich ihn aber erst einmal unter vier Augen treffen.« Er kratzte sich hinter den Ohren. »Aber ob die Antwort auf diese Frage uns weiterhilft, den armen Teufel Szabo zu entlasten, bezweifle ich, denke ich mir.«

Ein Hustenanfall ergriff Liesel, bei dem sie jede einzelne Rippe spürte. Sie kniff die Augen zu, hechelte langsam den Schmerz weg und erwiderte: »Ich kann mir denken, wo ich den Brief finde, und ich werde …«

»Auf keinen Fall in deinem Zustand!«, fiel er ihr mit oberlehrerhafter Stimme ins Wort – der Stimme der Vernunft, die sie so sehr an ihm hasste. »Oder ich bringe dich persönlich auf der Stelle noch heute nach Wien zurück. Denk nicht einmal daran, meine liebe Lieselliesel. Denk nicht einmal daran.«

»Mei, du immer mit deinen Sorgen und Bedenken, Meister Angerer.«

»Du bleibst liegen, bis du gesund bist. Hast du mich verstanden?«

Sie warf einen Blick in sein Gesicht und zog wütend die Bettdecke bis über Nase und Augen hoch.

19. Kapitel

Der Perserteppich schluckte jedes Geräusch unter ihren Füßen.

Sie, Liesel, gehörte nicht hierher.

Nicht auf diesen Gutshof und noch weniger zurück nach Wien, um die abgelegten Kleider der Kaiserin zu tragen wie eine Schaufensterpuppe, wie sie sie in den Kaufhäusern rund um den Stephansdom zum ersten Mal in ihrem Leben gesehen hatte. Und sie würde auch niemals derart dünn und gebildet sein, wie es sich für eine Hofdame geziemte. In diesem Punkt musste sie der Tolna ausnahmsweise in Gedanken recht geben. Nicht einmal zur Kammerdienerin taugte sie im Grunde genommen. Aber davonlaufen war in dieser Situation auch keine Lösung. Wer immer hinter dem Überfall auf sie steckte, würde ihr bis ans Ende der Welt folgen. Das war so sicher wie das Amen in der Kirche.

Angerer war schließlich auf seinem Lehnsessel eingeschlafen und schnarchte. Er hörte sich an, als wäre er soeben dabei, den gesamten Wienerwald mit einer stumpfen Säge abzuholzen. Im Grunde verabscheute Liesel sich langsam dafür, stets das Gegenteil dessen zu tun, was der Fotograf als das Beste für sie hielt. Aber sie konnte nicht aus ihrer rebellischen Haut.

In ihrem weißen Rüschennachthemd öffnete Liesel die Tür der Kammer und setzte den ersten Fuß in den finsteren

Gang. Sie stand auf Marmorfliesen, deren Kälte wenigstens die Schmerzen in ihr ein wenig in den Hintergrund verbannte. Sie stellte sich mit aller Macht vor, sie läge in einem Zuber voll heißem Wasser, um die Symptome zu lindern. Außerdem vermied sie es, zu tief in den Bauch zu atmen, da die Rippen sonst unsäglich wehtaten.

Die Dunkelheit verschmolz mit den Mauern des Ganggewölbes. Irgendwo rumorten Flammen in einem Kachelofen, dort musste das Teezimmer liegen, vermutete sie. Bis auf das provisorische Krankenzimmer, das man für sie freigemacht hatte, befanden sich alle anderen Schlafräume der Herrschaften im ersten Stock. Da oben wurde nicht geheizt, wahrscheinlich weil das Wetter in den letzten Tagen milder gewesen war. Und so kroch ihr die Kälte mit jeder Stufe, die Liesel über die Steintreppe emportappte, tiefer und tiefer in Knochen und Mark. Im bläulichen Licht einer Petroleumlampe, die am Ende des Gangs im ersten Stock winzig erschien, wirkte die Dunkelheit umso erdrückender. So mochte sich die Schwärze im Inneren eines Sarges anfühlen, wenn man als Scheintote das zweifelhafte Vergnügen erlebte, zu neuem Leben zu erwachen. Liesel erschauerte bei der Vorstellung.

Ein Fiepen, ähnlich einem aufgeschreckten Reh, ließ Liesel erstarren. Einen Atemzug später senkte sie atemlos den Blick und sah vor sich die Gestalt, die auf dem Boden kauerte, zwischen einer Kleidertruhe und einem mit purpurnem Damast bespannten Hocker.

»Mary«, flüsterte sie mit heiserer Stimme.

Das Gesicht des Mädchens schaute sie mit vor Tränen verquollenen Augen an.

»Stellst du mir nach, Lieselliesel? Und bist du denn nicht …«

»Nein, noch bin ich nicht tot. Aber dasselbe könnte ich dich fragen. Warum liegst du nicht in der Kammer und schläfst bei deiner Mutter?«

Mary Vetsera blickte verstockt.

»Und warum stirbst du nicht?«, fragte das Mädchen mit trotzig gesenktem Kopf. Die Locken standen wild in sämtliche Himmelsrichtungen und verdeckten ihre Stirn. »So wie mein großer Bruder bei dem Theaterbrand in Wien gestorben ist«, fügte sie hinzu, »vor genau zwei Jahren.«

Liesel spürte Trauer und Wut, die in dem Mädchen miteinander rangen.

»Was tust du hier?«

»Was tust *du* hier, Lieselliesel? Und wäre es nicht besser, ich wäre tot?«

Liesel verstand nicht und schüttelte ob der seltsamen Gegenfrage den Kopf.

»Ich wollte soeben zurückkehren zu meiner Herrin«, log Liesel.

Wie erwartet, glaubte ihr das Kind kein Wort, las Liesel in dem gehetzten Blick. Und dann rückte wider Erwarten Mary ihrerseits mit der Wahrheit heraus. »Davonlaufen will ich, wenn du es genau wissen willst, wenn ich schon nicht tot sein kann. Aus der Truhe nehme ich mir jetzt ein Kleid. Und dann stehle ich mir aus dem Stall ein Pferd. Und dann nichts wie weg. Ich halte es an diesem Ort nicht länger aus. Es ist, als ob ein Fluch auf mir liegt. Je länger ich hier bin, desto unglücklicher bin ich. Ich liebe meine Mama, aber warum verbietet sie mir den Umgang mit dem Kronprinzen? Er passt doch so gut auf mich auf, so wie mein Bruder immer auf mich aufgepasst hat. Ich liebe Rudolf. Ich will eines Tages seine Frau werden. Rudolf weiß es nur noch nicht, dass er in mir bis dahin eine treue Schwester hat.«

Liesel streichelte dem Mädchen über die weichen Locken.

»Mei, Mary, der Kronprinz ist doch schon verheiratet. Und die Mina ist auch noch immer ein bisschen in ihn verliebt, so wie sie ihn die ganze Zeit anschaut. Ich fürchte, da kommst du zu spät. Vielleicht will deine Mama einfach nicht, dass du dich unglücklich machst. Außerdem bist du doch noch ein Kind. Und überdies wird der Gutshof doch von allen Seiten bewacht. Wie willst du denn da so einfach davonlaufen?«

Liesel hechelte einen Schmerzanfall weg und setzte sich neben das unglückliche Mädchen, das seinen Tränen freien Lauf ließ. Das Bild eines Jagdgewehrs in den Händen des Kronprinzen offenbarte sich aus dem Nichts heraus in ihrem Inneren. Liesel spürte ihr Herz in 1000 Stücke zerbrechen. Einen Schrei unterdrückend, riss Liesel die Augen auf und streichelte das Mädchen. Es vergingen endlose Minuten, ehe die Tränen der kleinen Vetsera versiegten. Und wenn der Mann, der auf mich geschossen hat, doch der Kronprinz war?, dachte Liesel. Vielleicht war das die Botschaft ihres Traums.

»Ich danke dir«, sprach Mary.

»Wofür?«

»Weil du mir gezeigt hast, dass ich das Leben noch vor mir habe.«

Arme Mary. Woher diese plötzliche Erkenntnis des Kindes kam, war ihr ein Rätsel. Liesel schob ihre eigene Vision vom Kronprinzen mit Gewehr in der Hand ins Reich der Hirngespinste. Das konnte nur ein großer Irrtum sein. Rudolf hatte kein Motiv, auf sie oder Mary zu schießen.

Außerdem wurde er doch selbst auf Schritt und Tritt von Agenten beobachtet, weil der Kaiser es so wollte. Wie sollte er also Derartiges anstellen?

Mary verabschiedete sich. Die Kammer, in der die Tolna untergebracht war, befand sich zwei Türen weiter zwischen der der Freifrau von Vetsera und ihrer Tochter und der der Schauspielerin Mina Pick.

Liesel näherte sich ihrem Ziel und betätigte die Klinke langsam und geräuschlos. Zehn Sekunden später stand sie vor dem Himmelbett mit dem blauen Baldachin und der purpurnen Bettwäsche, die die Tolna eigens aus der Hofburg mitgebracht hatte. Die Gräfin hasste es nämlich, in fremder Bettwäsche zu »nächtigen«, wie sie zu sagen pflegte. Jetzt atmete sie leise im Schlaf. Liesels Herz schlug bis zum Hals vor Aufregung. Wenigstens nahm sie keinerlei Schmerz wahr in diesem Zustand. Fast schwerelos bewegte sie sich über einen weiteren Perserteppich und öffnete die Schranktüren. Sie ertastete in der Dunkelheit nichts als Kleider. Ja nichts durcheinander bringen, sonst merkte die Hexe, dass jemand bei ihr eingebrochen war. Liesel tastete mit Fingerspitzengefühl zwischen den Stoffen und Kleidern auf der Suche nach dem Geschmeide. Fälschlicherweise als Schmuckdiebin verurteilt zu werden, hätte ihr eine Zuchthausstrafe eingebracht. Darauf konnte sie ihren Kopf verwetten, da würde auch die Fürsprache der Kaiserin nichts mehr nützen. Die Kleider rochen nach einer Mischung aus Parfüm und Aschenlauge, die die Wäscherinnen bei Hofe verwendeten. Liesel ertastete unter einem Stoß Unterwäsche eine hölzerne Schatulle. Der Schlüssel steckte zu ihrer Überraschung im Schloss. Das kam einer Einladung gleich. Obwohl die Hofdame kürzlich beraubt worden war, fühlte sie sich offenbar ziemlich sicher auf dem Gutshof mit all den vielen Menschen. Liesel hätte beinahe laut gelacht vor Glück. Die Tolna schien sich der Tatsache, sämtliche Fäden in Händen zu halten, zu gewiss. Das machte sie leichtsinnig. Im Nu hatte Liesel die Schatulle geöffnet. Zuerst griffen ihre Finger nach einem Kuvert. Und sie hätte ihren Kopf darauf verwettet, dass es sich um den geraubten Brief handelte. Das Siegel fühlte sich allzu bekannt an. Dann tasteten ihre Finger auch noch nach einem Geschmeide. Zu ihrem Erschrecken fühlte der Schmuck sich ungewöhnlich leicht an. Sie tastete den Stern und in der Mitte den Delfin. Die Kette lag leicht wie Holz in ihren Händen, wenn sie nicht irrte. Schritte knarzten über die Dielen und ließen Liesel erstarrten. Die Kette glitt zurück in die Schatulle. Liesel verstaute den Gegenstand wieder zwischen der Unterwäsche und rollte sich blitzschnell unter das Bett der Gräfin.

Dann öffnete sich die Tür zur Kammer.

Ein Mann trat ein, erkannte Liesel an dessen schwerem Tritt. Anhand der Pantoffeln hätte sie jedoch nicht sagen können, wer es wagte, die Gräfin in ihrer Nachtruhe zu stören.

Liesel vernahm eine leise Stimme. »Meine Geliebte, wach auf, ich bin hier, mein Schatz.« Der Mann sprach einen harten Akzent.

War das nicht …

Der nächtliche Besucher setzte sich an das Bett, und augenblicklich löste sich die Tolna aus ihrer Starre.

Mit schlaftrunkener Stimme sprach sie: »Ich habe von dir geträumt, mein Geliebter. Und jetzt weiß ich nicht, ist es ein Traum oder bist du es leibhaftig?«

»So wahr mir Gott helfe, bin ich es«, erwiderte er.

»Und du versündigst dich gegen deinen Gott, und ich mache mich gegenüber meiner allerhöchsten Kaiserin des Ungehorsams schuldig. Dafür werden wir beide in die Hölle hinabfahren.«

Liesel bemerkte erst jetzt, dass sie das Kuvert noch immer zwischen ihren Fingern hielt. Verdammt, sie hatte vergessen, es zurückzulegen … Aber das war im Moment ihre kleinste Sorge. Viel mehr fragte sie sich, wie sie jemals aus dieser Situation herauskommen sollte.

Über ihr lag das verliebte Paar in den Kissen, und der russische Frater sprach: »Wenn die Hölle der Preis für die Liebe ist, dann will ich mit dir auf der Stelle verglühen, meine geliebte Seele.«

»Oh, ich habe solche Angst.«

»Mach dir keine Sorgen, meine Liebe. Niemals wird dich ein unglückliches Schicksal ereilen wie diesen Schauspieler. Niemals. Dafür sorge ich, solange du nur tust, was ich dir sage. Und an unsere Liebe glaubst! Ich beschütze dich.«

Liesel unterdrückte ihre Atemgeräusche und stellte sich mit aller Macht ihrer Gedanken eine friedlich grasende Kuhherde vor. Ein unschuldiger Anblick, der sie von dem ablenkte, was sich über ihr ereignete. Sie stapfte in ihrer Fantasie über eine saftig grüne Frühlingswiese mit Maiglöckchen, Löwenzahn und Klee – und Kuhfladen. Und dennoch gelang es ihr nicht, das leidenschaftliche Paar komplett aus ihrer Wahrnehmung zu tilgen. Der Zisterzienser verabschiedete sich nach einer gefühlten Ewigkeit mit 1000 Küssen und Umarmungen von der Hofdame und verließ auf leisen Sohlen in seinen Pantoffeln endlich den Raum. Liesel lauschte angestrengt den Bewegungen der Tolna und verfluchte ihre Neugier. Inzwischen wandelte sich die absolute Dunkelheit in ein Nachtblau, das durch die Vorhänge in die Kammer drang. Es roch nach dem Schweiß der Liebenden. Liesel betete ein Vaterunser und die erste Hälfte eines Rosenkranzes. Dann endlich traute sie sich, von den gleichmäßigen Atemgeräuschen der Gräfin auf Schlaf zu schließen. Noch immer das Kuvert in ihren Händen, kroch sie unter dem Bett hervor. Sie blickte über die Schulter. Die Augen der Gräfin waren geschlossen. Liesel floh durch die Tür in den Flur. Hastig atmend nahm sie die Stufen ins Erdgeschoss und betrat kurz darauf ihre Kammer.

Der Fotograf schnarchte Gott sei Dank auf seinem Sessel und hatte nichts von ihrer Abwesenheit mitbekommen.

Liesel lachte leise und diebisch vor Freude. Sie legte sich in ihr Bett, worauf die Schmerzen bald mit aller Wucht in ihre Glieder zurückkehrten. Den Brief der Kaiserin unter ihrem Kopfkissen verwahrend, konnte sie den Rest der Nacht vor Aufregung kein Auge zutun.

20. Kapitel

Viktor Angerer schnäuzte sich und meinte daraufhin: »Ist wohl nur eine Frage der Zeit, bis die Gräfin merkt, dass der Brief mit dem Siegel ihrer allerhöchsten kaiserlichen Hoheit fehlt.« Sein Konterfei zeichnete sich vor dem Fenster, hinter dem ein nebelgrauer Herbsttag dämmerte, ähnlich wie die Figur eines Licht- und Schattentheaters ab. Soeben hatte Liesel dem Fotografen die Details ihres nächtlichen Ausflugs erzählt. Die Falten auf der Stirn drückten eine Mischung aus Furcht und Ärger über Liesels Alleingang aus. Erwartungsgemäß war er jedoch der Letzte, der dazu imstande war, ihr irgendwelche Vorwürfe zu machen. In der Hinsicht kannte sie ihn inzwischen zu gut.

Liesel schüttelte den Kopf und meinte: »Mei, würde die allerhöchste Hofdame den Brief als gestohlen melden, dann müsste sie doch zugeben, dass sie hinter dem Überfall auf Schloss Liechtenstein auf meine Wenigkeit steckt. Und dann hätte sie der Kaiserin so einiges zu beichten, oder etwa nicht, Meister Angerer?«

»Du immer mit deiner Bauernschläue«, tadelte er sie.

»Interessiert es dich denn gar nicht, wer bei der Tolna im Bett war? Das hast du mich noch gar nicht nach dem Namen des feurigen Liebhabers gefragt.«

»Frater Ivan, wer sonst? Was soll ich sonst denken, dass

ich denke? Ich hab die beiden doch schön öfter miteinander gesehen.«

Seine Antwort war logisch, enttäuschte sie trotzdem. Gerne hätte sie mit einer Sensation aufgewartet, die ihn und den Wiener Hof aus den Angeln riss.

»Die Tolna hat eine Schwäche für Russen«, belehrte er sie. »Das ist bekannt, seit die Kaiserin eine Verlobung zwischen der Tolna und einem Flügeladjutanten des Zaren von Russland einfach gelöst hat. Es heißt, die Tolna trifft sich bis heute heimlich mit diesem Grafen Nikolai, und die Kaiserin weiß angeblich nichts davon. Aber ich halte das Ganze für ein Gerücht.«

»Und warum hat die Kaiserin der Tolna verboten, diesen Russen zu heiraten?«

»Du meinst, sie wäre dann vielleicht weniger verbohrt und verbittert, wenn sie keine alter Jungfer … äh, die sie ja eigentlich nur nach außen hin darstellen muss, wäre?«

»Ja, warum nicht? Hat nicht jedes Lebewesen das Recht auf ein bisschen Liebe?«

»Das ist in diesen Kreisen leider ein Politikum«, erklärte er. »Zwischen Habsburgern und Russen herrscht seit 30 Jahren politische Eiszeit. Das hat damals begonnen, als Franz Josef sich im Krieg um die Krim auf die Seite der Engländer geschlagen hat. Die Russen haben den Krieg um die Krim verloren und sind seither unsere treuen Feinde geblieben. Das ist übrigens auch ein Grund, warum der Kaiser seinen Sohn bespitzeln lässt. Rudolf will lieber ein Bündnis mit den Russen als mit dem preußischen Kaiser.«

»Und wenn Rudolf auf mich geschossen hat?«, rätselte sie.

»Warum sollte er?«

»Vielleicht hält er ja mich für eine Spionin seines Vaters oder seiner Mutter.«

»Was hättest du denn für ein Motiv, Lieselliesel? Nein, ein Motiv hat eher die Freifrau von Vetsera. Die Familie hat noch das Ziel, in den innersten Adelszirkel aufzusteigen. Du willst ja eigentlich am liebsten wieder Kühe hüten und deine Füße in Kuhfladen wärmen. Das wird ihm bestimmt längst zu Ohren gekommen sein«, neckte er sie.

Angerer rieb sich die Hände, als fröre er. »Ach, es wird Zeit, das Kuvert jetzt endlich zu öffnen. Dann wissen wir endlich, welche Botschaft die Gräfin Tolna vor dem Erzherzog Luziwuzi abfangen wollte.« Er wedelte sich mit dem Kuvert Luft wie mit einem Fächer zu und machte Anstalten, mit Daumen und Zeigefinger das wachsrote Siegel aufzubrechen.

Liesel entriss es ihm in letzter Sekunde. »Halt! Ich habe ihrer Hoheit, der allerhöchsten Kaiserin, versprochen, die Nachricht dem Erzherzog persönlich zu überbringen. Und das werde ich auch tun.«

»Mein Gott, Lieselliesel, du hast einen Edelmut wie ein alter Ritter aus einer Sage. Wir leben heutzutage in einer Welt, die allein aus Täuschung und Illusion besteht. Willst du nicht lieber nach den heutigen, modernen Spielregeln kämpfen, Prinzessin Liesel, die Edelmutige?«

»Der Luziwuzi hat ein Recht darauf, den Brief als Erster zu lesen. Nach all dem, was ihm und seinem geliebten Herzbuben passiert ist, will ich nicht auch noch an ihm schuldig werden. Auch eine Kuhhirtin hat ihre Ehre, und die lasse ich mir niemals nehmen.«

»Na dann«, Angerer zuckte mit den Achseln, »wie soll ein Mann gegen den Edelmut einer Frau jemals ankommen. Aber eine Frage habe ich noch«, wandte er mit dem wichtigen Blick eines Beamten ein.

»Und die wäre, Herr Gendarmerie-Major Angerer?«, neckte nun sie wiederum ihn und ließ das Kuvert flugs in ihrem Dekolleté verschwinden. Dort war es hier, in der Villa Leiningen, auf alle Fälle sicher.

»Das Geschmeide hat sich wirklich viel zu leicht angefühlt für ein Goldcollier, hast du gesagt?«

»Ja.«

»Und du bist sicher, dass du da in der absoluten Finsternis einen Delfin ertastet hast?«

»Ich weiß, wie ein Delfin aussieht. Immerhin benutzt die Kaiserin auf ihren Reisen eine Toilette, die ebenfalls wie ein Delfin aussieht. Den Anblick werde ich in meinem Leben nie vergessen, selbst wenn ich so alt wie ein Baum werde.«

Er rieb sich mit dem Zeigefinger die Nase. »Was für ein schönes Motiv für eine Postkarte die Kaiserin Elisabeth auf ihrer Delfinmuschel sitzend wäre.« Er lachte. »Schade, dass ich diese Seiten ihrer Majestät niemals vor meine Linse bekommen werde. Ich wünschte, ich wäre eine Kammerdienerin. Aber die Fähigkeit, über sich selbst zu lachen, gehört nicht zu den Stärken ihrer allerhöchsten Majestät, wie ich sie kenne. Humor ist heutzutage ein viel zu seltenes Talent, deswegen muss man seine Zunge bei Hofe hüten.«

Ein Klopfen vertrieb das nachdenkliche Schmunzeln auf Angerers Gesicht. Er brauchte eine Schrecksekunde, ehe Liesel und er ihm Chor »Herein« baten wie zwei unartige Kinder, die den Krampus mit der Rute erwarteten. Es ist nur eine Frage der Zeit, dachte Liesel, bevor die Gräfin den Verlust bemerkt und zum Gegenschlag ausholt. Wie eine Maus stellte sie sich unter der Bettdecke tot und atmete drei Sekunden später bei Mina Picks Anblick erleichtert auf.

»Guten Morgen, meine Lieben, die Gräfin von Hohenembs ist soeben auf dem Gutshof eingetroffen. Ich habe sie bereits begrüßt und soll euch ausrichten, sie macht sich große Sorgen um ihre hochverehrte Lieselliesel. Sie hat gehört, welches Glück im Unglück du gestern Nachmittag hattest, und hat sich sofort auf den Weg in dieses verlassene Kaff* gemacht, stell dir vor, Lieselliesel.«

Liesel stutzte: »Was ist ein K…«

»Soll ein Dorf sein. Ach«, Mina verdrehte die Augen, »warum nur kann sich meine vorlaute Zunge das Jiddisch einfach nicht ganz abgewöhnen?«

Mina verwendete Rouge höchst dezent, wodurch ihre milden Lachfalten sichtbar waren.

»Ich denke, du kennst die Gräfin von Hohenembs?«, fügte Mina hinzu und zwinkerte schelmisch.

Liesel nickte. »Die Gräfin von Hohenembs, das ist der Name, den die Kaiserin auf ihren Reisen benutzt. In Passau hat sie sich mir auch zuerst als Gräfin von Hohenembs vorgestellt.«

»Da spricht die in intimste Geheimnisse Eingeweihte aus dir, liebe Lieselliesel«, fuhr Mina fort. »Übrigens, wie geht es dir? Ich habe mir solche Sorgen gemacht um dich, arme, kleine Meid.«

»Schon besser.« Liesel versuchte, sich aufzurichten, um Stärke zu demonstrieren.

»Bleib liegen«, hielt Mina sie davon ab. »Ich werde dir helfen, dein Haar zu Zöpfen zu flechten, und ein frisches Nachthemd kann auch nicht schaden, so zerknittert wie

* Heute geläufiger Ausdruck, der ursprünglich aus dem Jiddischen stammt.

du aussiehst. Du weißt ja selbst, die Kaiserin legt auf das stets hübsche Aussehen ihrer Dienerinnen und der Hofdamen allergrößten Wert. Nichts darf ihrem kaiserlichen Auge missfallen.«

»Auf keinen Fall spiele ich hier auch noch die ›schöne‹ Kranke für Madame Kaiserin«, protestierte Liesel. »Ich bin schließlich keine Puppe, wie sie ihr gefällt. Wenn der Gräfin von Hohenembs an mir auch nur ein bisschen was liegt, dann erträgt sie meinen Anblick auch ohne Zöpfe und ohne ein frisches Rüschennachthemd. Ich bin eine Bauerndirne, die vom Pferd gefallen ist, net mehr und net weniger.«

Liesel las in Angerers und Minas Augen Bewunderung ebenso wie Amüsement über ihren zur Schau gestellten bäuerlichen Sturkopf, den es in ihrer alten Welt brauchte, um als Quartierkind den Hauch einer Überlebenschance zu besitzen.

»Bist du dir auch sicher, dass du wirklich Zoff* mit ihrer allerhöchsten Majestät riskieren willst, meine Liebe?«, vergewisserte sich Mina.

Auf Liesel wirkten ihre aus der jüdischen Sprache entlehnten Ausdrücke witzig. Angerer lächelte ebenfalls verschmitzt über die zum Christentum konvertierte Jüdin, die ihre Ausdrücke verrieten, und lehnte sich in seinem Sessel zurück wie ein Zuschauer.

»Und wenn es das Letzte ist, was ich tue, die allerhöchste Kaiserin von Österreich zu verärgern«, entgegnete Liesel. »Es wird uns das größte Vergnügen sein«, ahmte Liesel den Majestätsplural der feinen Herrschaften nach. »Ich habe schon Wirthausraufereien mitangesehen, dagegen ist Zoff etwas für alte Tattergreise.«

* ursprünglich jiddischer Ausdruck für Streit

»Du musst es ja wissen«, sprach Mina bewundernd. Sie erzählte Liesel von ihrem Kollegen Josef Kainz, der vorgestern nach Wien abgereist war. »Der liebe Josef Kainz hat den bayerischen König Ludwig eine Zeit lang bei seinen Reisen begleitet für Privatvorstellungen. Ludwig II. ist genauso verrückt wie seine Großcousine Elisabeth selbst, hat er erzählt. Der Josef hat den ganzen ständigen Zoff nicht mehr ausgehalten und ist eines Tages einfach aus München abgereist, weil er diesen Schmock* von einem eigensinnigen König nicht mehr länger ertragen hat. Kein Mensch könnte es dir verdenken, wenn du dasselbe tust, Lieselliesel, und dich wieder aus den höchsten Wiener Adelskreisen verabschiedest.«

Angerer legte den Kopf schräg. »Auf keinen Fall. Was wird die Tolna bloß zu solch einem Ungehorsam sagen? Du willst der Tolna doch nicht tatsächlich diese Freude machen, Lieselliesel?«

Allein die Erwähnung dieses Namens reichte aus. »Die Tolna kann eine Heugabel nicht von einer Mistgabel unterscheiden«, hörte Liesel sich selbst voller Wut sprechen. »So eine Madame hat mir rein gar nix mehr zu sagen. Und eines Tages werde ich ihr die Nase auf einem Misthaufen anständig einreiben, damit sie wenigstens ein einziges Mal in ihrem Leben Dreck kennengelernt hat.« Allein die Vorstellung heiterte Liesel auf und half ein wenig gegen die Schmerzen, die sich einfach nicht verflüchtigen wollten.

»Dein grobes Mundwerk wird dir ordinärem Trampel schon noch vergehen«, hallte die Stimme der Hofdame wie die Ankündigung des größten Backpfeifenkonzerts ihres Lebens in Liesels Kammer.

---

* Jiddisch für dummer Mensch

Kruzi-Muzzi, fluchte Liesel stumm. Die leichtsinnige Mina hatte die Tür bloß angelehnt. Und selbstredend hatte die Tolna es als ihre Pflicht betrachtet zu lauschen. Die Gräfin trat in den Raum, und ihre rechte Hand zuckte tatsächlich bedrohlich in Liesels unmittelbarer Nähe. Liesel, die ohnehin fast nur aus Schmerzen bestand, hatte ausnahmsweise sogar Angst vor einer derartigen körperlichen Züchtigung, wie sie sich eigentlich jetzt gehört hätte.

Angerer stellte sich der Gräfin in den Weg, woraufhin die beiden Nase an Nase standen. »Frau Gräfin will doch nicht am frühen Morgen schon so viel Kraft in die Bestrafung einer Kammerdienerin verschwenden? Die Liesel hat so viel Grant für einen dermaßen harmlosen Scherz in keiner Weise verdient, denken wir, dass wir uns denken.« Angerer versuchte, seine Unsicherheit zu überspielen, indem er keine Miene verzog. Die Gräfin besaß jedoch einen todsicheren Instinkt für seine Schwäche und ging gewohnt zum Angriff über.

»Heute Nacht wurde in unser Zimmer eingebrochen«, verkündete sie. »Und unser wertvolles Geschmeide wurde gestohlen. Es handelt sich um ein Geburtstagsgeschenk der Kaiserin an uns. Wir sind uns sicher, dass wir wissen, wer die kleine Diebin ist, die es gewagt an, uns zu bestehlen. Wer sonst als ein ehemaligen Waisenkind hat wohl das Stehlen besser gelernt als alle anderen Personen hier in der Villa?«

Liesel spürte ihr Herz rasen. Die Gräfin trug sogar noch ihren Morgenrock. Hochsteckfrisur und Gesicht bedurften dringend der morgendlichen Toilette. Sie hatte den Verlust des Briefes bemerkt und sich unmittelbar auf den Weg zu ihrer Kammer gemacht und Teile ihres Gesprächs durch die offene Tür belauscht. Und nun behauptete sie eiskalt, das Geschmeide sei ihr gestohlen worden. Was für eine Niedertracht!

»Welches Geschmeide?«, fragte Angerer scheinbar arglos.

In den hellen Augen der Hofdame flackerte eine schwarze Flamme.

»Es ist ausgerechnet das Geschmeide, das mir in Ischl vor einer Woche bereits schon einmal gestohlen worden ist und dann auf wundersame Weise in unserem Zimmer wieder gefunden wurde«, betonte sie, rang auf ihre stets theatralische Art um Atem und fasste sich demonstrativ an die Brust. »Die kleine Diebin muss es hier irgendwo im Zimmer versteckt haben, wenn sie es nicht sogar noch bei sich trägt!«

Angerer gab sich als die Seelenruhe in Person, aber seine Kiefer mahlten. »Die Lieselliesel war die ganze Nacht und den ganzen Morgen hier. Ich habe auf sie aufgepasst, das kann ich bezeugen. So wahr mir Gott helfe, Frau Gräfin. Meine Augen haben sich nämlich lüstern an ihrer Schönheit erfreut«, spielte er den triebhaften Casanova, was man ihm jedoch nur schwer abnahm. »Wenn man es verlangen würde, dann würde ich alter Schwerenöter die Sünde der unkeuschen Gedanken auch sofort dem Frater Ivan beichten. Wir sind sicher, der Frater Ivan weiß, wie man einem armen, unkeuschen Sünder, wie ich einer bin, die Absolution erteilt.«

Ein Fellbüschel wuselte an der Hofdame vorbei in das Krankenzimmer direkt auf Liesel zu. Es folgte – ebenfalls noch im blauen Morgenrock – der Erzherzog Ludwig persönlich. »Fifi, mein kleines, untreues Fräulein! Fifi, wo läufst du denn so früh am Morgen schon hin? Du sollst doch meine verabscheuungswürdige Schwägerin in die

Wadeln beißen, habe ich dir soeben befohlen.« Er ging neben Liesels Bett in die Knie und streichelte seiner Hundedame sanft die Stirn. Dem Erzherzog folgte in zehn Sekunden Abstand wie gerufen die Kaiserin von Österreich und Königin von Ungarn über die dunklen Dielen. In der Linken eine Reitgerte, in der Rechten eine Zigarette, stand Elisabeth von Habsburg wie ihr eigenes Denkmal in der Mitte des Raumes und betrachtete mit strenger Miene die Szene. Liesel fror bei ihrem Anblick. Die Kaiserin blies eine Rauchwolke aus und begrüßte die Anwesenden mit einem »Seien Sie mir gegrüßt, die Herren und die Damen«. An ihre Lieblingshofdame gewandt, fügte sie hinzu: »Ihr hier, Gräfin Tolna? Da sind wir aber überrascht.«

Aber … die Tolna hat doch …, wollte Liesel protestieren und begriff: Die Hofdame hatte sie belogen, indem sie ihr gegenüber vorgegeben hatte, im Auftrag der Kaiserin auf sie aufzupassen.

Die Tolna schaute zu Liesel und dann zur Kaiserin, knickste devot und errötete. »Seid uns gleichfalls gegrüßt, allerhöchste Kaiserin von Österreich.« Fast schon reumütig wie eine Sünderin sah sie zu Boden, unfähig, ihrer Herrin in die Augen zu schauen.

»Warum nur«, fragte Elisabeth mit erregter Stimme, »können wir uns einfach nicht daran erinnern, Ihr diesen Ausflug nach Mayerling erlaubt zu haben? Und wo ist schon wieder dieser Frater Ivan? Was hat Sie zu Ihrer Verteidigung vorzubringen?«

Elisabeth reichte einer Dienerin die Zigarette, die diese auf den Dielen mit hohen Absätzen zertrat. Zwei Kammerdienerinnen, die Liesel kannte, flankierten ihre Herrin.

»In die Augen soll Sie uns gefälligst schauen, wenn wir zu Ihr sprechen!«

Die Hofdame zitterte und gehorchte. Langsam zog die Kaiserin einen ihrer schwarzen Handschuhe aus, die sie stets auf Reisen zu tragen pflegte. Mit einer eleganten Geste reichte sie das Paar einer der Dienerinnen, und jeder wusste, was nun folgen würde. Die Tolna zuckte nervös mit dem linken Lid. Die Kaiserin holte aus. Kurz darauf zeichnete sich die Hand der allerhöchsten Kaiserin blutrot im Gesicht ihrer Lieblingshofdame ab.

Die Tolna schluchzte auf und rieb sich die Wange, wagte vor Scham niemanden mehr anzusehen.

»Wo finden wir den Frater?«, setzte Elisabeth ihr Verhör fort.

»Der Frater hat das Gut verlassen, bevor Sie gekommen sind, verehrte Kaiserin«, antwortete der Erzherzog grinsend über das Schicksal der arroganten Hofdame. »Als kaiserliche Hoheit Ihr Kommen per Telegraf angekündigt haben, hatte der scheinheilige Bruder von Heiligenkreuz es auf einmal ziemlich eilig, von hier wieder fortzukommen, wie Sie sich denken kann.«

Elisabeth sprach wie eine Richterin zur Tolna: »Sie gab uns das Versprechen, Ihr Leben allein uns und dem Wiener Hof zu widmen. Hat Sie das denn auf einmal vergessen?«

Elisabeth holte mit der Reitpeitsche aus. Ludwig entriss ihr das Gerät in letzter Sekunde, ehe sie damit die Gräfin zu verprügeln vermocht hätte.

»Lassen Sie noch was von der Gräfin übrig, Schwägerin«, versuchte er, sie zu beschwichtigen.

Elisabeth tobte: »Wohin hat Sie den ermordeten Schauspieler bringen lassen?«

Die Gräfin druckste herum. »Nach Hause. Dorthin, wo wir zusammen aufgewachsen sind. Damit der gute Ernst seinen Frieden finden möge in der alten Heimat. Er war schließlich mein Milchbruder. Seine Mutter war unsere Amme und hat uns beiden die Brust gegeben, daher bin ich ihm eine Bestattung in der Heimaterde schuldig – als Milchschwester.« Die Gräfin weinte mit einem Mal herzzerreißend. Liesel begriff: Ihre Vermutung stimmte also. Die beiden waren tatsächlich Milchgeschwister gewesen. Angerer nickte ihr voller Anerkennung zu.

»Wir vergeben Ihr noch einmal«, sprach Elisabeth von Österreich zu ihrer Lieblingshofdame und trat an Liesels Bett. Zärtlich ergriff sie ihr Kinn mit derselben Hand, mit der sie eben noch zugeschlagen hatte. Die Kaiserin schien ihr gegenüber auf einmal wie ausgewechselt. Ihr Lächeln war honigsüß, dass es Liesel schmerzte. »Meine arme, kleine, süße Lieselliesel. Wie sind wir nur froh, unsere kleine Kammerdienerin hier am Leben zu sehen. Von allen Versammelten hier ist sie die Einzige, der wir vertrauen. Merkt euch das alle. Ab jetzt bleibt unsere Lieselliesel schön brav an unserer Seite, dann kann Ihr nichts Schlimmes mehr widerfahren. Wir geben Ihr unser heiliges Ehrenwort, dass wir auf Sie aufpassen.«

Liesel rang mit sich und zog den Brief mit dem kaiserlichen Siegel aus ihrem Dekolleté hervor. Die Tolna würde sich hüten, den Diebstahl des Kuverts einzugestehen, denn das wäre Grund zu einer weiteren Bestrafung. »Hier, lieber Herr Erzherzog Luziwuzi, bisher haben wir leider keine Gelegenheit gehabt, Ihnen den Brief der allerhöchsten Kaiserin zu überreichen. Wir bitten daher um Verzeihung.«

Die Kaiserin riss Liesel den Brief blitzschnell aus den Händen. »Hab Dank, meine süße, liebe Lieselliesel, aber wir sind verwundert. Wir haben doch gehört, der Brief wäre dir abhandengekommen?«

Wer nur war der Spion der Kaiserin oder ihres Gatten?

Liesel schaute in die Gesichter der Anwesenden und entschloss sich zu einer Notlüge. »Verzeihung, allerhöchste Kaiserin, aber ich muss den Brief wohl in der Unordnung verloren haben. Heute am Morgen erst habe ich ihn wiedergefunden. Vor ein paar Minuten. Zwischen meinen Kleidern.«

Die Kaiserin nickte amüsiert. »Na ja, den Brief braucht es ja jetzt nicht mehr. Wie es aussieht, erreicht er unseren hochgeschätzten Schwager ohnehin viel zu spät.« Die Kaiserin ließ das verschlossene Kuvert vor aller Augen in einer Tasche ihres schwarzen Kleides verschwinden.

»In tiefer Betroffenheit wollen wir unserem Schwager unser Beileid aussprechen«, wandte sie sich an den Erzherzog. »Wir haben Ihn vor einer möglichen Anschlagsgefahr warnen wollen. Aber nun ist es ja leider passiert, wie wir zu unserem Bedauern feststellen müssen.

Ludwig schürzte die Lippen aggressiv wie ein Terrier. »Liebe Cousine *und* Schwägerin, wir wollen schließlich niemals vergessen, dass unsere Mütter Schwestern sind und Sie in unserem Bruder Ihren Cousin geheiratet hat, kein Wunder also, dass in dieser Familie nicht alle ihre Sinne immer ganz beisammen haben. Ist es da ein Wunder, dass unsere persönlichen Neigungen …«

»Halte Er auf der Stelle Sein Schandmaul!«, befahl die Kaiserin ihrem Verwandten vor versammelter Dienerschaft, ehe dieser zu Ende sprechen konnte. Jeglicher Sanftmut verlor sich wieder aus ihren Zügen wie bei einer Maschine per Knopfdruck. »Sein Bruder weiß ganz genau, warum er Ihn nicht mehr in Wien sehen will. Warum ist Er nicht in Salzburg geblieben, wie wir Ihm mitteilen wollten? Oder noch eine Woche länger in Davos, so wie wir es Ihm eigentlich geraten haben? Stattdessen kreuzt Er hier auf, weil irgendwer aus der kaiserlichen Familie nach Ihm geschickt hat.«

Liesels Gedankenkarussell kreiste. Hatte Elisabeth dem Kaiser gegenüber etwa nur vorgegeben, der Erzherzog käme extra auf ihre Einladung hin zum Familienfoto nach Wien?

Ludwig bleckte lachend die Zähne wie ein Ziegenbock. »Meine hochgeschätzte Gräfin von Hohenembs, in dieser Familie haben nicht nur die Hofdamen ihre kleinen süßen Geheimnisse, sondern auch die allerhöchste Familie, also schweige Sie lieber.«

Liesel streichelte nervös Fifis Kopf, wobei ihre Hand Mary Vetseras wie zufällig berührte. Die Zwölfjährige hatte sich hinter der Kaiserin zur Tür hereingestohlen. Mary und sie sahen einander an. Ob Mary bei einem Verhör tapfer genug war, die nächtliche Begegnung zwischen ihnen für sich zu behalten? Dieses Kind war ein Spielball der Erwachsenen. Liesel fürchtete das Schlimmste.

Meister Angerer versuchte, wie ein Diplomat zu beschwichtigen. »Verehrte Kaiserin, wir bitten Sie, die Gräfin Tolna mit mehr Nachsicht zu behandeln«, lenkte er vom Familienstreit ab. »Schließlich ist die Gräfin völlig außer sich, weil ihr heute Nacht ein wertvolles Schmuckstück zum wiederholten Male geraubt worden sein soll, wie sie uns soeben mitgeteilt hat, bevor Majestät die Kammer der Lieselliesel betreten haben.«

Wenn die Tolna nun eine Fälschung als verloren meldete und das verschwundene Schmuckstück wie durch ein Wunder wieder auftauchte, stand sie endgültig als Betrügerin dar. Liesel nickte Angerer zu, denn damit würden sie beide wenigstens vorerst aus dem Schneider sein.

Das Manöver wirkte. »Stimmt das?«, fragte die Kaiserin ihre Hofdame.

Der hochwohlgeborenen Maria Theresia Festetics Gräfin von Tolna blieb nichts anderen übrig, als die Wahrheit zu sagen, erkannte Liesel voll Schadenfreude. Denn auf die Schnelle fiel ihr wohl keine passende Lüge ein.

»Vielleicht haben wir uns auch nur geirrt, und das Geschmeide befindet sich doch noch in unserer Schmuckschatulle«, versuchte die Tolna auszuweichen. »Es mag sein, dass wir nicht richtig nachgesehen haben. Wir sind schließlich noch nicht ganz ausgeschlafen zu dieser frühen Stunde.« Sie deutete hinter vorgehaltener Hand eine Art Gähnen an. Ihre Tränen waren längst getrocknet. Innerlich mochte sie vor Wut schäumen, verrieten die Sehschlitze.

»Handelt es sich etwa gar um mein Purzeltagsgeschenk an Sie, von dem Sie nicht weiß, wo es sich befindet, meine liebe Gräfin Tolna?«

»Verzeiht, meine allerhöchste Kaiserin«, flehte die Hofdame auf ihren Knien.

»Wie kann Sie nur vergessen haben, wo unser Geschenk an Sie abgeblieben ist?«, fauchte Elisabeth. Sie schien diese Tatsache als Verrat an sich zu empfinden.

Weitere Schritte hallten durch den Gang. Ein Mann in Stiefeln und Uniform betrat schwungvoll die Kammer. Graf Oberst Adolf Prohaska von Lilienfeld schaute mit seinem intakten Auge frech in das Gesicht der Kaiserin von Österreich. Neben ihm blieben der Kronprinz und der Hausherr stehen. Lilienfelds Blick streifte Angerer, jedoch ließ der Graf sich nichts von der Demütigung am vorgestrigen Tage anmerken. Endlich waren sie nun alle vollzählig, dachte Liesel, zu allem Überdruss. Und der Geheimpolizist des Kaisers hatte sicher einen triftigen Grund, die

Ankunft der Kaiserin zu stören. Ihr Bauchgefühl verhieß ihr einen entsetzlichen Ausgang der Szene.

»Mesdames et Messieurs«, sprach der Oberst, ohne zu salutieren, was allein schon einer Respektlosigkeit der Kaiserin gegenüber gleichkam, »aufgrund eines anonymen Hinweises haben meine Beamten soeben die Kammer der Hofdame Tolna durchsucht. Dabei haben meine Leute das hier gefunden.«

Die Tolna wurde leichenblass. Mit dieser Überraschung hatte die Ärmste wohl im Traum nicht gerechnet.

»Aber …«, stammelte sie tonlos.

Der Oberst der geheimen Militärpolizei öffnete die Schmuckschatulle der Hofdame und präsentierte vor aller Augen ein Geschmeide mit Stern und Delfin.

»Das hier«, erklärte er, »ist ein billiges Imitat des Originals. Eine echte Fälschung, sozusagen!« Er grinste amüsiert. »Alles ist aus Holz und Glas von einem begabten Fälscher angefertigt worden. Das vermeintliche Silber ist nur eine dünne Schicht Zinn auf wertlosen Holzperlen. Es lässt sich sogar mit dem Fingernagel abkratzen. Hier, sehen Sie.« Er führte es den Anwesenden vor. »Hier hat jemand gezielt eine Fälschung ins Spiel gebracht, damit niemand merken sollte, dass die echte Kette längst entwendet worden ist. Und ich bin mir sicher, es handelt sich bei der Diebin um die kleine Landstreicherin, die erst seit Kurzem am Wiener Hofe weilt.«

Er zeigte mit dem Finger auf Liesel, deren Mund vor Schreck offenstand.

»Nichts als Tinnef*«, stöhnte die Pick völlig ungläubig, »kein echtes Silber, nur Ramsch also?«

»Aber das ist ja …«, stammelte die Kaiserin, als hätte

* Jiddisch für Ramsch

sie die Sprache verloren. Entsetzen und unbarmherziger Zorn spiegelten sich in den haselnussbraunen Augen. Sie schaute zu Liesel, die immer kleiner und kleiner wurde.

»Das ist ja eine Unverschämtheit!«, tobte die Tolna. »Das muss heute Nacht passiert sein, während ich schlief.«

»Keiner verlässt das Haus«, befahl Lilienfeld. »Absolut niemand. Ganz sicher befindet sich das Original noch irgendwo im Gepäck dieser Diebin.« Er maß Liesel wie eine eiternde Wunde, die bereits zum Himmel stank. »Und bald wissen wir wohl auch, warum auf den Erzherzog geschossen worden ist. Wahrscheinlich wurde nur versehentlich der unsittliche Schauspieler nackert erschossen.«

Der am Uniformrock des Grafen fehlende Knopf war ersetzt worden, musste Liesel in ihrer Panik feststellen. Allerhöchste Zeit für einen rettenden Einfall, betete sie. Hier hat mir jemand gezielt eine Falle gestellt. Sie schaute in die Augen der Hofdame und hegte keinen Zweifel, wer hinter der ganzen Intrige steckte.

»Ich habe eine Idee.« Liesel räusperte gegen den Frosch in ihrem Hals an. »Ich weiß, wer es wirklich gewesen ist.«

»Was soll eine Kuhhirtin schon für einen genialen Einfall haben?«, wehrte Lilienfeld ab.

»Warum erlaubt Majestät der Dienerin überhaupt noch zu reden?«, warf die Tolna ein. »Sie ist doch so gut wie überführt.«

»Der Herr kaiserliche Hoffotograf Angerer«, brachte Liesel mit letzter Kraft zustande, »hat in Bad Ischl ein Foto von der verehrten Frau Gräfin Tolna mit seiner Fotografier-Maschine gemacht. In seinem Atelier sogar. Darauf tragen Frau Gräfin bestimmt das echte Geschmeide, oder?«

»Was würde ein solches Foto denn schon beweisen?«, wehrte Lilienfeld arrogant, sich seiner Sache 100-prozentig sicher, ab. Seine Blicke verrieten Liesel jede seiner hinterlistigen Gedanken. Da wollte einer um jeden Preis eine Karriere bei Hof machen und kannte keinerlei Skrupel.

Angerer öffnete wie auf Befehl hin wiederum seine Schatulle und hielt das Foto Lilienfeld und den anderen hin.

»Und hier«, erklärte Liesel, »sieht man ohne jeden Zweifel, dass es eine Fälschung ist.«

Widerwillig legte der Oberst den unechten Schmuck auf den Nachttisch.

Liesel fuhr fort: »Der Delfin auf dem Foto hat an seinem Bauch nur eine Flosse. Und dieser Delfin hier an der Fälschung hat auch nur eine Flosse am Bauch.«

»Na und?«, knurrte die Tolna, »was soll das schon beweisen, außer dass der Stoff der Bluse die zweite Flosse, nämlich am Rücken des Fisches, wohl verbirgt?«

Angerer verstand auch dieses Mal Liesels Wink mit dem Zaunpfahl. »Na, das könnte doch die Frage aufwerfen, ob Ihnen die Fälschung nicht bereits in Ischl untergeschoben wurde, Frau Gräfin. Jeder weiß doch, dass Delfine auf dem Bauch und am Rücken Flossen haben.«

»Das stimmt«, pflichtete nun auch die Kaiserin bei, »wie kann das sein?«

Liesel bemühte ihr Gedächtnis, was unter dem Druck und dem inneren Engegefühl äußerst schwerfiel. »Und immerhin befand sich das Geschmeide nach Lászlós Festnahme ja auf wundersame Weise wieder in Ihrem Besitz, Gräfin, wie alle Leute, die lesen können, aus den Zeitungen wissen, oder? Vielleicht haben Frau Gräfin die ganze Zeit über eine Fälschung getragen?«

Das reichte. Die Hofdame sprang auf und stapfte mit

fahrigen Bewegungen ihrer Hände auf Liesel zu. »Was will Sie mir damit weismachen? Dass wir echten und falschen Schmuck nicht voneinander unterscheiden können?«

Liesel gab sich ebenfalls Mühe, nicht sofort in Tränen auszubrechen. »Na, die allerhöchste Kaiserin hat das Geschmeide doch bestimmt nach jenem anfertigen lassen, das Hoheit selbst gerne bei allen möglichen Gelegenheiten trägt. Ihr Lieblingsgeschmeide, das jeder bei Hofe kennt, kann doch auch leicht von einem Fälscher nachgeschnitzt worden sein.«

»Wir haben das Original«, sprach die Kaiserin, »bevor wir es ihr durch die Prinzessin Martha zu Liechtenstein überreichen ließen, selbst in unseren Händen gehalten. Der Delfin hatte die besagten Flossen, da hat die Lieselliesel recht. Und wir fragen uns, warum die Gräfin auf dem Foto eine Fälschung tragen?«

Liesel erklärte scheinbar arglos: »Könnte es nicht doch einfach sein, dass Frau Gräfin sich getäuscht haben? Schließlich ...« Sie stockte. Schließlich habe ich die Fälschung heute Nacht selbst in meinen Händen gehalten, war sie versucht, vor allen anderen einzugestehen. Den Gefallen, der Gräfin mit diesem Geständnis ins Netz zu gehen, wollte sie dieser aber auf keinen Fall tun. Andererseits ... Ach, was hatte sie also zu verlieren?

»Nur mal angenommen«, sprach Liesel, »Frau Gräfin sind mit einem falschen Geschmeide von Ischl nach Wien gefahren. Mal angenommen, Sie wollten den Dieb schützen, weil er auch ein Ungar ist und Frau Gräfin ihn kennt, genauso wie Sie Ihren ungarischen Milchbruder wohl schützen würde. Immerhin soll ja auch dieser Ferenc László ein Ungar sein. Das sind alles Ungarn, genau wie Frau Gräfin ... und aus der gleichen Gegend wie ...«

»Das ist eine infame Unterstellung«, fiel die Tolna ihr ins Wort, »wagen Sie ja nicht, diese auszusprechen. Am Ende will Sie noch behaupten, ich gehöre zu den Verschwörern! Außerdem hat Sie keinerlei Beweise gegen uns. Und diese Fotografie hier beweist rein gar nichts, weil sie außerdem viel zu unscharf ist und die Bluse Teile des Geschmeides verdeckt.« Sie stieß verächtlich mit dem Handrücken gegen das Bild, als handle es sich um ein wertlos gewordenes Aktienpapier.

Der Abwehrversuch der Hofdame bestätigte Liesel in ihrer Vermutung. Sie durfte sich jedoch nichts anmerken lassen, wenn sie den Verdacht des Diebstahls des echten Geschmeides von sich lenken wollte. »Was ist, wenn Frau Gräfin unschuldig ist? Und tatsächlich die Fotografie lügt? Fotografien können schließlich auch lügen«, zitierte sie Angerer. »Was ist, wenn Frater Ivan es heute Nacht ausgetauscht hätte?«, fragte sie stattdessen. Mal sehen, ob Lilienfeld ihren Köder schluckte. Sie beobachtete ihn von der Seite.

»Der Frater ist am frühen Morgen zurück nach Heiligenkreuz geritten«, erklärte Lilienfeld. »Meine Männer haben ihn gefilzt. Er trug nichts Verdächtiges bei sich. Und wir haben keinen Grund, der Hofdame eine Kollaboration mit den ungarischen Aufständischen zu unterstellen. Nur weil diese kranke Schwuchtel ihr Milchbruder war, steckt sie mit keinen ungarischen Aufrührern unter einer Decke.«

Die Kaiserin betrachtete Liesel. »Wir werden die Wahrheit wohl nur erfahren, wenn Seine Männer«, sie äugte herausfordernd zu Lilienfeld, »auf diesem Gut sämtliche Zimmer der Gäste durchsucht haben. Auf der Suche nach dem echten Schmuck, falls es nicht doch in Lászlós Besitz sein sollte. Aber dann wird unsere treue Hofdame uns einiges zu erklären haben. Wer immer gelogen hat, der wird sein blaues Wunder erleben. Das schwören wir. Und wir sind uns sicher, dass bei unserer Lieselliesel nichts gefunden wird.«

»Nichts lieber als das.« Lilienfeld schlug grinsend die Hacken zusammen. »Wie unsere allerhöchste Kaiserin befehlen, werden wir die Unschuld Ihrer geliebten Hofdame nun beweisen.«

Liesel wich Elisabeths Blicken aus und schaute aus dem Fenster. Sie wünschte sich sehnsüchtig, sie wäre eines jener gelben Blätter des Kastanienbaums, das der Wind beizeiten davon trug auf Nimmerwiedersehen. Was hätte sie nur dafür gegeben, sich auf dieselbe Weise verflüchtigen zu können!

Lilienfeld befahl: »Als Erstes soll das Krankenzimmer durchsucht werden. Es soll kein Stein auf dem anderen bleiben.«

Die Gräfin Tolna grinste Liesel an. Ach, wäre ich doch nur gemeinsam mit meinem kleinen Buben gestorben, wünschte Liesel in ihrer Verzweiflung. Warum tun die Menschen einander so was an? Die Tiere sind viel klüger und reiner in ihrer Seele. Wie schön wäre es jetzt im Himmel gewesen!

Sie erinnerte sich an ihre Vision und sah das Unheil auf sich zukommen.

21. Kapitel

»Es grenzt an ein Wunder«, sprach Liesel drei Minuten später zu Angerer, »dass die ganzen feinen Herrschaften die Kammer verlassen haben, damit ich mich wenigstens noch allein anziehen kann. Ich habe das Gefühl, dieser Lilienfeld hätte mich am liebsten mit seinem einzelnen Auge auf der Stelle nackt ausgezogen, damit er mich überall anschauen kann. Er hat ausgesehen wie ein frecher Bräutigam, der seine jungfräuliche Braut zum ersten Mal in der Hochzeitsnacht anglotzt wie einen persönlichen Besitz, der ihm bereits gehört. Warum muss eine Frau sich von den Männern das alles gefallen lassen? Warum hat mir keiner geglaubt? Er ist sich so sicher. Nicht einmal der Kaiserin hat er geglaubt. Ich hasse diese Welt!«

Der Fotograf brauchte nach der ganzen Aufregung dringend erst einmal eine Prise Schnupftabak. »Hier werden Lilienfelds Agenten jedenfalls nichts finden. Also können wir frohen Mutes der Durchsuchung entgegensehen, denke ich, dass ich denken sollte. Darum sollten wir uns nicht so viele Gedanken machen, was passieren könnte, denke ich mir. Einfach nicht so viel denken. Das ist die Devise.«

»Mensch, was du immer denkst. Deinen Optimismus möchte ich haben, Meister Angerer«, erwiderte Liesel.

»Die Wahrheit ist eine Tochter der Zeit. Und die Lüge wird von den Menschen in die Welt gesetzt. Deswegen kommt die Wahrheit am Ende immer ans Licht, weil die Menschen es nicht ewig schaffen, ihre Lügen aufrechtzuerhalten. Das merke dir.«

Angerer half ihr nach seinem besten Wissen und Gewissen, das vermaledeite Korsett auf dem Rücken zu verschnüren. »Aua, nicht zu fest«, stöhnte sie – und: »Ja, jetzt passt es … du machst deine Sache gar net mal so schlecht für einen Kerl. Man könnt ja fast meinen, du hast Übung darin, Damen beim Korsett zur Hand zu gehen.«

Er schwitzte feine Schweißperlen, die ihm über die Schläfen liefen. »Also ich könnte in dem Ding auch keine Sekunde lang atmen, geschweige denn mich bewegen und sprechen. Was ist dagegen schon ein Vatermörder am Hemd eines Ehrenmannes?«

»Genau das ist wohl auch der Sinn davon, dass eine Frau nix sagen kann. Anders würde der Kaiser die ganzen feinen Damen bei Hofe keinen Tag ertragen mit ihrem dummen Geschnatter über die Pariser Mode und wer mit wem gerade anbandelt.«

»Die Kaiserin erträgt den Hof doch selbst kaum«, widersprach er. »Bevor du an den Hof gekommen bist, hat die Kaiserin fast zwei Jahre durch Abwesenheit geglänzt. Im letzten Sommer war sie auf ihrem Schloss in Ungarn, im Winter an der Côte d'Azur. Jetzt hält sie sich am Wiener Hof auf, weil Franz Josef um das Ansehen der kaiserlichen Familie fürchtet, wenn seine Ehefrau ständig unterwegs ist. Es bräuchte also gar kein Korsett, um die Kaiserin darin einzusperren. Franz Josef hat seine so und so nicht in der Hand, ganz gleich, wie es nach außen hin aussieht.«

»Wo liegt dieses Côte d'Azur? Liegt das auch irgendwo im Amerigha? Bei den Indianern?«

»Das liegt bei den Franzosen. An der Mittelmeerküste liegt das. Es heißt, es soll dort zwar keine Indianer, aber dafür noch echte Piraten geben, mein liebes Fräulein Liesel.«

Ihre Fantasie offenbarte ihr Bilder von Dreimastern mit gehissten Segeln, die sich durch hohe Wellen kämpften. »Piraten mit Augenklappen statt Glasaugen?«, fragte sie begeistert.

»Moderne Piraten benutzen wohl heutzutage auch lieber Glasaugen«, raunte Angerer Liesel ins Ohr. »Und ihr Hauptgeschäft ist die Schmuggelei. Aber vielleicht hat einer ja noch den einen oder anderen Papagei auf seiner Schulter sitzen, der einen geheimen Schatzplan ausplaudert, wenn man Glück hat.«

Liesel musste trotz ihrer Situation lachen, woraufhin die Schmerzen in ihren Rippen schlagartig zurückkehrten. Sie fasste sich in die Seite und biss die Zähne zusammen. »Jetzt bin ich mir übrigens auch sicher, dass ich nicht das weiße Pferd vom Kronprinzen Rudolf zwischen den Bäumen gesehen habe. Wenn einer auf mich mit Absicht sein Gewehr angelegt hat, dann kann das nur dieser Lilienfeld gewesen sein. Ich bin mir sicher, er hat sich bereits seit gestern Abend in unserer Nähe aufgehalten, um die Situation auszuspionieren. Er hat bestimmt immer gewusst, wo wir gerade sind. Er ist jetzt hierher zum Gutshof gekommen, um auszukundschaften, ob sein Anschlag auf mich auch funktioniert hat.«

»Dann sind es wohl auch seine Bluthunde gewesen, die dich im Schlosshof von Liechtenstein überfallen und dir den Brief gestohlen haben?«, kombinierte Angerer.

»Nein, sonst hätten sie mich nicht nur beraubt, sie hätten ja auf Schloss Liechtenstein ohne Weiteres die Möglichkeit gehabt, mich umzubringen. Das wäre ein Leichtes gewesen. Diese Leute haben es einzig und allein auf den Brief der Kaiserin abgesehen gehabt.«

»Bist du dir sicher?«

»Sie hätten mich wie ein Lamm abstechen können. Wenn sie nur wollen hätten.«

»Folglich steht also die Gräfin Tolna mit Ersteren im Bunde, aber zwischen Lilienfeld und der Gräfin gibt es wiederum keine Verbindung.«

»Amen«, stimmte sie ihm zu.

»Und wer hat dann den Herzbuben des Herzogs Luziwuzi so kaltblütig erschossen, bauernschlaue Lieselliesel? Weißt du das jetzt endlich?«

Liesel schaute in den Spiegel und betrachtete ihrer beider Gesichter. »Lilienfeld natürlich. Und deswegen auch der Knopf, der an seinem Kragen gefehlt hat. Und ich verzichte heute einmal auf das Rouge«, entschied sie. »Ich bin schließlich nicht der Kaiserin ihr Kasperl. Und so braun, wie ich früher war, bin ich eigentlich eh schon lange nimmer. Und wenn dieser Tag überstanden ist, dann hält mich hier keiner mehr.«

»Wer es glaubt«, sagte er, »aber denk dran, wenigstens noch deine widerspenstigen Haare zu kämmen. Das schadet auch einer Kuhhirtin nicht.«

»Meinetwegen.«

»Wo finde ich denn eine Bürste?«

Liesel schaute zu einer Truhe, in die die Jahreszahl 1648 und ein Adler eingeschnitzt worden waren. »Wahrscheinlich auch da drin, immerhin haben wir hier ja auch meine Kleider gefunden. Wahrscheinlich hat die Tolna dafür gesorgt, dass all meine Habseligkeiten jetzt in dieser Truhe liegen, während ich zum Sterben war und du geschlafen hast.« Liesel verdrehte die Augen, und Angerer steckte seinen Oberkörper tief in die geschichtsträchtige Truhe.

Als Angerer sich wieder emporschlängelte, war sein Gesicht kreideweiß geworden.

Liesel spürte ihre Lippen staubtrocken. »Hast du da drin soeben den Leibhaftigen persönlich gesehen, Meister Angerer?«

»Nein«, gab sie sich nach der allersten Schrecksekunde selbst die Antwort und schüttelte den Kopf. »Herrgott, ich gehe auf Knien zur Wallfahrt nach Altötting, wenn es denn sein muss, aber lass das nicht wahr sein, wovor ich mich gerade am meisten fürchte.« Sie erhob sich und warf ebenfalls einen Blick in die Truhe, wo ihr zwischen Unterröcken und Decken das gestohlene Geschmeide der Gräfin Tolna silbern funkelnd ins Auge stach. Der Anblick des Delfins mit *zwei* Flossen ließ keinen Zweifel an der Echtheit des Schmucks. »Von jetzt an kann auch der Heilige Geist nichts mehr für mich tun, fürcht ich. Und ich habe wahrscheinlich noch Glück, wenn sie mich nicht wie eine Anarchistin in aller Öffentlichkeit dafür aufhängen.«

Angerer schritt hin. Schritt her. Ein Unentschlossener beim Tanz auf dem Weg zu seiner Angebeteten über knarzenden Dielen eines Ballsaals. Und schließlich blieb er stehen. Er trat prüfend gegen eines der Bretter.

»Was hast du vor?«, fragte sie ihn.

Mit der schmalen Rückseite des kaiserlichen Bürstengriffs aus Elfenbein versuchte er hastig, die Diele auszuhebeln. Die Holznägel lösten sich aus einem Balken. Zwischen Gestein, Mörtel und Kalk verstaute Angerer das vornehme Geschmeide anschließend wie in einem unterirdischen Tresor. Anschließend legte er die Diele wieder an ihren Ort zurück und trat mit seinem rechten Schuh darauf. Auch die Nägel waren somit wieder in ihren ursprünglichen Löchern, auch wenn die Diele nun insgesamt etwas lockerer sitzen mochte. Angerer wischte sich mit dem Ärmel seines Hemds den Schweiß von der Stirn und starrte sie an.

»Wie lange, glaubst du, wird die kleine Vetsera bei einer Befragung durch geheime Militärpolizei dem Druck standhalten, Lieselliesel?«

Liesel beschäftige viel mehr die Frage, wie das originale Schmuckstück zwischen ihre Sachen gelangt war. »Frater Ivan hat die Kammer der Tolna vor mir verlassen. Und du hast geschlafen, Meister Angerer.« Fast hätte sie ihn vor Wut angeschrien, aber was halfen Vorwürfe in ihrer Lage?

»Der verfluchte Mönch hat uns ein faules Ei gelegt«, murmelte Liesel leise vor sich hin.

»Dann hat er in Ischl der Tolna das Original gestohlen.«

»Aber warum trägt die Tolna freiwillig eine Fälschung und spielt dieses Spiel mit?«, fragte sich Liesel.

Angerer wandte sich ihr zu und kämmte scheinbar seelenruhig ihr Haar, als hätten sie niemals den verräterischen Fund gemacht.

»Warum kannst du das so meisterhaft?«, flüsterte sie und wurde sich bewusst, wie skurril ihre Frage in ihrer verzwickten Situation war.

»Was?«

»Hochsteckfrisuren.«

Er war damit zugange, mit Haarnadeln ein Nest zu gestalten.

»Wer, glaubst du, geht den feinen Damen in meinen Ateliers zur Hand? Einen Figaro will ich nicht eigens anstellen.«

Liesel erinnerte sich an Bauernburschen, die der Wilddieberei angeklagt worden waren, weil das Jagdrecht allein dem Adel gebührte. Mehrjährige Zuchthausstrafen veränderten diese jungen Männer, und sie ließen sich kaum je ein Wort über die Zeit in den Gefängnissen entlocken. Über Krankheiten und Gewalt, die ihre Seelen gebrochen hatten.

»Und jetzt«, entschied Liesel, »könnte ich auch gut und gerne noch eine letzte Prise Schnupftabak vertragen. Wer weiß, wie lange mir noch die Gelegenheit dafür bleibt. Mei oh mei, oh mei. Oh mei! Warum nur haben wir zwei uns nicht bei einer schöneren Gelegenheit kennenlernen können, Meister Angerer?«

22. Kapitel

Wie erwartet, wäre es der Kaiserin im Traum nicht eingefallen, auf Liesels Dienste zu verzichten. Noch in der Nacht war Elisabeth gemeinsam mit ihrer Friseurin Fanny, ohne die sie niemals verreiste, aufgebrochen, um auf dem Gutshof selbst nach dem Rechten zu sehen, erfuhr Liesel hinter vorgehaltener Hand von Fanny, deren Anblick in Gegenwart der Kaiserin sie jedes Mal in ihren Bann zog. Kein Wunder, die beiden Frauen sahen einander zum Verwechseln ähnlich. Die Fanny war auf den ersten Blick von der Kaiserin kaum zu unterscheiden. Sie trugen sogar oft dieselben Kleider und Frisuren. Bei öffentlichen Auftritten vor dem gemeinen Volk hatte Elisabeth die Friseurin mehr als einmal vorgeschickt, um die allgemeine Stimmung zu eruieren, bevor sie sich selbst dem Bad in der Menge ausgeliefert hatte. Wenigstens musste an diesem Morgen die Gräfin Tolna draußen vor der Kammer der Kaiserin warten, während Fanny und Liesel der Kaiserin die Haare frisierten. Die Prozedur zog sich für gewöhnlich über drei Stunden hin.

Liesel zwang sich, aufrecht zu gehen und zu stehen, trotz ihrer körperlichen Pein. Wenigstens lenkte die Arbeit ein wenig von ihrer Angst ab.

Einmal während der Prozedur spürte Liesel Schwindel und musste aus der Kammer treten, um im Gang nach Luft zu schnappen.

Die Hofdame saß auf einem Sessel und knurrte wie ein Terrier. »Mag sein«, prophezeite sie, »dass eine Analphabetin mehr Zeit mit der allerhöchsten Kaiserin verbringen darf als wir, und trotzdem werden wir als engste Vertraute ihrer kaiserlichen Hoheit in die Annalen der Geschichte eingehen, wenn andere schon längst hinter Gittern verrottet sind.«

»Wenigstens sieht man Frau Gräfin nichts mehr von der allerhöchsten kaiserlichen Watschen an«, konterte Liesel und erschrak vor ihrer eigenen Gehässigkeit.

Angerer erschien wie durch Zufall im selben Moment. Liesel wusste, dass er sich absichtlich in ihrer Nähe aufhielt, um ihr im Bedarfsfall beizustehen.

»Möchten Frau Gräfin vielleicht ein Erinnerungsfoto?«, zog er die Hofdame auf. »Ein bisserl geschwollen sieht die Backe nämlich schon noch aus. Und wenn ich das genau betrachte«, er schob die Augengläser zurecht, »dann sehe ich da auch noch ein bisserl was vom Handabdruck der allerhöchsten Kaiserin. Man müsste nur das Rouge abkratzen. Ist das nicht eine Ehre, Frau Gräfin?«

Angerer stopfte sich scheinbar genüsslich eine Prise in die Nase, und Liesel betrat nach einem kurzen Anklopfen wieder die Kammer, die der Graf Leiningen für die Kaiserin in der Eile hatte bereitstellen lassen.

Liesel gab sich größte Mühe zu lächeln. Sie stellte sich die Gräfin Tolna als barfüßige Klosterschwester vor, die ein Armutsgelübde abgelegt hatte. Der tiefe Fall einer Gräfin. Doch es half alles nichts. Der Gesichtsausdruck geriet zu einem schmerzenden Grinsen, sah sie in dem Spiegel.

»Lieselliesel«, säuselte die Kaiserin auf ihrem Sessel thronend, »nicht träumen, arbeiten, wie es sich für eine fleißige Dienerin gehört.«

»Wie Majestät befehlen«, stimmte Liesel ihrer Herrin zu und bürstete schneller.

Die Friseurin kämpfte sich mit einer Bürste durch das widerspenstige Haar, das bis zum Boden reichte.

»Du siehst immer noch blass aus, Lieselliesel«, befand Elisabeth mit einem Mal scheinbar besorgt. »Ist dir nicht gut, mein süßes Kindlein?«

Liesel errötete. »Nein, allerhöchste Kaiserin, wir fühlen uns gesund genug, um Ihrer allerhöchsten Hoheit zu dienen, wie es sich für eine anständige Kammerdienerin gehört.« Das klang wie ein auswendig heruntergeleiertes Gebet, und Liesel schämte sich dafür.

»Sie muss sich keine Sorgen um Ihre zukünftige Verwendung bei Hofe machen«, sprach die Kaiserin. »Wir haben Ihr Ihr ungebührliches Verhalten der Hofdame Tolna gegenüber längst verziehen. Wir vertrauen Ihr, wie wir kaum je einem Menschen vertraut haben. Wie könnten wir unserer kleinen Lieselliesel da böse sein? Sie erinnert uns ja an uns selbst, als wir jung waren und aus Possenhofen nach Wien gekommen sind.«

»Habt Dank, Hoheit.« Liesel verbeugte sich, wie es ihr beigebracht worden war, nach allen Regeln der Kunst.

Fanny verdrehte heimlich die Augen und steckte die ersten Haarnadeln ins dichte Geflecht auf dem Haupt der Kaiserin. Liesel betrachtete die schmale Taille und die Schönheit dieser Herrscherin. Wie konnte der Herrgott nur zulassen, dass ein einzelner Mensch so viel Reichtum und Glück in seinem Leben bekam, während die Armen, von Krankheiten und Hunger gezeichnet, darbten und nichts zu sagen hatten?

Und wie würde die Kaiserin reagieren, wenn das Geschmeide bei ihr gefunden würde?

Sollte sie vielleicht doch der Kaiserin von dem Fund in ihrer Kammer heimlich unter vier Augen berichten? Vielleicht würde Elisabeth ja ihre Lieselliesel verstehen. Und ihr glauben. Vielleicht. Vielleicht. Vielleicht …

»Hier«, riss Fanny sie aus ihrem Grübeln, »hier findet sich noch jede Menge Filz.« Sie wies Liesel eine entsprechende Stelle in Hüfthöhe zu. Liesel begann mechanisch drauflos zu bürsten.

Fanny sah ihr die schmerzhafte Miene einer Märtyrerin an und redete mit tröstender Stimme auf sie ein. »Ich soll dir von der lieben Schneiderin Sophie herzallerliebste Grüße bestellen. Sie freut sich schon auf deine Heimkehr nach Wien.«

Oh ja, Sophie, die wie eine Mutter zu ihr war. Wie gern hätte sie ihr das Herz jetzt ausgeschüttet und in ihren Schoß geweint, um sich liebkosen zu lassen.

Ob sie Sophie wohl jemals wiedersehen würde? Und wie würde Sophie reagieren, wenn sie erfuhr, dass sie sich scheinbar in ihr getäuscht hatte?

Dass sie am Ende nichts weiter als eine kleine Diebin war. In Liesels Kopf mischte sich eine Melange aus Angst, Verzweiflung und Trauer.

»Lass den Kopf nicht hängen, Lieselliesel«, sprach die Kaiserin. »Du bist undankbar, denn du hast überhaupt keinen Grund, wie drei Tage Regenwetter dreinzuschauen, meine liebe Lieselliesel. Sei mir lieber dankbar dafür, dass ich dich von deinem bäuerlichen Elend erlöst habe.«

»Habt Dank, allerhöchste Majestät.«

Die Kaiserin reagierte mit einem Kichern, das Liesel eine Gänsehaut über Nacken und Unterarme trieb. Je mehr sie auch über eine Fluchtmöglichkeit grübelte, desto auswegloser schien ihr die Lage. Der Gutshof samt Villa wurde zur Stunde von allen Seiten bewacht. Und so wäre im Boden zu versinken wohl der einzige Ausweg gewesen. Aber vielleicht existierte ja irgendwo ein unterirdischer Gang, wie in alten Geschichten über Schlösser und Burgen üblich. Und vielleicht entdeckte Meister Angerer gerade in diesem Augenblick den geheimen Eingang, der über eine geheime Spindeltreppe nach unten führte ins Reich der Tiefe, in der Elfen und Feen sie mit magischen Fähigkeiten retteten.

»Kämmt die Lieselliesel auch ja nicht zu stark?«, hörte Liesel die Stimme der Kaiserin – und Fanny antwortete: »Nein, allerhöchste Majestät, die Kammerdienerin benutzt die Bürste sanft, wie ich es ihr beigebracht habe. Noch kein einziges Haar hat sich vom Kopf ihrer allerhöchsten Majestät gelöst. Kein einziges Haar.«

Fanny log, das wusste Liesel zur Genüge. Fanny ließ die ausgefallenen Haare der Kaiserin stets in einer winzigen eingenähten Tasche an der Innenseite ihrer Schürze verschwinden, damit Majestät nicht mit der Vergänglichkeit ihrer Schönheit konfrontiert wurde. Wenn sie zu viele Haare verlor, verfiel Elisabeth in ihre morgendlichen Wutausbrüche. Und das wollte die Friseurin sich und auch Liesel ersparen.

»Wenn du magst«, fuhr Elisabeth fort, »so erlaube ich dir, meine liebe Lieselliesel, mit der Hofdame Tolna später ein wenig spazieren zu gehen. Die Ärmste ist noch ganz echauffiert, nach dem, wie ich sie behandelt habe. Aber du weißt ja, wer nicht hören will, muss fühlen. Sie hat ihre Strafe verdient. Ich vertraue dir, meine liebe, arglose, kleine, süße, bayerische Freundin. Aber du sollst auf die Gräfin gut aufpassen. Hast du verstanden? Diesmal sollst du ihr keine Sekunde von der Seite weichen.«

Liesel knickste. »Wie Majestät befehlen.« Wahrscheinlich würden ohnehin Wachen diesen Spaziergang begleiten.

Liesel schaute zu einem Regulator. Drei Stunden waren während der Morgentoilette der Kaiserin inzwischen vergangen, und anscheinend hatten die Angehörigen der Geheimpolizei seiner kaiserlichen Hoheit nichts Verdächtiges in ihrer Kammer entdeckt.

»Hast du gewusst, Lieselliesel, dass die Stoffe für die Kleider unserer verehrten Gräfin Tolna aus der Meidlinger Fabrik *Orban und Söhne* stammen? Übrigens lassen auch die Zisterzienser zu Heiligenkreuz in derselben Fabrik neuerdings die Stoffe für ihre Kutten weben, weil sie so weich und geschmeidig sind.«

Elisabeth nickte ihr zu. Das war also die scheinbar unverfängliche Querverbindung zwischen der Hofdame und dem Frater mit dem asketischen Gesicht und der Engelsstimme.

»Die Seide dort ist so fein, dass man glatt meinen könnte, sie läge wie der Kokon eines Schmetterlings über der eigenen Haut«, fuhr die Kaiserin fort. »Wir werden für dich auch ein Kleid von der guten alten Sophie schneidern lassen, Lieselliesel. Das soll dein erstes eigenes Kleid sein, wie findest du das?«

»Habt Dank, Hoheit, aber das wäre doch nicht nötig …«

Ein Klopfen an der Tür ließ Liesel zusammenzucken. In Gedanken bekreuzigte sie sich und sprach das Vaterunser in Windeseile.

Erzherzog Luziwuzi betrat die Kammer der Kaiserin.

»Wir haben noch nicht herein gerufen«, echauffierte sich Elisabeth. »Was fällt Ihm bloß ein? Hat man Ihm kein höfisches Benehmen beigebracht?«

Seine Hündin folgte dem Erzherzog auf dem Fuß und schien ebenso empört wie Ludwig, der mit wütender Miene eine Zeitung vor die Kaiserin auf den Frisiertisch knallte, als handelte es sich um ein diabolisches Vertragswerk, das dazu diente, ihn zu übervorteilen.

»Was hat Sie sich nur dabei gedacht?«

Anstelle einer Antwort begegnete Elisabeth ihrem Schwager mit einer scheinbar arglosen Miene ihres hübschen Antlitzes. Doch ihre Augen taxierten ihn wie eine Schlange ein Kaninchen, erkannte Liesel.

Liesel betrachtete ebenfalls die Zeitung und gewahrte neben allerlei Text ein Foto, das die Schauspielerin Mina Pick Seite an Seite mit einem Mann zeigte.

»Sind die beiden denn nicht wunderschön anzusehen?«, sagte Elisabeth. »Die Mina und der Ernst Fácánkert, der große, ungarische Shakespeare-Darsteller. Was gibt es daran auszusetzen, mein herzallerliebster Schwager?«

Der Erzherzog schrie: »Sie fragt mich allen Ernstes, was wir an einem solchen Machwerk auszusetzen haben? Sie fragt uns in aller Seelenruhe ... was ...« Er drehte sich wie ein zu einem Duell entschlossener Gegner mit unsichtbarem Säbel nach unsichtbaren Gegnern mehrmals um die eigene Achse.

»Fifi!«, befahl er und stampfte, von der Hundedame gefolgt, aus dem Raum.

Liesel vernahm durch die offene Tür die Stimme der Tolna: »Was ist nur geschehen? Benötigen allerhöchste Kaiserin etwa gar unsere Dienste?«

Eine halbe Minute später kehrte Ludwig, in seinem Schlepptau eine aufgebrachte Mina Pick und ein vor Empörung wetternder Graf Reinhard zu Leiningen, zurück. Als Letzter folgte der Kronprinz Rudolf, der in der Rechten seinen obligatorischen Zigarillo hielt und in der Linken ein Glas Cognac zu dieser späten Vormittagsstunde. Dicht an seiner Seite, fast Haut an Haut, stand die kleine Mary Vetsera, als suche sie bei ihm Schutz. Ob Marys Mutter wusste, dass ihre Tochter schon wieder die Nähe des Kronprinzen suchte? Liesel und Mary wechselten einen Blick. Das Mädchen schaute schüchtern zu Boden. Angerer stand etwas abseits, neben der dunkel getäfelten Wand, im Hintergrund wie ein stummer Diener.

Fifi stellte die Schlappohren auf, und auch alle Menschen hörten Ludwig zu, der den Artikel aus der Zeitung vortrug: »... welch ein schönes Paar die beiden wohl abgeben würden. Schade, dass die Mimin Mina Pick dem Grafen Reinhard zu Leiningen versprochen ist. Dabei munkeln Bühnenkollegen am Wiener *Grey-Theater*, dass das Herz des feschen Ungarn niemand anderem als der Schauspielkollegin Pick gehört, die auch seine Geliebte sein soll ... und ihre Blicke auf dem Foto sprechen mehr als tausend Worte zu sagen imstande wären ...« Der Erzherzog blickte auf und ließ den Arm mit der Zeitung kraftlos sinken. »Ach, wie sehr wir dieses Schundblatt nur verabscheuen! Das ist die reinste Leichenschändung, was hier geschieht. Und wir müssen unserer Schwägerin wohl nicht erst erklären, wie dieses Schundblatt zu diesem Bild und seiner Lügengeschichte gekommen ist, oder? Uns ist in Davos nicht entgangen, dass Sie sich mehrmals mit diesen Schmierfinken von der Presse unterhalten hat, aber dass Sie diesen Floh ...« Luziwuzi brachte es nicht über sich auszusprechen, was ihm quälend auf der Zunge lag. »Das ist Leichenschändung, das brauche ich Ihrer allerhöchsten, hochwohlgeborenen Hoheit wohl nicht erst ...« Er japste.

Elisabeth lächelte weiter wie die junge Unschuld vom Starnberger See. »Was will unser herzallerliebster Schwager uns nur unterstellen, müssen wir uns ob seines ungebührlichen Verhaltens einer Kaiserin gegenüber fragen?«

Ludwig ballte seine für einen Mann viel zu kleinen Künstlerhände zu Fäustchen. »Jetzt wissen wir, warum Sie uns und unseren geliebten Ernst nach Davos gelockt hat. Um eines Skandals willen wollte Sie verschleiern, wem unser Herz in Wahrheit gehört. Und dafür ist Ihr nicht einmal eine Lüge zu schade gewesen. Und auch der Ruf unserer Freundin Mina war Ihr gleichgültig!«

Die Kaiserin legte sanft ihre Hände in den Schoß. »Der Einzige hier, der einen Skandal verursacht hat, war doch Er, unser verrückter Schwager, als Er sich seinerzeit im Wiener Zentralbad nackt an einen Offizier der kaiserlichen Armee herangeschmust hat. Soll Er doch froh sein, dass der Offizier Ihn nicht zum Duell gefordert hat. Was Er übrigens nur dem Einfluss Seines kaiserlichen Bruders Franz Josef zu verdanken hat. Ja, es stimmt, wir haben den Schreibern dieses Schundblatts eine Affäre zwischen dem Ungarn und dem Fräulein Pick zumindest angedeutet. Aber wir haben allein in der hehren Absicht gehandelt, den Anschein des Anstands zu wahren, weil wir als seine Ehefrau stets das Ansehen unseres Gatten und der allerhöchsten Familie im Auge haben müssen. Ihm dagegen scheint das Ansehen der allerhöchsten kaiserlichen Familie ja einen feuchten Kehricht zu kümmern mit Seinen unpassenden Affären. Und jetzt will dieser dumme Mensch von einem Erzherzog uns nicht einmal dankbar dafür sein, dass wir Seine krankhaften, widernatürlichen Neigungen vor der Öffentlichkeit geheim zu halten helfen. Was ist Er nur für ein Narr, dem überhaupt gar nicht mehr zu helfen ist! Er gehört eigentlich auf Lebenszeit in ein Sanatorium.«

Graf Leiningen fand in seiner Rolle als künftiger Bräutigam als Erster die Sprache wieder. »Hier wurde auch meine Ehre beleidigt, allerhöchste Kaiserin.«

Minas Augen füllten sich mit Tränen. »Mein Geliebter, das ist doch nix als Schmonzes, nichts als blöder Stuss! Und ich schwöre Ihm, diese Worte sind die reinste Lüge und Verhöhnung all unserer wahren und ehrlichen Gefühle für Ihn, die nichts als ein Ausdruck der Liebe sind.«

Der Graf schien wie verwandelt ins Liesels Augen. Nichts mehr von dem unbekümmerten Jungen, der er am Vortag noch gewesen war. Er stieß seine Verlobte mit einem verbitterten Gesichtsausdruck weg. »Wir müssen unser Eheversprechen lösen. Es tut uns ehrlich leid. Aber unter diesen Umständen muss Sie uns und unsere Familie verstehen, denn es geht um unsere Ehre, nachdem man Ihr eine Affäre mit einem … mit einem … bürgerlichen Schauspieler nachsagt!«

Mina warf sich vor ihrem Verlobten auf die Knie. »Was ist schon die Ehre gegen die Liebe, würde Shakespeare sagen?«

»Wenn er noch leben würde«, sprach der Graf scheinbar unbeeindruckt, »dann müssten wir jetzt den Schauspieler zu einem Duell fordern, um unsere Ehre wiederherzustellen. Ist Ihr das nicht klar …«

Der Kronprinz stürzte den Inhalt seines Cognacglases hastig hinunter und fiel seinem Freund ins Wort. »Eine alte, berechnende gefühllose Hexe ist Sie«, beschimpfte er die Kaiserin.

»Wie kann Er so was von uns behaupten?«, wehrte sich

prompt die Kaiserin. »Er hat ja gar keinen blassen Schimmer, was wir alles für Ihn getan haben. Sein Vater hat recht. Er ist nichts als ein undankbarer …«

»Sie hat uns den Kontakt zu unserer Großmutter verboten, die für uns wie eine Mutter gewesen ist, weil die Kaiserin von Österreich die ganze Zeit auf Reisen gewesen ist. Und das ohne Ihre Kinder, wie es sich für ein liebevolles Mutterherz ge…«

»Vielleicht sollte er nur weniger Cognac trinken und vielleicht auch weniger in Seine Nase …«

»Den Cognac verkaufen sogar die Apotheker, und das andere Zeug verschreiben die Ärzte, Frau Mama«, konterte der Kronprinz.

Elisabeth streckte ihren Zeigefinger nach ihm aus. »Mein lieber Rudolf alias Julius Felix, glaubt Er ernsthaft, der Kaiser hat nicht auch in Paris seine Spione?«

Rudolf verstummte.

Und die Kaiserin fuhr fort: »Die Schriften des Kronprinzen erkennen die österreichischen Spione am Schreibstil, auch wenn Er sie in Französisch verfasst. Es ist eine Schande.«

Rudolf lief krebsrot an. Sekunden vergingen, in denen man eine Nadel hätte fallen hören können. »Und wenn dem so ist«, antwortete Rudolf daraufhin seiner Mutter, »dann sind wir in Wahrheit froh, dass der Kaiser an unserer Meinung wenigstens ein Interesse zeigt, wenn wir sie unter Pseudonym in einem fremden Land veröffentlichen. Eine Verlängerung des Bündnisses mit Deutschland wird die Habsburger nämlich in einen Krieg führen, weshalb unser Vater wohl besser beraten ist, sich mit Frankreich und Russland zu versöhnen. Damit das Gleichgewicht in Europa langfristig wieder hergestellt ist. Wir wollen doch schließlich Frieden für unsere Familie und unsere Untertanen in Europa.«

Soeben, erkannte Liesel, hatte sich auch die Freifrau von Vetsera auf leisen Sohlen hereingeschlichen und verharrte wie angewurzelt neben dem Türstock, als Erzherzog Luziwuzi der Kaiserin wie aus heiterem Himmel das Korsett und den Morgenmantel vom Leib riss. Die Anwesenden starrten mit offenen Mündern auf den Adler, der einen Fingerbreit über dem kaiserlichen Gesäß seine Flügel über beide unteren Rückenhälften ausstreckte. Liesel hatte die Kaiserin bis dato noch nie derart entblößt gesehen. Und so erschrak auch sie von dem Anblick, der entfernt an ein Hirschgeweih erinnerte.

»Wir fragen uns«, sprach Luziwuzi und grinste über seinen Sieg, »ob der Kaiser wohl überhaupt von dieser Verunstaltung Ihres allerhöchsten kaiserlichen Körpers weiß. Und wir fragen uns außerdem, welche Geheimnisse und Intrigen Sie noch alles mit sich herumträgt. Sie und keine andere hat meinem Herzbuben, dem geliebten Ernst, den Meuchelmörder auf den Hals gehetzt, um den Schein der heiligen kaiserlichen Familie zu wahren. Deswegen musste mein Freund nämlich sterben. So ist es! Allein dafür verdient Sie es, dem Volk nackt vorgeführt zu werden. Zu Ihrer allergrößten Schande sollte Sie ohne Kleider geteert und gefedert werden, wie unsere kaiserlichen Vorfahren das einst taten. Beiß, Fifi. Beiß die böse Kaiserin. Sie ist eine Mörderin.«

Fifi bellte wütend. Die Anwesenden verhielten sich wie Wachspuppen, die vor Hitze mehr und mehr einem elenden Häuflein glichen. Niemand wagte einen Kommentar. Allein die Hofdame Tolna fiel vor aller Augen in Ohnmacht und landete unsanft auf einem Perserteppich.

23. Kapitel

Liesel entglitt die Haarbürste mit dem Elfenbeingriff. Sie stürmte auf den Fotografen zu. Ein Gewusel wie in einem Bienenstock entstand unter den Adeligen. Der Erzherzog heulte wie ein Schlosshund und wischte sich die Augen. Kronprinz Rudolf tröstete die verschmähte Braut und hielt sie in seinen Armen. Mary Vetsera versuchte vergeblich, die Hundedame Fifi, die völlig aus dem Häuschen war, zur Räson zu bringen. Angerer stand zwischen Bett, Schminktisch und Zimmertür und griff nach seinem Schnupftabak. Allein Elisabeth von Österreich-Ungarn verharrte scheinbar regungslos in ihrem Sessel wie auf einem Thron. Sie hatte sich ihren Morgenmantel längst wieder übergeworfen, um den Adler zu verdecken.

Liesel vergaß den Blick der Kaiserin und entriss Angerer die Phiole mit dem Tabak und eilte auf die Hofdame zu. Atemlos löste sie den kleinen Korken vom gläsernen Hals des Gefäßes. Anschließend häufte sie eine ordentliche Prise Tabak auf ihren Handrücken, stützte mit dem freien Arm den Kopf der Tolna und rieb ihr das Kraut in beide Nasenlöcher. Auf diese Weise verwendeten die feinen Damen ihre Riechsalzfläschchen, wie Liesel beobachtet hatte.

Ob ihre Ohnmacht gespielt war oder ob die empfindliche Seele der Hofdame tatsächlich vor Verzweiflung

Zuflucht in diesem schlafartigen Zustand gesucht hatte, hätte Liesel nicht sagen können. Liesel staunte allerdings nicht schlecht über die Reaktion der Gräfin, die die Augen aufschlug und in einem glashellen Ton grässlich nieste, sodass der Schnupftabak über und über auf Liesels weißer Bluse landete.

»Frau Gräfin sollten dringend an die frische Luft«, schlug Liesel der hysterisch winselnden Hofdame vor – und an die Kaiserin gewandt: »War es nicht auch Ihr allerhöchster kaiserlicher Vorschlag, bevor …« Liesel blickte demütig zu Boden. Ihre einzige und letzte Chance, das Weite zu suchen, war vielleicht dieser Ausflug. Immerhin war sie der Gräfin ja schon einmal mit Erfolg davongelaufen, beschwor sie die Hoffnung in sich herauf.

Schritte brachten die Dielen zum Beben. Liesel blickte auf. Graf Oberst Adolf Prochaska zu Lilienfeld stand vor ihnen. Liesel las in seinem Gesicht die Genugtuung und wusste, welche Stunde es geschlagen hatte.

»Was soll der Aufruhr?«, herrschte er die Adeligen erst einmal an.

Liesel roch die Inszenierung und wusste, dass er gekommen war, sie alle wie ein verrückter Puppenspieler auf die Folter zu spannen.

Die Geräuschkulisse verstummte wie auf einem Kasernenhof beim Erscheinen des Befehlsführers. Keiner wagte, dem Oberst in die Augen zu sehen, aus Angst, ihn damit herauszufordern.

»Was fällt Ihm ein, das private Gemach einer Kaiserin zu betreten?«, gab Elisabeth von Habsburg sich als Einzige widerborstig.

Fanny legte der Kaiserin zur Sicherheit auch noch eine Decke über die Schultern und Beine. Im Nu war die Kaiserin verhüllt wie eine Heiligenfigur am Karfreitag. Keiner den Anwesenden würde es wohl wagen, ihre Hoheit jemals wieder auf die Tätowierung anzusprechen. Falls es Luziwuzis Absicht gewesen war, die Kaiserin bloßzustellen, dann war er mit Bravour gescheitert.

»Ich werde sofort abreisen, damit du mich nie wieder ansehen musst, mein Geliebter«, verfiel Mina in ihren weinerlichen Sermon zurück.

»Niemand reist hier ab«, befahl Lilienfeld, »bevor wir es den Herrschaften nicht erlaubt haben!«

Die Kaiserin bot dem Militär mutig die Stirn. »Die Pick reist ab, wenn sie es wünscht, abzureisen, Oberst. Was soll eine Mimin wie sie schon auf dem Kerbholz haben, das einen Spion wie Ihn zu interessieren hätte?«

Lilienfelds Schläfen pochten sichtlich über so viel mangelnden Respekt.

Rudolf ignorierte den Hauptmann ebenfalls und wandte ein: »Mina, du bleibst hier! Und du, Reinhard, mein Freund, lass dir gesagt sein, das ist doch nur wieder eine List dieser Kaiserin, um zwischen die Menschen in ihrer Umgebung einen Keil zu treiben. Auf diese Weise hat sie noch immer ihre Macht gesichert. Wollen wir ihr wirklich diesen Gefallen tun, meine treuen Freunde?«

Elisabeth wandte sich an die verschmähte Braut. »Das Fräulein Pick mag eine begabte Schauspielerin sein. Aber jemand, der sich einzig und allein darauf versteht, die Texte anderer auswendig zu lernen, ist nicht unbedingt mit Verstand gesegnet, mein Sohn.«

Liesel empfand Mitleid mit Mina und kam dieser zur Hilfe: »Die allerhöchste Kaiserin hat dieses Foto also nur veranlasst, damit der beste Freund Ihres Sohnes nicht das Fräulein Mina heiratet, wodurch sie weiterhin in Rudolfs

Nähe gewesen wäre?« Erst als Liesel gesprochen hatte, wurde sie sich wieder einmal ihrer vorlauten und frechen Art bewusst.

»Wenn ich gewusst hätte«, versuchte Mina den Gastgeber zu überzeugen, »welchem Zweck dieses Foto dient, dann hätte ich dafür niemals neben unserem lieben Freund Ernst posiert. Aber ich habe diese gemeine Mauschelei schlichtweg nicht durchschaut.«

Elisabeth befahl Liesel, ihr das Etui mit den Zigaretten zu reichen. Liesel gehorchte. Fanny gab der Kaiserin mit dem Platinfeuerzeug die benötigte Flamme. Elisabeth inhalierte gierig den Rauch.

Liesel beschloss, den Grafen ebenfalls herauszufordern, um dessen Inszenierung zu ihren Gunsten zu wenden. »Der Herr Oberst soll ja bekanntlich mit dem Prinzen Arnulf von Wittelsbach unlautere Geschäfte machen, wie wir gehört haben.«

Angerer trat auf Liesel zu. »Der Herr Oberst soll mit seinem einen Auge nach dem Hafen von Triest stieren, wo er eine kostbare Ladung erwartet. So erzählt man sich über ihn. Und der Wittelsbacher Prinz Arnulf soll sein Verbündeter bei der ganzen Sache sein.«

Ehe Lilienfeld ihn zum Duell zu fordern vermochte, wandte die Kaiserin sich an Angerer. »Er soll auf der Stelle Seinen Mund halten! Das gilt auch für die Lieselliesel! Unter die Seefahrer hat es den Oberst noch lange nicht verschlagen, dafür fehlt ihm wohl jegliche Verwegenheit und Tapferkeit eines echten Piraten.«

»Das ist eine infame Verleumdung«, setzte Lilienfeld sich zur Wehr. »Wenn Er das noch einmal behauptet, fordern wir Ihn zum Duell, Herr Fotograf.« Es hätte nicht viel gefehlt, und er hätte Angerer einen Fehdehandschuh hingeworfen.

Die Hofdame Tolna rettete sich auf einen Diwan und bekam von der Friseurin Fanny Luft mit einem orientalischen Fächer zugewedelt. Widerwillig putzte die Gräfin sich Nase und Gesicht mit Angerers dargereichtem Taschentuch.

Liesel trotzte sowohl der Kaiserin als auch dem Oberst. »Warum hat die geheime kaiserliche Militärpolizei nicht besser auf den Erzherzog und den Schauspieler aufgepasst?«

»Das ist …«, stammelte Lilienfeld.

Liesel gefiel seine Sprachlosigkeit. »Will Er mich jetzt auch zum Duell fordern?«, fügte sie hinzu und hatte Mühe, ihr amüsiertes Grinsen zu unterdrücken.

»Kein Wort mehr, Lieselliesel!«, wiederholte die Kaiserin. »Wir wissen, welch niederträchtiges Gerücht über den Prinzen Arnulf von Wittelsbach existiert, und glauben kein einziges Wort davon. Sie hat ja keinen blassen Schimmer, was Sie da behauptet. Er würde sich niemals mit dem Oberst Lilienfeld gemein machen.«

Liesel spürte vor Aufregung Ameisen am ganzen Körper krabbeln. Anscheinend fehlte dem Oberst der Beweis gegen sie, sonst hätte er sie längst damit konfrontiert. Anscheinend funktionierte Angerers Versteck doch recht gut.

Graf Reinhard von Leiningen stimmte der Kaiserin zu: »Der Wittelsbacher ist ein Ehrenmann und unser Vertrauter in den Diensten der englischen Königin. Wir können uns stets auf einen Mann wie ihn verlassen.«

»Ein wahrer Ehrenmann«, säuselte die Kaiserin mit einer süßen Stimme, die Liesel dieses Mal die Haare zu Berge stehen ließ. »Unsere süße, kleine bayerische Lieselliesel soll nun die Gräfin Tolna bei ihrem Ausflug begleiten, damit unsere liebste Hofdame sich ein wenig abkühlen kann.«

Liesel bekam kaum mehr Luft vor Wut. *Süß, klein, bayerisch.* Wie oft würde die Kaiserin derlei Eigenschaften noch betonen und sie damit vor allen zur Witzfigur machen?

Die Tolna schüttelte energisch den Kopf. »Uns geht es dank dem beherzten Eingreifen der süßen, kleinen, bayerischen Lieselliesel ausgezeichnet«, wiederholte nun auch sie grinsend. »Wir haben nur einen Wunsch, nämlich in dieser Aufregung unserer allerhöchsten Kaiserin beizustehen. Schließlich haben wir ja einiges wiedergutzumachen. Also bleiben wir lieber hier in der Villa bei Majestät.«

Angerer ließ das vollgeschnäuzte Taschentuch in seiner Hosentasche verschwinden. Die Kaiserin drückte seelenruhig ihre Zigarette aus und verlangte nach einer weiteren. Liesel öffnete das silberne Etui und biss vor Wut ihre Zähne zusammen. Fanny gab der Kaiserin Feuer. Liesel hielt die Luft an, um den Schwefelgeruch nicht in die Nasenlöcher zu bekommen. Herrgott, ich muss fort von hier. Einfach nur noch fort. Und wenn es ins Amerigha sein muss.

Die kleine Mary weinte neben der verschmähten Braut, als zerschlüge sich da gerade ihr eigenes Liebesglück in 1000 Scherben. »Es war doch unser Traum, Ihre Brautjungfer zu sein, meine liebe, liebe, liebe Mina. Es ist so unendlich traurig«, hörte Liesel sie wie aus weiter Ferne. Und dann betrat ein Mann in blauer Uniform polternd mit großen Schritten die Kammer und salutierte vor dem Grafen. Er überreichte Lilienfeld ein Stofftuch. Lilienfeld schlug es mit vor Triumph glitzerndem Auge auseinander, woraufhin sich alle Blicke auf das Geschmeide richteten. Der Delfin, der Stern, Silber, reinstes Kristall und

Diamanten schimmerten im Lichte der mittäglichen Sonnenstrahlen, die durch das Fenster gelangten. Der Regulator läutete zeitgleich wie die helle Glocke der Kapelle 12 Uhr. Liesel spürte jeden Schlag dumpf und schwer in ihrem Magen und sah ihr Ende gekommen.

24. Kapitel

Totenstille.

Während sie in ihrer Kammer darauf harrte, in Ketten nach Wien in das Militärgefängnis nach Meidling überstellt zu werden, saß sie unbeweglich auf dem Bett und schwelgte in Träumen von Kuhherden, die auf saftigen Wiesen friedlich grasten und ihre Köpfe nach dem blauen Himmel und der Sonne reckten. Wieder und wieder lief sie über Gras und Dotterblumen, spürte die Freiheit, die allein der Wald und die einsamen Feuchtwiesen an Flüssen und Bächen boten. Nie hatte das Leben sich besser angefühlt als in diesen Sommern. So viel Freiheit gab es nicht einmal in Gedanken.

Die Dämmerung kroch wie ein schwarzes Tier durch das Fenster. Und als sie endlich ein Geräusch vernahm – ein verzagtes Klopfen an der Tür – schien es, als ob ihre Seele in den Körper zurückkehrte. In das Hier und Jetzt, aus dem es keine Flucht gab.

»Meister Angerer?«

Er machte die Tür hinter sich zu. Sein Schatten bewegte sich leise im Halbdunkel auf sie zu.

»Meine Lieselliesel, sie bewachen dich ja jetzt schon wie eine Delinquentin. Draußen vor der Tür stehen drei Mann, die auf dich aufpassen mit Bajonetten. Und sogar unter deinem Kammerfenster hat dieser Lilienfeld seine Leute postiert. Ein geheimer Verehrer müsste schon unsichtbar sein, wenn er über die Leiter zu dir heraufsteigen wollte«, spielte er auf das bayerische Brauchtum des Kammerfensterlns an.

Liesel lächelte unter Tränen. »Sie haben dich immerhin noch zu mir gelassen«, stellte sie fest – und: »Du bist der einzige Mann, dem ich vertraue, habe ich dir das schon mal gesagt, Meister Angerer?«

»Mmh, wie es aussieht, hat kein Mensch Angst vor einem kauzigen Fotografen im besten Mannesalter. Woran das nur liegt?« Er bot ihr eine Prise an.

»Danke«, lehnte sie ab.

Er genehmigte sich nachdenklich ein Häuflein Schnupftabak. Herrgott, wie sehr würde sie diese lästige Angewohnheit von ihm vermissen.

»Ich nehme an, die kleine Mary Vetsera ist heute Nachmittag verhört worden. Und Lilienfeld hat sie dermaßen eingeschüchtert und verängstigt, dass sie ihm unsere nächtliche Begegnung gestanden hat.«

»So ist es leider.«

»Und die Tolna hat Lilienfeld vom Diebstahl des Briefes berichtet?«

»Nein.«

»Oh, das wundert mich dann aber sehr, dass das Miststück die Gelegenheit ausgelassen hat, mich noch tiefer reinzureiten in mein Dilemma. Aber damit hätte sie sich ja selbst denunziert. Raffiniert, dieses hinterfotzige Luder«, verfiel sie ins Bayerische.

»Noch tiefer geht wohl ohnehin kaum, wird sie sich außerdem gedacht haben, mein armes Fräulein Lieselliesel.«

»Mich wundert, dass nicht einmal die Kaiserin versucht hat, meinen Kopf zu retten. Dabei war ich doch die ganzen drei Monate ihre *süße, kleine, bayerische* Lieblingsspielkameradin. Mei, jetzt hat wenigstens die Tolna ihre Kaiserin wieder ganz für sich allein. Und diese Sache mit dem verschwundenen Brief hat sie wohl nur deswegen inszeniert, um mich loszuwerden.«

Liesel hätte sich ihr Lachen, das sie übermannte, selbst nicht erklären können. »Haben sie dich eigentlich reingelassen anstelle eines Priesters, der mir die Beichte abnehmen soll?«, fragte sie vergnügt.

»Sehe ich denn auch aus wie einer, der die ganze Zeit nach dem Zölibat lebt?«

Sie betrachtete sein abstehendes Haar und den grauen wilden Bart und konnte sich ihn beim besten Willen nicht an der Seite einer Frau vorstellen. Dafür fand sie ihn viel zu eigenbrötlerisch.

»Solche Männer wie du bleiben wohl Junggesellen. Manchmal verstehe ich die Frauenzimmer nicht, weil sie dich so lange übersehen haben.«

»Ach, Lieselliesel, so richtig heilig sind doch am Ende nicht einmal die Pfaffen. Denk nur an den Frater Ivan. Ich denke mir schon die ganze Zeit, dass ich mir denken sollte: Am Ende sind es immer die größten Moralapostel, die über ihre eigenen moralischen Ansprüche stolpern. Aber dafür bist du noch zu jung, um das zu verstehen. Denkst du nicht genauso wie ich?«

»Ich bin sicher, es wird einmal eine andere Zeit kommen. Die Reichen und der Adel werden an ihrer eigenen Boshaftigkeit zugrunde gehen. Schade nur, dass mein Bub diese neue Zeit nicht mehr erlebt. Das wär mir ein Trost gewesen. Aber wer weiß, was ihm in seinem Leben, das dann leider nur ein paar Minuten gedauert hat, nicht alles erspart geblieben ist. Ich bin schuld an seinem Tod, weil ich ihn in Sünde geboren habe. Das hat mir der Pfarrer gesagt, als er ihm eine christliche Beerdigung verweigert hat.«

»Dafür wurde er von dir geliebt, solange er bei dir war, oder?«

»Ja.«

»Und er hat von dieser ungerechten Welt nichts Böses mitbekommen. Er kannte nur deine Liebe, die paar Atemzüge lang, die er gelebt hat, denke ich. Liebe ist doch alles, was zählt. Von daher gesehen hatte er das perfekte Leben, meine Lieselliesel.«

Warum nur konnte sie nicht weinen?

»Langsam glaube ich wirklich, du bist hier, um mir die Beichte abzunehmen, Meister Angerer. Noch nie war einer so gut zu mir wie du. Es ist, als würden wir uns bereits ein ganzes Leben lang schon kennen – und doch …«, sie stockte und wechselte das Thema, »wünschte ich, ich hätte wenigstens genug Zeit gehabt, mir einen Namen für meinen Buben auszudenken.«

Er nahm sie in seine Arme.

»Übrigens, ich habe auch eine gute Nachricht, Lieselliesel. Wie es aussieht, wird die Hochzeit morgen doch stattfinden. Vielleicht ist dir das Glück der anderen ein kleiner, wenn auch schwacher Trost, meine Liebe. Die Mina ist zwar abgereist, aber der Kronprinz redet mit Engelszungen auf seinen Freund Reinhard ein. Ach, Ehre, Treue und Verrat können einem das Leben schon verdammt schwer machen. Was ist dagegen schon die Liebe unter einfachen Leuten?«

Soldaten stießen ohne Anklopfen die Tür auf und stampften in ihren schweren Stiefeln in den Raum. Einer der beiden hielt sein Gewehr auf Liesel gerichtet, als ginge eine Gefahr von ihr aus. Ihre Uniformen waren zu Liesels Verwunderung dieses Mal jedoch grün. Gendarmerie bedeutete das! Was hatte das nun wieder zu … Liesel glotzte die Uniformierten mit großen Fischaugen an und versuchte eiligst zu begreifen, was hier vor sich ging.

»Mitkommen!«, befahl der ranghöhere Gendarm.

Angerer fragte besorgt: »Wohin?«

»Das hat ihm gefälligst blunz'n* zu sein«, lautete die grobe Antwort des Gendarmen.

Liesel erhob sich.

»Glaubt Er denn im Ernst, es ist nötig, die Kammerdienerin der Kaiserin mit einer vorgehaltener Waffe abzuführen?«, fragte Angerer. »Ich begleite die Lieselliesel, ganz gleich, wohin auch immer sie gebracht wird.«

Der Anführer stieß Angerer unsanft auf das Bett. Die beiden Beamten ergriffen Liesel unter den Schultern und Kniekehlen und schleppten sie vor sich her. Liesel zappelte: »Nein! Bleib … bleib bei mir …«, schrie sie Angerer zu. Ihre größte Angst bestand auf einmal darin, den Fotografen nie mehr wiederzusehen. Ihn wenigstens noch einmal zu umarmen, war ihr größter Wunsch auf dieser Welt.

Wachen der geheimen Militärpolizei, die vor der Kammer gewartet hatten, umstellten Angerer mit Gewehren und rangen ihn schließlich zu Boden. Das Letzte, was Liesel sah, waren Uniformen, Uniformen und nichts als Uniformen in Blau und Grün. Die beiden Gendarmen schleppten Liesel nach draußen in den Pferdestall, wo sie sich aus Leibeskräften loszureißen versuchte. Ein Gefangenentransporter wartete vor dem Stall. Liesel biss einen der Männer in die Schulter. Ein Faustschlag gegen ihren linken Wangenknochen folgte, woraufhin die Kraft in ihrem

* Egal – eigentlich: »wurscht sein«; eine Blunzen ist im Österreichischen eine Blutwurst

Ober- und Unterkiefer versagte. Liesel landete polternd in der Kutsche mit den vergitterten Fenstern. Zu allem Überfluss trug sie nichts als das Nachthemd, in das man sie vorsorglich gesteckt hatte, damit sie nicht wieder davonlief. Die Kälte fuhr ihr schneidend in die Knochen. Ihre Schmerzen erfassten innerhalb von Sekunden jeden Nerv ihres Körpers. Die Tür krachte ins Schloss. Die Kutsche fuhr ruckartig an. Bewegungslos verharrte Liesel auf dem Boden. Angststarre hatte sie erfasst, und sie wünschte sich nichts sehnlicher, als endlich wieder bei ihrem Sohn zu sein. Sie begriff vollends den Sinn der tröstenden Worte des Fotografen: Ihr Kind hatte, im Gegensatz zu ihr, niemals Leid und Hass und Ungerechtigkeit ertragen müssen. Das menschliche Leben war ungerecht, seit Adam und Eva aus dem Paradies vertrieben worden waren, ein Akt der göttlichen Rache, an der seither jedes Menschenkind zu tragen hatte.

Die Kutsche raste durch die Dunkelheit. Eine Stunde.

Genauso ruckartig, wie der Gefangenentransport losgefahren war, blieb er stehen.

Liesel prallte mit den Schultern gegen die Vorderwand, wo eine Bank aus ungehobeltem Holz eine Sitzgelegenheit bot. Sie zog sich unzählige Splitter in den Handflächen zu. Blutete.

»Brrrrr!«, hörte sie von draußen die raue Stimme des Lenkers wiederholt. »Brrrrr!«

Sekundenlang übertönte das Rauschen in ihrem Kopf alle anderen Geräusche.

Männerstimmen wurden laut und drangen wieder zu ihr.

Dann öffnete jemand die Tür, die nur von außen entriegelt werden konnte.

Was drohte ihr jetzt schon wieder?

Nacht und Nebel lagen draußen wie ein Leichentuch über den Wäldern und Wiesen, erkannte sie. Vom milchigen Schein einer einzelnen Laterne durchdrungen, wirkte die Dunkelheit tiefer und schwerer. Liesel hob vorsichtig den Kopf und erkannte auf einem weißen Pferd eine Frau, die in einem Damensattel saß. Ein langes Kleid und ein Mantel aus Kaninchenfell umhüllten ihre grazile Gestalt. In ihre verhärmten Gesichtszüge trat ein schmallippiges Lächeln, das Liesel nur allzu gut kannte. Liesel fragte sich, ob Angst und Panik ihr dieses Trugbild vorgaukelten, oder ob sie vielleicht wirklich gerade verblutete wie ein Tier auf einer Schlachtbank und daher halluzinierte. Sie fühlte keinerlei Trauer mehr. Der Tod hätte ihr nicht einmal mehr das Geringste ausgemacht.

25. Kapitel

Der Kronprinz stand neben Angerer und dirigierte die beiden Brautleute, die sich vor der gegenüberliegenden Wand für ein Foto in Position brachten, hin und her, nach vorne und zurück. Rudolf persönlich war der Kutsche mit Mina hinterhergeritten, und hatte dem treuen Freund die Braut nach Mayerling zurückgebracht. Rudolf hielt wie immer einen Zigarillo in der Hand. Ein Glas mit Cognac und eine Flasche standen auf dem Tisch in seiner Reichweite, seine geliebte Medizin.

»Ich bin so froh«, sprach Rudolf, »mein bester Freund und meine besondere Freundin haben ihre Liebe wiedergefunden. Die Kaiserin hat es nicht geschafft, einen Keil zwischen euch zu treiben! Hurra. Lang lebe Habsburg!« Er grinste zynisch bei dem Gedanken.

Angerer mühte sich anhand eines Drehknopfes, die Schärfe seiner Linse jedes Mal entsprechend zu justieren. Seine Gedanken kreisten ständig um Liesel, Liesel und nochmals Liesel. Und warum nur hatte die Kaiserin ihm untersagt, einfach abzureisen? Weshalb war er nur dazu verdammt, diesem ganzen Affenzirkus hier noch länger beizuwohnen? Die Leibeigenschaft war doch ein Relikt des Mittelalters! Und doch schien sich seit den alten Rittern und Feudalherren nicht viel verändert zu haben. Kein Wunder also, dass die Liesel mit ihrem rebellischen Gemüt am Ende ihr Spiel verloren hatte. Der Ober sticht den Unter. So lautete die alte Regel eines Kartenspiels, und daran würde sich wohl nie was ändern auf dieser Welt. Die Reichen blieben reich und die Armen eben arm. Und wer aufbegehrte, hatte mit dem Schlimmsten zu rechnen.

Mina Pick umarmte ihren Bräutigam und sprach dankbar zu Rudolf: »Wenn Hoheit nicht mit Engelszungen auf meinen geliebten zukünftigen Ehemann eingeredet hätten … – Oh, ich hatte schon Bammel*, zum Schicksal einer alten Jungfer verdammt zu sein. Denn ich hätte niemals mehr einen anderen Mann lieben können.«

Angerer platzte gedankenlos heraus: »Die Versöhnung hat der allerhöchsten Kaiserin aber gar nicht geschmeckt. Kein Wunder, dass sie sich in ihre Kammer zurückgezogen hat, die allerhöchste Habsburgerin. Das ist es, was ich denke, denke ich.« Und verstummte.

Alle Köpfe drehten sich wie bei einem Puppenspiel langsam und wie an Fäden gezogen zu Angerer, der sich in diesem Moment wieder einmal erst bewusst wurde, was er soeben laut und deutlich ausgesprochen hatte. Oh, zum Luzifer, wann würde er sich dieses Laster endlich einmal abgewöhnen können? Je länger er allein lebte, desto stärker tendierte er zu diesen Selbstgesprächen auch in aller Öffentlichkeit.

Er räusperte sich vor Verlegenheit. »Verzeihung, meine Herren, meine Damen, das ist uns dummerweise über die Lippen gerutscht. Es war nicht unsere Absicht …« Er geriet ins Stottern. Ja, was hatte er denn eigentlich mitteilen wollen?

Sein Freund, der Erzherzog, half ihm aus seinem rhetorischen Dilemma. »Der liebe Angerer hat nichts anderes

* Jiddisch für Sorge

gesagt als das, was hier sowieso ein jeder von uns denkt. Und was er denkt, das meint er eben auch so, so wie wir unseren Freund kennen. Lieber Gott, wie schrecklich.« Ludwig verdrehte scherzhaft die Augen und kraulte Fifi im Nacken. Herrchen und Hund wirkten beide ebenso amüsiert wie verbittert. Sämtliche Gefühle Luziwuzis nahm das Tier wie ein Schwamm in sich auf. »Meine liebe Fifi, was denkst du, was soll nur aus dem Reich und seiner allerhöchsten kaiserlichen Familie werden, wenn unsere Untertanen sich neuerdings erlauben, selber zu denken und ihre Meinung auch noch auszusprechen? Gibt es dann endlich den ersehnten Aufstand in den dunklen Gassen von Wien bis Triest?« Er zog eine angstvoll-bizarre Grimasse.

Die Erwachsenen lachten über den adeligen Scherzbold. Selbst die steife Freifrau von Vetsera schloss sich Mina, Reinhard und Rudolf ausnahmsweise an, was Angerer verwunderte. Allein die kleine Mary und Angerer blickten einander mit todernsten Mienen in die Augen. Angerer nutzte die Gelegenheit und gab spontan die Linse frei. Ein Blitzlicht erhellte auf Knopfdruck den Raum. Das Brautpaar strahlte, als hätte es das durch die Kaiserin inszenierte Drama vom Vormittag niemals gegeben. Eine oberflächliche Friede-Freude-Eierkuchen-Stimmung breitete sich aus, die jedoch nur über ein anderes Drama hinwegtäuschen sollte. Jeder Einzelne im Raum vermisste die Lieselliesel und nahm Anteil an ihrem Schicksal. Angerer spürte trotz der Heiterkeit die unaussprechliche Betroffenheit im Teezimmer.

»Ich freue mich, dass die Hochzeit doch stattfindet«, wiederholte Angerer die Worte des Kronprinzen und deckte die Klappe über der Linse mit einem schwarzen

Verschluss ab. Ende der Belichtungszeit. 15 Sekunden sollten bei dem Licht ausreichen. »Mal sehen, wie das wird«, erklärte er. »Das Lachen in euren hübschen Gesichtern sollte auf diesem Foto hoffentlich zu sehen sein, mein liebes Brautpaar. Und die Unentschlossenheit ist ein Attribut der Jugend, die man euch verzeihen wird. Eine Liebe für euer ganzes Leben und über den Tod hinaus, das wünsche ich euch von ganzem Herzen.«

Die Anwesenden stimmten ihm zu.

Und plötzlich fragte Mary Vetsera in das Murmeln hinein: »Wo ist eigentlich die Gräfin Tolna?«

Mary lümmelte sich auf den Diwan neben den Erzherzog, außer Reichweite ihrer Mutter, deren Augen wie immer Bände sprachen, was sie von der vorlauten Zunge ihrer Tochter hielt. Rudolf setzte sich neben Mary und herzte sie wie eine Puppe.

»Es tut mir so unendlich leid«, sprach Mary mit betrübter Miene, »dass ich mich beim Verhör verplappert habe. Aber ich habe solche Angst gehabt. Der Graf Oberst Lilienfeld hat mir damit gedroht, mich im Mausoleum zusammen mit meinem seligen Bruder zur Strafe lebendig zu begraben. Da habe ich es mit der Angst zu tun gekriegt.«

Rudolf nahm Mary in die Arme und küsste sie zu allem Überfluss auch noch auf die Stirn. »Gar nix muss dir leid tun, Mary. Mir tut es leid, dich nicht vor diesem elendigen Bluthund beschützt zu haben.« Er fuhr ihr zärtlich über den Rücken und strich ihr übers Haar. Auch Mina gesellte sich zu ihnen, um das Mädchen, das sich schuldig an Liesels Schicksal fühlte, zu trösten.

»Es hat keinen Sinn, sich mit Vorwürfen zu martern«, sagte sie. »Wer wird denn schon über vergossene Milch weinen, meine Kleine, hm?«

»Verdammtes Militär!«, fluchte Erzherzog Ludwig. »Wie schön wäre es, wenn dieser Lilienfeld und seine Leute endlich aufhören würden, diese Villa zu bewachen, als ob wir seine Gefangenen hier wären.«

Rudolf stürzte den Cognac wie Wasser seine Kehle hinunter. »Auf Eure Gesundheit, meine hochverehrte, geliebte Mina! Und auf Euren Bräutigam«, wechselte er das Thema.

Alle stießen mit ihren vollen Weingläsern auf die Schauspielerin und Graf Leiningen an.

»Ja, beinahe wäre die Tolna zur Schickse* eines Mönchs geworden«, sprach Mina und leckte sich den Wein von ihren vollen, sinnlichen Lippen. »Wenn nicht die allerhöchste Kaiserin in letzter Minute Wind von der Liebelei bekommen hätte, dann hätte sie ihre Hofdame wohl wirklich an so einen Pfaffen verloren. Und wir hätten noch eine zweite Verlobung feiern können!«

»Aber das erklärt meiner Meinung nach wenigstens, was in dem geheimnisvollen Brief gestanden sein dürfte«, mutmaßte Luziwuzi. »Wahrscheinlich hat sie mich darin aufgefordert, die Anstandsdame zwischen ihrer Hofdame und dem Zisterzienser zu spielen. Damit nur ja kein weiterer Skandal seinen Schatten auf den Wiener Hof werfen kann, indem die Tolna mit ihrem Zisterzienser dort einfach auftaucht. Die gute Tolna hat ein Herz für die Russen, wie dramatisch!«, schwelgte er.

Angerer schob die Fotoplatte in eine der lichtdichten Lederhüllen und machte sich daran, die Kamera für heute abzumontieren. »Aber wer nur kann ein Interesse daran gehabt haben, der Gräfin das Geschmeide in Ischl zuerst zu stehlen und ihr dann ein Imitat zukommen zu lassen?«

* Jiddisch für Geliebte

Die Freifrau Vetsera antwortete: »Wer weiß schon, was im Kopf eines solchen Anarchisten wie diesem Ferenc László und seinen Leuten vor sich geht. Diesem Gesindel ist doch alles zuzutrauen. Das sind Zigeuner!«

»Und wie ist es dann möglich«, dachte Angerer laut nach, »dass eine kluge Frau wie die Tolna nicht bemerkt haben will, dass ihr da wer eine Fälschung untergejubelt hat? Das ist doch die alles entscheidende Frage, die ich hier zu fragen wage, denke ich mir, dass ich denken müsste, oder etwa nicht?« Er kratzte sich am Hinterkopf und gönnte sich eine Prise Tabak. Die hatte er sich jetzt wirklich verdient.

Niemand verzog eine Miene.

Fifi jaulte nervös und ließ den Kopf hängen, woraufhin der Erzherzog ihr kräftig die Ohren kraulte.

»Das werden wir wohl nie erfahren«, sprach Ludwig auf seine Hundedame ein und ließ nun seinerseits den Kopf hängen. »Viel mehr sollte uns doch die Frage interessieren, wer ein Interesse daran hatte, auf meinen geliebten Herzbuben zu schießen? Meinst du nicht, mein lieber Meister Angerer?«

»Da muss ich meinem alten Freund Luziwuzi auch wieder recht geben«, stimmte er dem Erzherzog zu.

Eine der Kammerdienerinnen der Kaiserin betrat nach kurzem Anklopfen den Raum. In ihrer schwarzen Dienstbotentracht mit weißer Schürze deutete sie Angerer gegenüber eine Verbeugung an. »Die allerhöchste Hoheit wünscht Ihn zu sprechen, Herr Leib- und Hoffotograf. Die Kaiserin duldet keinen Aufschub. Er soll sofort nach oben in die Beletage kommen. Auf der Stelle! Majestät haben Ihm was Wichtiges mitzuteilen, heißt es.«

Angerer unterdrückte ein schweres Stöhnen.

Welche Überraschung hielt das Leben nun schon wieder für ihn bereit?

Er drehte sich den Anwesenden zu. »Wir entschuldigen uns, meine Freunde, aber als gehorsamer Untertan haben wir die Befehle der allerhöchsten Kaiserin zu befolgen.«

Der Kronprinz feixte: »Wollen Sie sich nicht lieber vorher noch eine Prise genehmigen, lieber Meister Angerer? Oder was denken Sie, das Sie denken sollten?«

Er reagierte auf Rudolfs Frage mit einem gequälten Lächeln. »Die Pflicht ruft, mein lieber Kronprinz. Vielleicht reden wir ein andermal über die Dichter und Denker und allerlei Gedanken, die uns sonst noch so durch den Kopf gehen.«

Er trottete gehorsam hinter der Dienerin her. Hinauf in den ersten Stock.

Die Kammerdienerin klopfte an, die Kaiserin bat herein. Angerer schloss kurz die Augen, atmete gepresst und folgte der Aufforderung.

Elisabeth stand vor einem Spiegel und zog einen Expander auseinander. Bei seinem Eintreten legte sie das Sportgerät achtlos neben ein halbes Dutzend Hanteln auf den Frisiertisch. Ihre Wangen leuchteten ausnahmsweise rot, was wohl von der Anstrengung durch den Sport herrührte. Gerne hätte Angerer die Kaiserin einmal in diesem Zustand vor seine Kamera gelockt. Das wäre endlich einmal ein Foto aus dem Leben gewesen. Aber er hätte im Traum nicht auf ihr kaiserliches Einverständnis gehofft.

»Lieber Angerer, schön, Sie zu sehen«, sprach Elisabeth.

Er begegnete ihr mit einem loyalen Nicken. »Majestät, stets zu Diensten. Was dürfen wir für allerhöchste Hoheit tun?«

»Setze Er sich.«

Er nahm auf einem Hocker Platz und legte die Hände auf seine Oberschenkel. In den Lederschuhen wippte er nervös mit den Zehen. Nach außen mochte seine Erscheinung ruhig wirken, hoffte er. Innerlich drohte er zu platzen. Er war wütend auf diese Frau, weil sie rein gar nichts für Lieselliesels Verteidigung getan hatte.

»Mein lieber Angerer, noch immer der Fels in der Brandung in jeder Gesellschaft. Genauso wie wir Ihn ehren und schätzen gelernt haben«, schmierte die Kaiserin ihm nun auch noch Honig um den Mund.

»So viel Ehrerbietung haben wir gar nicht verdient, allerhöchste Majestät.«

»Genug der Höflichkeiten«, setzte Elisabeth das Gespräch fort. Sie griff dieses Mal eigenhändig nach einer Zigarette und entzündete sie mühelos mit einem Streichholz. »Der Grund, warum wir uns hier ohne unsere Dienerschaft mit Ihm treffen, ist ein sehr vertraulicher.«

»So?«

Die Kaiserin zog eine Schublade der Frisierkommode auf.

Zu seinem Erstaunen nahm sie den Brief – den Brief, den … Er brachte den Gedanken vor Aufregung kaum zu Ende. Elisabeth brach mithilfe eines bronzenen Öffners das Siegel und reichte ihm das Blatt mit den Worten, die ursprünglich an den Erzherzog Ludwig gerichtet gewesen waren.

»Lieber Luziwuzi«, stand dort in der Anrede …

Angerer zögerte.

Die Kaiserin nickte ihm auffordernd zu. »Hier, lese Er selbst. Und Er wird verstehen, warum wir mit niemandem über den Inhalt dieses höchst geheimen Briefes reden konnten und er daher nur in den Händen einer Analphabetin sicher war.«

Angerer hatte Mühe, sich das Zittern seiner Hände vor lauter Aufregung nicht anmerken zu lassen. Die Kaiserin besaß eine verschnörkelte Schrift. Die Buchstaben verschwammen vor seinen Augen. Er rückte die Brillengläser auf seiner Nase zurecht und las im schwachen Schein einer stinkenden Petroleumlampe Wort für Wort.

26. Kapitel

Von Major Vösenhubers Hutkrempe troff ein Sturzbach, als er zu Liesel in den Gitterwagen geklettert kam. Die gezwirbelten Enden seines Schnurrbartes hingen traurig wie welke Blumen herab. Ein eiskalter Regenguss hatte eingesetzt. Liesels Zähne klapperten vor Kälte und Angst.

»Raus mit dir!«, befahl der Major der Gendarmerie. »Raus aus dieser Kutsche.«

Liesel starrte in das Dunkel seines Gewehrlaufs und blickte zur Gräfin Tolna, die auf der weißen Stute im Damensattel thronte und in verächtlichem Tonfall hinzufügte: »Welche Silbe von ›raus‹ hat Sie nicht verstanden?«

Zwei Gendarmen flankierten die Gräfin auf ihren braunen Pferden. Die Tolna trug Kapuze und war komplett am ganzen Körper vermummt. Sie sah aus wie ein großes Pelztier mit halb nacktem Gesicht.

Liesel fühlte sich, als stünde sie vor einem Exekutionskommando. War sie selbst die Tote, deren Züge sie im Angesicht Mary Vetseras vor ihrem inneren Auge gesehen hatte? Würde sich nun ihr Schicksal endgültig erfüllen?

»Halt!«, befahl die Gräfin, stieg ab und kletterte unbeholfen in den Wagen. »Lasse Er uns mit der Gefangenen einen Moment allein!«, sprach sie zu Vösenhuber.

Liesel erhob sich bibbernd.

»Fünf Minuten, Frau Gräfin. Und keine Sekunde länger.« Vösenhuber zückte eine Taschenuhr aus dem grünen Uniformrock.

Die Gräfin warf Liesel eine Decke und einen kleinen Koffer vor die Füße. Liesel nahm die beiden Gegenstände erst jetzt wahr.

Vösenhuber führte vor der Kutsche eine lautstarke Diskussion mit seinen Wiener Kollegen. Die Kutschentür wurde verrammelt. Liesel ergriff die Decke und hüllte sich darin ein.

Die dünnen Lippen der Gräfin offenbarten ein schmerzliches Lächeln. Und einen Moment schien es Liesel, als ob die Hofdame samt ihrem edlen Pelz in Flammen stünde. Ihre Gesichtsfarbe war eine Mischung aus Weiß, Blau und Rot. Dann endete Liesels erneuter Tagtraum – den sie sich mit ihrem nie gekannten Zustand erklärte. Schließlich hungerte sie seit Stunden, dürstete, litt Todesangst und war gleichzeitig erfüllt von Todessehnsucht.

»Bin ich jetzt frei?«, hörte Liesel ihre eigene Stimme einen Wunschgedanken aussprechen. »Und nicht mehr Kaiserin Elisabeths Lieselliesel?« Ein Lachkrampf strahlte von ihrem Zwerchfell aus und verstärkte das Zittern in ihren Gliedern.

»Gewesen«, sprach die Hofdame. »Es hat sich ausgeliesellieselt – Liesel Huber.«

Liesel besaß keine Ahnung, was diese Worte bedeuten sollten.

»Aber warum nur schaust du so zerknirscht drein? Du wolltest deine Freiheit doch die ganze Zeit zurück. Hier, das sind deine Papiere und dein Dienstzeugnis, das allerhöchste Hoheit dir persönlich ausgestellt hat.«

Liesel nahm die dargereichten Dokumente an sich und betrachtete die Taufurkunde und das Dienstbotenbuch mit den Zeugnissen. Was stand wohl darin? Hatte Elisabeth den Diebstahl erwähnt, und dass sie … Dann konnte sie sich damit im Leben nicht mehr …

»Schade, wenn man nicht lesen kann, nicht wahr«, erriet die Tolna ihre Gedanken. »Aber glaub mir, ich habe mich persönlich bei Majestät dafür stark gemacht, nur wohlwollende Worte für dich zu finden. Der Edelmut ihrer allerhöchsten Hoheit kennt nun mal keine Grenzen, wie du weißt. Damit brauchst du dir um deine Zukunft keine Sorgen mehr zu machen. Jeder Bauer oder feine Herr nimmt dich liebend gerne in seine Dienste. Und so ordinär hübsch wie du aussiehst, wirst du wohl ohnehin keine Schwierigkeiten haben, selbst anständige Männer zur Sünde zu verführen.«

Liesel wunderte sich über ihre plötzliche innere Gelassenheit. Warum nur spürte sie keinerlei Misstrauen der Gräfin gegenüber mehr? Auch deren unverhohlene Verachtung konnte ihr nichts weiter anhaben.

»Ich will Ihnen glauben, Gräfin, aber eine Antwort sind Sie mir trotz allem noch schuldig.«

»Du bist frech. Wie kann eine geborene Gräfin einer Dirne überhaupt jemals irgendetwas schuldig sein?«

»Warum haben Sie, seit Sie in Ischl gewesen sind, diese Fälschung von dem Geschmeide in Ihrem Gepäck mit sich herumgetragen, Gräfin?«

»Wer sagt dir, dass dem wirklich so ist?«

»Wer hat Ihnen die Fälschung zukommen lassen?« Liesel bohrte mit dem rechten großen Zeh im Boden.

»Vielleicht die Prinzessin Martha von Wittelsbach, geborene Liechtenstein.«

»Warum sollte die Prinzessin Martha Ihnen statt dem Original eine Fälschung übergeben? Nein, Gräfin, Sie haben einzig und allein Ihren Milchbruder Ernst Fácánkert schützen wollen. Sie haben gewusst, dass sein Leben in Gefahr ist. Und auch die Kaiserin hat davon gewusst«, riet Liesel. »Genau das stand in dem Brief. Sie und die Kaiserin haben Luziwuzi warnen wollen, damit seinem Herzbuben nix passiert.«

»Das ist lächerlich, Lieselliesel. Wie kann jemand nur auf derart einfältige Gedanken kommen?«

»Weil das Herz von Frau Gräfin an Ihrem Milchbruder hing, haben Sie und die Kaiserin das Schlimmste verhindern wollen.«

Liesel zog die Decke noch fester um ihren Körper zusammen und zählte Gründe dafür auf: »Der seltsame Diebstahl und das Attentat sind fast zur gleichen Zeit passiert. Dieser flüchtige Anarchist namens Ferenc László stammt aus Tolna, genau wie Sie, Gräfin. Und Ernst Fácánkert kommt auch aus dieser Gegend. Da ist es doch nicht abwegig anzunehmen, dass Sie sich alle drei gekannt haben. Bei uns daheim in den Dörfern kennt auch einer den anderen. Vielleicht hat der Ernst Fácánkert ja auch sterben müssen, weil er zu viel über Ihre geheimen Verbindungen zu den Anarchisten gewusst hat, Gräfin. Und deswegen haben Sie unbedingt den Brief der Kaiserin in Ihre Hände bekommen müssen. Weil Sie wissen wollten, ob die Kaiserin Ihnen bereits hinter ihr Geheimnis gekommen ist.« Liesels Atem verwandelte sich mehr und mehr zu Eiswolken.

»Ein Mann wie mein geliebter Milchbruder hätte sich doch niemals mit einem Verbrecher wie Ferenc László, András Szabo und dem versprengten Rest dieses ungarischen Anarchisten-Packs eingelassen. Dazu war er viel zu sehr in seinen shakespearesken Sommernachtsträumen gefangen, ein echter Träumer. Ernst hätte mich niemals hintergangen. Außerdem haben er und der Erzherzog sich zum Zeitpunkt des Diebstahls ja in Davos aufgehalten, wo sie Mina und die Kaiserin getroffen haben. Und wenn du die Zeitung gelesen hättest, dann wüsstest du das. Aber das hast du ja nicht, weil du ja … Weil du nun mal eine dumme, kleine bayerische Analphabetin bist.«

Der Rouge an den Wangen der Tolna blätterte ab wie der Putz von den Wänden eines alten Hauses. »Ich würde sagen, du hast deine Nase bereits viel zu lange in Interna des Hauses Habsburg gesteckt. Hast du wirklich geglaubt, das würde keine Folgen für dich haben? Du kannst von Glück sagen, dass dir nichts Schlimmeres widerfahren ist. Manche sterben dafür einen rätselhaften schnellen Tod.«

»Wer hat Ihnen das Geschmeide untergejubelt, Gräfin?«, kam Liesel auf ihre Gretchenfrage zurück.

»Wer von allen Anwesenden auf dem Gutshof hasst die Kaiserin wohl am meisten, kleines, einfältiges Lieselchen?«

»Der Erzherzog Luziwuzi interessiert sich aber genauso wenig für Politik wie sein toter Herzbube. Also kann er es nicht gewesen sein.«

»Ach, wer spricht denn vom warmen Bruder seiner allerhöchsten kaiserlichen Majestät? Wo denkst du nur hin, Liesel?«

»Der Kronprinz ist auch nicht besonders gut auf seine Mutter zu sprechen«, zählte Liesel weiter auf.

»Da magst du recht haben. Aber Rudolf steht doch ständig unter dem Einfluss von Kokain, Heroin und Cognac. Und dann sind da auch noch seine ganzen Frauengeschichten. Außerdem interessiert er sich für Kunst, Wissenschaft und Demokratie, dieser Schwächling.«

»Aber es heißt, er versteht sich gut mit den Ungarn. Und er verabscheut die Monarchie«, kombinierte Liesel.

»Und zu allem Überfluss treibt dieser misslungene Sohn Elisabeths sich auch noch mit Jüdinnen wie dieser Pick herum. Der Kronprinz hat zu viel vom Wittelsbacher Blut in seinen Adern wie sein Onkel, König Ludwig von Bayern. Rudolf ist genauso schwach und sentimental wie seine Mutter. Nur dass der Kaiser der Kaiserin hörig ist, und sie ihm deswegen auf der Nase herumtanzen kann – im Gegensatz zu ihrem missratenen Sohn. Vielleicht hat ja er auf dich geschossen.«

»Der Kronprinz war die ganze Zeit gut zu mir, wann immer wir uns begegnet sind.«

»Ach, ein jeder weiß doch, dass diese Trinker und Giftkranken einem das Blaue vom Himmel herab vorgaukeln, wenn sie dadurch nur einen Vorteil für sich erkennen. Das Gift zerstört erst das Gehirn und dann den Charakter.«

Liesel zog die Schultern hoch. »Warum nur will ich Ihnen nichts von dem glauben, Gräfin?«

Warum nur spürte das Quartierkind in ihr immer noch die Gefahr, die von der Adeligen für sie ausging?

»Niemand zwingt dich, an irgendwas zu glauben. Und schon morgen wird sich keine Menschenseele bei Hofe mehr an eine Kammerdienerin mit Namen Lieselliesel erinnern. Glaub mir, schon viele haben versucht, mir meinen Platz bei der Kaiserin abspenstig zu machen. Aber ich bin und bleibe ihre liebste Hofdame und Vertraute. Daran wird sich nichts jemals ändern.«

Die Tolna hatte aus tiefster Überzeugung gesprochen. Feierlich hallten ihre letzten Worte in Liesel nach.

»Und was haben Sie jetzt vor, Gräfin?« Liesel stapfte von einem Bein auf das andere, um Wärme zu erzeugen.

Die Gräfin bekreuzigte sich auf ihre gewohnt theatralische Weise. Liesel bereute, ihr, als sie die Gelegenheit dazu gehabt hatte, nicht noch viel mehr Schnupftabak in die Nasenlöcher gestopft zu haben.

»Die Kaiserin schenkt dir die Freiheit. Und glaub mir, das ist wirklich keine Falle. Ich meine es ehrlich mir dir, so wie ich es immer ehrlich mit dir gemeint habe. Oder hast du jemals an meinem Hass für dich gezweifelt?«

27. Kapitel

Der Regen prasselte vom tiefschwarzen Himmel. Regentropfen gefroren im selben Moment, da sie Gras und Erde berührten. Baumstämme neigten sich ächzend dem einsetzenden Sturmwind, der von Norden kam. Unbarmherzig, wie eine wilde Bestie, fauchte der Sturm zwischen Ästen, Felsen und durch die spärlich bewohnten Talsenken des Wienerwaldes dahin. Liesel spürte sein Wehen wie eisige Klauen unter ihre Röcke fahren. Auch der Brokatmantel, der sich im Koffer befunden hatte, vermochte die Kälte kaum abzuwehren. Der Kragen aus Fuchsfell schnürte ihr die Luft zum Atmen fast gänzlich ab, während sie auf ihrer Flucht durch die nachtfinstere Landschaft lief. Ihre Beine in den engen Schnürstiefeln bewegten sich schneller und taumelnder mit jeder Bö, die sie erfasste, als wollte sie sie zum Tanz auffordern. Schließlich erreichte Liesel endlich den Wald. Äste knackten, der Wind schleuderte sie durch die Luft, ebenso Moos und Rindenstücke. Den Koffer in der rechten Hand umklammernd, stapfte Liesel in geduckter Haltung durch den Wald, um ihren Kopf zu schützen. Ihre Beine versanken tief im Moos, während sie sich mit den Händen nachtblind an vereisten Baumstämmen entlangtastete, immer auf der Suche nach einem Ort, der ihr Schutz bot.

Das Schloss Liechtenstein als letzten Gedanken und Rettungsanker vor ihrem inneren Auge, geriet sie auf einen

Trampelpfad, den sie zu kennen glaubte. Irgendwo hier mochte sich die römische Ruine befinden. Liesel erspähte die beiden Reiter in ihren nachtblauen Armeeuniformen, die auf sie zu galoppierten, zu spät.

Hatte die Tolna sie also doch in eine Falle gelockt?

Einer feuerte eine Gewehrsalve in ihre Richtung.

Die Kugel streifte den Fuchskragen. Liesel ließ sich wie eine Verwundete zu Boden fallen, obwohl der Schuss sie nicht getroffen hatte. Sie atmete hastig. Sprang auf. Eine weitere Salve. Geschosse, die in den Stamm einer Buche neben ihr einschlugen. Abprallten. Flink wie ein Kaninchen schlug Liesel einen Haken. Die Reiter trugen tatsächlich blaue Uniformen und jagten ihr durch das Gestrüpp und Dickicht hinterher. Liesel wechselte wieder abrupt die Richtung. Das Schnauben der Pferde war ganz nah zu hören, trotz der Windböen. Wer immer der Spion des Kaisers in der Villa Leiningen war, spielte für Liesel keine Rolle mehr. Die kaiserlichen Geheimagenten, allen voran der einäugige Teufel, waren ihr wieder auf der Spur. Jetzt konnte selbst die österreichische Kaiserin nichts mehr für ihre Lieselliesel tun, begriff sie, und sie spürte Wut über ihre eigene Naivität. Schließlich hatten ihre Verfolger sich an ihren fünf Fingern abzählen können, wohin ihre Flucht sie als Erstes führen würde. Sie hatte es diesem Lilienfeld und seiner Entourage verdammt leicht gemacht, sie aufzuspüren.

»Bleib stehen … Landstreicherin!«, bellte einer der Beamten. »Hast du geglaubt, wir haben die Absicht der Kaiserin nicht durchschaut …« Er fluchte, sein Pferd wieherte schrill wie vor Schreck.

Liesel blickte über die Schulter. Ross und Reiter, beide weniger als 30 Schritte entfernt, waren auf einmal mit sich selbst beschäftigt. Eines der Tiere bäumte sich auf beim Versuch, seinen Reiter abzuwerfen. Das andere Tier schien vor Angst erstarrt wie Lots Weib. Sein Reiter brüllte und zerrte in sadistischer Art an der Trense. Dadurch schnitt sich das Leder in den Mundwinkel des Tieres. Keine zwei Meter von Liesel entfernt brach das Tier zur Seite aus und drohte nun ebenfalls seinen Reiter aus dem Sattel zu werfen.

Liesel rannte und stolperte und versank bis zur Hälfte in einem Erdloch, das sie in ihrer Hast übersehen hatte. Sie strampelte und rutschte dennoch nach unten. Raffte sich auf, keuchend, spürte keine Schmerzen mehr in ihrer Panik. Ihre Hände tasteten in der Dunkelheit nach dem Koffer mit den Habseligkeiten, den sie jedoch längst verloren hatte. Sie glitt noch tiefer in die Höhle hinab. Sie spürte Erde, Granit, armdicke Baumwurzeln. Lehmbrocken lösten sich unter ihren Stiefeln. Die Augen eines Tieres leuchteten in der Dunkelheit gelb und bedrohlich, richteten sich auf sie. Ein riesenhaftes Tier, erkannte sie anhand seiner Schatten im Schein eines Glutnestes. Ein Knurren folgte. Liesel stieß einen schrillen Schrei aus, als eine menschliche Pranke sich von hinten über ihren Mund legte. Und so mündete Liesels Aufschrei in einem fast lautlosen Wimmern. Wo war sie hier? Der Wolf fletschte seine Zähne. Der Fremde, der Liesel von hinten hielt, erteilte dem Wolf einen Befehl in einer ihr unbekannten Sprache. Das Knurren verschluckten hier im Inneren der Höhle Stein und Erde. Der Wolf gehorchte, als wäre er ein Hund, aber seine Blicke schienen Liesel zu durchbohren. Niemand würde jemals ihre Leiche finden, wenn sie zur Beute dieses wilden Tieres geworden war, wurde ihr bewusst. Sie fühlte sich wie ein Lamm, ausgeliefert dem Blutrausch dieser

Bestie und dem Gutdünken eines fremden Menschen. Sie hätte beim besten Willen nicht sagen können, vor wem sie sich stärker fürchtete.

28. Kapitel

Die Kaiserin hatte soeben ihr Nachtmahl, einen Teller mit Milchsuppe, ausgelöffelt, als die beiden Soldaten auf dem Gutshof eintrafen, um Meldung zu erstatten. Schnaubende Rösser, schepperndes Reitgeschirr, fluchende Rossknechte und Soldaten im Fauchen des Windes drangen geräuschvoll durch die Butzenscheiben auch in der Beletage. Nach dem Mahl war die Kaiserin damit zugange gewesen, ihre Zahnprothese mit einer Bürste in klarem Wasser zu reinigen. Oft hatte man die Kaiserin bei diesem intimen Akt auch schon im Schanigarten beobachten dürfen. Angerer verwunderte dieses Verhalten. Aber sich eine Zahnprothese leisten zu können, galt ja immerhin als Prestige und Zeichen von Reichtum. Was für ein geniales Motiv für ein Foto, hatte Angerer gedacht, als die Geräuschkulisse von draußen über sie hereinbrach. Die Kaiserin steckte sich die Prothese aus Kautschuk in den Mund zurück und hob den Kopf beim Anblick der Soldaten, die in ihren triefenden Uniformen ohne Anklopfen in ihre Kammer stampften. Angeführt wurden die beiden Männer von Graf Oberst Lilienfeld, dessen Stiefel dermaßen zwanghaft jungfräulich glänzten, als hätte er sie noch nie auf der Straße getragen.

Lilienfeld berührte mit der linken Hand das pomadisierte Haar wie zur Kontrolle und salutierte mit vor Stolz geschwellter Brust vor Elisabeth. »Allerhöchste Kaiserin, die Beamten sind soeben zurückgekehrt, und sie haben allerhöchster Majestät wohl eine traurige Nachricht zu überbringen, wie wir meinen.«

Die Kaiserin erblasste beim Anblick eines Kleidungsstückes, das Angerer seltsam bekannt schien. Blut und Sekret, Fäden und Fetzen lösten sich vom Stoff, als hätte jemand das Korsett an den Innereien eines Schlachttieres gerieben.

Die Kaiserin sank in ihrem Sessel auf die Hälfte ihrer Körpergröße zusammen. Angerer nahm die Kaiserin in die Arme und spürte ihr Beben, das sie durch und durch erfasste.

»Meine kleine, süße, bayerische Lieselliesel, was ist mit dir geschehen? Was haben diese Teufel nur mit dir gemacht?«, hauchte Elisabeth von Österreich.

Der Oberst berichtete: »Allerhöchste Majestät, der Diebin Elisabeth Huber ist auf ihrem Weg aus unerklärlichen Gründen die Flucht gelungen, wie wir gehört haben.« Er taxierte Elisabeth von Kopf bis Fuß. »Wir wissen leider nicht, wer hinter dieser waghalsigen Flucht steckt und diese arrangiert hat.« Er fixierte die Kaiserin, als säße diese als Angeklagte vor Gericht. »Die Gendarmerie von Alland hat, wie wohl zu erwarten war, auf die hinterlistige Landstreicherin nicht ordentlich aufgepasst. Meine Agenten haben den Gefangenentransport jedoch pflichtbewusst aus der Ferne beobachtet und sind der Verbrecherin gefolgt. Sie haben sie in einem Waldstück nahe Schloss Liechtenstein gestellt. Leider floh die hinterlistige Anarchistin, weil die Pferde meiner Leute plötzlich scheuten. Und so haben meine Männer erst einmal die Tiere in Sicherheit gebracht, wo sie sich beruhigten, mit dem Entschluss, die Anarchistin später einzufangen.«

Elisabeth ließ sich keine Gefühlsregung anmerken, das perfekte Pokerface, dachte Angerer bewundernd.

»Meine Männer haben zugewartet und sich mit ihren Gewehren ohne die Pferde an die Stelle wieder angeschlichen. Und das hier … dieses Kleidungsstück, das allerhöchster Majestät wohl bestens bekannt sein dürfte, ist alles, was die Wölfe von dem schlampigen Frauenzimmer übrig gelassen haben. Die Tiere müssen sehr ausgehungert gewesen sein, denn es konnte nicht einmal ihre Leiche gefunden werden.«

Angerers Blick fiel auf das Ziffernblatt des Regulators. Zwei Stunden und fünf Minuten vor Mitternacht. Zuletzt hatte er Liesel gegen 18.30 Uhr gesehen. Irgendwann dazwischen lag nun ihr Todeszeitpunkt. Seine Brillengläser beschlugen, seine Stimme klang heiser. »Oh, meine Liesel, was soll ich mir nur denken ohne dich?«

29. Kapitel

Der Gefangene András Szabo blickte mit erlöschenden Augen seine Peiniger an und spuckte die beiden Schneidezähne, die sich von seinem Oberkiefer lösten, mit letzter Kraft auf den Boden. Seine Worten klangen unverständlich, die Stimme fast tonlos, wobei jeder Laut schmerzte. »Vor 30 Jahren … haben meine Landsleute … die Stephanskrone in Ungarn an einem geheimen Ort versteckt …«, stammelte er. »Wer die Krone trägt … nur der darf sich König … von Ungarn nennen … Die echte Stephanskrone besitzt magische Kräfte … Der österreichische Kaiser … wird … niemals die … echte Krone … tragen …«

»Wie oft willst du uns dieses Märchen noch erzählen?«, tönte die Stimme des Polizisten, der sich ihm als Angehöriger der geheimen Militärpolizei vorgestellt hatte.

Ein weiterer Schlag ins Gesicht war die Folge. Sie hatten den jungen Mann mit Ketten an den Sessel gefesselt. Er vermochte den Kopf kaum noch zu bewegen. Die Polizeibeamten prügelten mit Stöcken und Peitschen wie auf einen Straßenköter auf ihn ein. Der Gefangene flüchtete sich in seinem Schmerz zu den hellen, klaren Augen jener jungen Frau, die in Alland dem Fotografen assistiert hatte. Das freie Leben und die Gleichwertigkeit aller Menschen waren es wert, dafür zu sterben. Mit seinem Tod leistete er ein Opfer, das eines Tages auch ihr zugutekommen würde.

Sie hatte sein Blut weggewischt und seine Schmerzen mit Eis gekühlt. Seither, schien es, war er keinem wahren Menschen mehr begegnet. Nur noch Kreaturen, denen es an jeglichem Mitgefühl und Seele fehlte.

Aber bald würde der Tod ihn erlösen, ein treuer Genosse, auf den er sich immer verlassen konnte.

»Wo zum Teufel noch mal steckt László?«

Szabo presste die Lippen aufeinander. Lebendig würde er diesen Kerker ohnehin nicht verlassen, das verrieten ihm die von blankem Hass erfüllten Augen.

»Wenn du uns sein Versteck verrätst, bist du frei und kannst gehen, wohin auch immer du willst.«

Das war eine glatte Lüge. Und er würde sich um keinen Preis täuschen lassen. Der Inspektor zeigte ihm wiederholt das Foto, das der Fotograf und die Liesel von ihm gemacht hatten. »Ich fürchte, bald wird deine eigene Mutter ihren Sohn nicht mehr erkennen, wenn du weiter so verstockt bist, Anarchist. Willst du deiner Frau Mutter einen solchen Schmerz antun? Sag schon.«

»Meine Mutter ist«, brachte Szabo ächzend hervor, »von österreichischen Soldaten vergewaltigt worden, bevor sie sie aufgehängt haben«, antwortete er in Ungarisch, der Sprache seiner Mutter. Und dieses Mal gab auch ihm der Hass die Kraft, seine Stimme zu erheben. Szabo versuchte, sich loszureißen. Und es gelang ihm samt Sessel und Ketten, den Oberkörper leicht nach vorne zu beugen. Er streifte mit seinem Kopf schmerzhaft das Kinn seines Peinigers, als ein Faustschlag gegen sein rechtes Ohr ihn zur Räson brachte. Der Schmerz raubte ihm für Sekunden die Sinne.

»Welches Geheimnis wollte der Schauspieler dem Erzherzog verraten? Was stand in dem Brief der Kaiserin?«

Mit angewiderter Miene wischte der kaiserliche Beamte sich Szabos Blut von seinem Gesicht und dem Kragen der Uniform, sodass die Knöpfe wieder sauber und metallisch blitzten.

»Die Anarchisten haben den Ernst Fácánkert nicht umgebracht … Und es ist die Wahrheit …«, schrie Szabo mit letzter Kraft.

»Und warum hat der Graf Oberst Lilienfeld dich dann in der Nähe des römischen Tempels aufgegriffen … Sag schon, was hast du dort gesucht, Anarchist?«

30. Kapitel

»Beim heiligen Stephan und seiner Krone, ich muss dich umbringen, wenn du nicht sofort still bist«, raunte der Fremde in Liesels Ohr. »Hast du mich verstanden, ja?«

Der Mann hielt einen Dolch vor ihr Gesicht und hatte den anderen Arm um ihren Brustkorb gelegt, die Handfläche über Liesels Mund.

»Kein Wort will ich hören! Keinen Mucks.«

Der Dolch blitzte vor ihren Augen verschwommen. Irgendwo in dieser Höhle glühte eine Feuerstelle vor sich hin.

Liesel nickte. »Ja«, sagte sie kaum hörbar, und es fühlte sich an, als spräche eine andere Liesel tief aus ihr. Die äußere Liesel war zu keinem Zucken der Wimper mehr imstande. Der Mann mit dem weichen ungarischen Akzent hatte daraufhin von ihr abgelassen und in seiner Muttersprache dem Wolf einen Befehl gegeben. Das Wildtier hatte diesem Mann auch noch gehorcht wie ein Hund. Die Feuerstelle spendete hellen Schein, der sich in den schwarzen Augen des Fremden widerspiegelte. Seine Nase war lang und elegant, Kinn und Wangen von einer kräftigen und ebenmäßigen Form. Von seiner Schläfe zog sich eine Narbe bis zum Mundwinkel hinab, wodurch er Ähnlichkeit mit einem Seeräuber besaß.

Sie erkannte ihn, da sie sein Foto in der Zeitung gesehen hatte. »Ferenc László«, sprach die innere Liesel durch ihre Lippen.

Er deutete ihr an, sich flach auf den Boden zu legen. Sie konnte ihn dadurch nicht mehr sehen, aber Liesel spürte die Anwesenheit des Wolfes bedrohlich in ihrem Nacken. Das Herz schlug Liesel bis zum Hals und rauschte in ihren Ohren. Weder ihn noch seinen Wolf musste sie fürchten, versuchte sie sich einzureden. Dieser Mann und auch das Tier hatten wohl dieselben Feinde wie sie. Die Anwesenheit des Wolfes erklärte das Scheuen der Pferde.

Ferenc László legte sich neben dem Eingang zur Höhle auf die Lauer.

»Sie sind weg«, berichtete er ihr.

Sie taxierte ihn wie einen Zauberer, der soeben Wasser in Wein verwandelt hatte.

»Aber sie kommen wieder«, sprach er und packte den Koffer. Er öffnete geschickt mit dem Dolch das Schloss. Sie wollte protestieren, doch er gab ihr mit einem Handzeichen zu verstehen, sich ruhig zu verhalten.

»Madame reisen mit feinem Gepäck«, stellte er fest und präsentierte ihr mit süffisanter Bewunderung in seinen Zügen das Korsett der allerhöchsten Kaiserin. Dann ergriff er ihre Hände und betrachtete sie mit Kennermiene. »Aber dass du keine Dame bist, das habe ich dir trotzdem gleich angesehen. Das erkenne ich in deinen Augen und an deiner Hornhaut.« Ohne jeden weiteren Kommentar riss er das von ihr verhasste Kleidungsstück in zwei Teile und half mit dem Dolch nach, es gründlich zu ruinieren. Er tauchte das zerstörte Korsett anschließend in die Innereien eines erlegten Wildhasen. Der Wolf gesellte sich an seine Seite und sah seinem Herrn friedlich zu. »Farkas«, er zeigte auf das Kleidungsstück. Der Wolf nahm es zwischen seine Zähne und verbiss sich darin. »Farkas, aus«, beendete László die Prozedur schließlich, woraufhin das Tier das gute Stück gehorsam an seinen Herrn zurückgab. László kraulte Farkas hinter den Ohren, und dieser ließ dies zu Liesels Erstaunen wie ein zahmer Hund einfach geschehen.

László brabbelte einige Wörter Ungarisch vor sich hin.

»Was?«, fragte Liesel.

Er schüttelte den Kopf. »Steh auf!«, befahl er. »Farkas!«, rief er den Wolf bei seinem Namen, der sich ebenfalls erhob.

Sie erklommen den Eingang der Höhle und liefen in die Nacht hinaus. Zu dritt. Der Regen hatte nachgelassen, aber die eisige Kälte blieb wie eine Geißel des allmächtigen Gottes, weil sie sich gegen die alte Ordnung gestellt hatten. László schleppte ein Gewehr, jederzeit bereit zu schießen, wie Liesel bewusst wurde.

Die Reste des kaiserlichen Korsetts hatten sie vor die Höhle gelegt, um ihre Verfolger in die Irre zu führen.

Ihr Fußweg endete bei Eisenbahnschienen. Die Strecke verlief durch den Wald, weit und breit kein Mensch, der sich zu dieser Nachtstunde sehen ließ.

»Was tun wir hier?«, fragte sie den Anarchisten.

Er offenbarte ein strahlendweißes Lächeln in seinem mit Kohle geschwärzten Gesicht.

»Willst du denn zu Fuß zurück nach Wien, kleine, süße, bayerische Lieselliesel?«

»Nenn mich gefälligst nicht so!«, zischte sie ihn an. »Und außerdem … woher …«

»Kannst du mir sagen«, fiel er ihr ins Wort, »warum die Kaiserin nicht besser gewarnt war, als sie deine Flucht arrangiert hat?«

»Woher soll ich das wissen?«

Er ließ sie stehen und sprang über die Gleise hinweg. Sein Atem verwandelte sich zu Eiswolken. Er bewegte sich elegant wie ein Tänzer in seinen hohen Reitstiefeln. Er suchte Kleinholz und entfachte mit Stein und Stroh ein Feuer. Dann betätigte er einen Hebel und zückte schließlich aus seiner Rocktasche eine Taschenuhr. Sicher war dieser goldene Chronometer unehrlich in seinen Besitz gelangt. Wie hätte ein Mann wie er sich ihn sonst leisten können, wenn nicht durch Diebstahl oder Betrug?

»Wie es aussieht, Lieselliesel, werden wir noch vor Tagesanbruch in Meidling ankommen.«

Sollte sie darüber nun lachen oder weinen?

Er steckte die Fäuste in seine Hosentaschen und stampfte, um sich zu wärmen, abwechselnd von einem Bein auf das andere.

»Hast du den Schauspieler Ernst Fácánkert auf dem Gewissen?«, fragte sie ihn.

Erst als die Worte zwischen ihnen standen, unwiderruflich, allein durch die Tatsache, weil sie sie ausgesprochen hatte, erkannte sie ihren kapitalen Fehler in seiner sich verdüsternden Miene. Musste er sie nun umbringen, weil sie die Wahrheit kannte?

Er schwieg.

Egal, was hatte sie noch zu verlieren. »Warum«, fuhr sie mit unsicherer Stimme fort, »hast du der Gräfin Tolna das Geschmeide zuerst gestohlen und ihr dann eine Fälschung untergejubelt?«

Ein schmales Lächeln auf seinen herzförmigen Lippen folgte. »Du trägst dein Herz auf der Zunge hat man sich bei Hofe über dich erzählt. Weißt du nicht, Neugier kann manchmal auch tödlich sein.«

Falls er vorhatte, sie einzuschüchtern, sollte er sich täuschen!

Liesel trotzte ihm mit einer weiteren Frage. »Und warum hat die Gräfin Tolna das Spiel mit dem falschen Schmuck so lange mitgespielt? Gehört sie in Wirklichkeit zu euch?«

Sie betrachtete seine großen Hände und kraftvollen Unterarme, deren Muskeln sich unwillkürlich anspannten. Es brauchte nicht viel seiner Kraft, um ihr den Garaus zu machen. Dieser Mann war bereit, sein eigenes Leben einer hehren Sache zu opfern. Das verriet sein fanatischer Blick. Was zählte dagegen schon ihr Leben für ihn? Aber was hatte sie schon für eine Wahl, als aufs Ganze zu gehen, wenn sie die Wahrheit herausfinden wollte?

»Wovor hat die Gräfin Tolna Angst, dass sie unbedingt den Brief an den Erzherzog verschwinden lassen wollte?«

»Es reicht«, zischte er wütend, was Liesel als Bestätigung deutete, der Wahrheit bereits näher zu sein, als ihm lieb war.

In der Ferne heulte schrill eine Dampflok. Weitere Minuten vergingen, in denen Liesel über ihre eigenen Fragen nachgrübelte.

László blieb seelenruhig an Ort und Stelle auf den Gleisen stehen. Um keinen Preis würde sie ihm ihre Angst zeigen, daher verharrte sie ebenfalls wie angewurzelt im Gefahrenbereich. Das Vibrieren unter ihren Schnürstiefeln glich einem Erdbeben.

Die Lok hielt exakt eine Fahrzeuglänge vor ihnen. Liesel stach der Rauch in den Lungen. Farkas stand neben seinem Herrn und hielt die feine Wolfsnase in die entgegengesetzte Richtung. Liesel hustete.

Ferenc László schrie Befehle in seiner Muttersprache.

Der Lokführer sprang daraufhin aus seinem Führerhaus und öffnete ihnen die Luke eines gähnend leeren Güterwaggons.

»Los! Worauf wartest du, süßes, kleines bayerisches …?«, rief László ihr zu.

Wütend kletterte Liesel über eine Leiter ins Wageninnere. László folgte ihr und setzte sich neben sie auf eine leere Holzkiste mit Buchstaben. Sie wünschte wieder einmal, sie könnte lesen. Liesel blieb unentschlossen stehen.

»Da staunst du, was?« Er erriet ihre Gedanken. »Das ist die Baron-Rothschild-Eisenbahn. ›Ödenburg‹ steht da auf dieser Kiste. Na los, ein Sitzplatz kostet dich auch nicht mehr als ein Stehplatz. Setz dich schon hin.«

»Wo liegt dieser Ort?«

»In Ungarn. Auf Ungarisch heißt er Sopron. Kronprinz Rudolf und der jüdische Baron Rothschild sind Freunde, die kleine Pick ist nicht die einzige Jüdin, der er die Treue hält.«

»Woher kennst du den Kronprinzen?«, hakte sie nach. »Steckt er am Ende doch hinter dem Anschlag auf mich?«

Wieder wich er einer Antwort aus. »Der Zug fährt über den Güterbahnhof in Meidling nach Wien. Das ist alles, was du ab jetzt wissen musst.«

Er steckte eine Hand in den Mund und stieß einen hellen Pfiff aus. Farkas sprang ebenfalls in den Waggon. »Damit dürfte unsere kleine Reisegesellschaft vollzählig sein.« Er lächelte sie vergnügt an, und beinahe hätte sie einen Funken von Zuneigung in sich verspürt. Dieses Lächeln war das eines großen Jungen, dem weh getan worden war. Sie unterdrückte den Impuls und beobachtete jede Regung des erwachsenen Mannes an ihrer Seite.

Der Lokführer schloss den Waggon von außen ab. Kurz darauf setzte sich der Zug fauchend in Bewegung. Liesel nahm jedes Rucken in ihrem Magen wahr. Sie stellte sich vor, wie sie diesen Anarchisten am besten überwältigen würde. Vielleicht, indem sie seiner Waffe habhaft wurde und … Farkas fletschte die Zähne, als wittere er ihre Gedanken. Liesels Herz raste. Die Dampflok donnerte heulend durch die finstere Waldnacht.

31. Kapitel
Dienstag, 31. Oktober, 1882

Neben dem Bahnwächterhaus stob ein halbes Dutzend Ratten in die Büsche bei den Gleisen. Schon von Weitem erklang das Pfeifen des Signals, das das Kommen des nächsten Güterzuges ankündigte. Nachdem der Lokführer die Tür des Waggons geöffnet hatte, hielt Liesel sich den Kragen des Mantels vor die Nase und kletterte vorsichtig Sprosse für Sprosse nach unten. Der Gestank, erkannte sie, stammte von toten Straßenhunden und menschlichen Ausscheidungen, die neben den Schienen an diesem Ort verwesten. Liesel atmete gepresst durch den Mund und wollte sich lieber gar nicht erst vorstellen, wie der Geruch sich bei wärmeren Temperaturen tagsüber entwickelte.

Eine Bahnhofsuhr zeigte 20 Minuten nach Mitternacht. Was für ein Tag, seufzte sie innerlich und wünschte sich einen guten Morgen. Ob die Adeligen am Hofe auch nur einen blassen Schimmer davon besaßen, wie der Tag für Fabrikarbeiter und Handwerker und deren Familien aussah, wagte Liesel beim Anblick der finsteren Gassen, durch die sie stapften, zu bezweifeln. László gab Farkas ein Zeichen, woraufhin dieser sich zwischen den bröckelnden Fassaden und hallenartigen Gebäuden davontrollte.

Liesel sorgte sich um das wilde Tier.

László berührte ihre Schulter. »Farkas kann auf sich selbst aufpassen.«

Liesel fühlte sich von ihm durchschaut, was ihr zwar Angst machte, jedoch ihrer Faszination für diesen Mann immer neue Nahrung gab wie ein Feuer, in das stetig Öl troff. Und warum nur konnte sie sich des Gefühls, dass zwei Wolfsaugen sie ständig durch die Dunkelheit beobachteten, nicht erwehren? Nicht einmal die vereinzelten Straßenlaternen brannten zu dieser Zeit in dieser gottverlassenen Gegend. Weit und breit keinerlei Prachtbauten und Villen, die absolute Gegenwelt zu Schönbrunn und Wiener Hofburg.

»Wohin gehen wir?«

László nickte zum Wienfluss, der sich zwischen den Gebäuden entlang unter einer Schicht von Eis entlangschlängelte. »Gerberei und Weberei«, las László auf dem Schild eines der Häuser. »Orban und Söhne«, las er den Schriftzug auf einem anderen.

Orban und Söhne …

Hast du gewusst, Lieselliesel, dass die Stoffe für die Kleider unserer verehrten Gräfin Tolna aus der Meidlinger Fabrik Orban und Söhne stammen …

Die Worte der Kaiserin hallten in Liesels Gehirn nach.

»Das ist kein Zufall, dass du mich hierher …«, stammelte sie.

Ehe sie weitersprechen konnte, lief er mit großen Schritten weiter. Vorbei an Industrieruinen und Fabriken. Sie hielt mit ihren kürzeren Beinen atemlos mit ihm Schritt. Bevor sie ihn ein zweites Mal zur Rede stellen konnte, vernahm sie Männerstimmen. Er lief ihr querfeldein über eine verwilderte Wiese voraus. Sie durchquerten einen Innenhof, in dem zwei Gockel im Licht einer Gaslaterne gegeneinander kämpften. Männer wuselten aufgeregt herum und setzten Münzen auf Sieg und Niederlage. Blutige Federn, Hautfetzen, ein Hahnenkamm und das Auge eines der Kontrahenten lagen in einer Schüssel, in der ein Mann, der um das Geschehen seine Runden drehte, die Stücke offenbar vom Boden aufsammelte. Der Mann sah halb verhungert aus. Er würde sich aus diesen Resten eines Hahnenkampfes eine Suppe zubereiten oder sie in der Not auch roh hinunterschlingen, vermutete Liesel. Sie sah die Not in seinen tief liegenden Augen.

»Herrgott Sakrament!«, fluchte sie und folgte László durch die schiefe Holztür in die Spelunke, wo Zechbruder an Zechbruder stand. Eine Melange aus Branntwein, Tabak und körperlichen Ausdünstungen raubte Liesel schier den Atem. Wie herrlich war dagegen Stallgeruch! Sie nieste, was László mit einem amüsierten Grinsen aus seinen wachen Augen honorierte.

Ein Mann mit einer Augenklappe spülte Krüge an einer Bar. Liesel verstand kein Wort von dem, was hier gesprochen wurde. »Das ist mein Freund, der Pepi«, stellte László den einäugigen Freund vor. »Er kennt jeden Einzelnen von den Tschecheranten und anderen feinen Herrschaften hier.«

»Was ist das nur für ein heruntergekommenes Wirtshaus?«

»In Wien nennen die Leut' das einen ›Brandineser‹. Willst du auch einen Schnaps, Fräulein?«

»Der einzige Grund, warum ich hier heil herauskommen werde, ist wohl deine Gesellschaft«, raunte sie László zu.

»Du bist klug, Lieselliesel.«

Sie hielt einen Zipfel seines Rocks fest. »Wo bringst du mich jetzt schon wieder hin?«

Widerwillig stakste sie hinter László die Stufen zu einem Kellergewölbe hinunter. Hinter einer Tür offenbarte sich ein weiteres Gewölbe, in dem Petroleumlampen und Kerzen rußend eine höllische Hitze ausstrahlten. Schweiß rann Liesel aus dem Haaransatz in die Stirn. Wenigstens trug sie kein Rouge, das hätte verlaufen können.

Ein Mann in bayerischer Armeeuniform, wie sie sie von ihrer Heimat kannte, saß hier allein an einem Tisch.

War das nicht …

Hatte sie diesen Mann nicht erst vor Kurzem gesehen?

»General Arnulf von Wittelsbach«, stellte László ihn vor.

Liesel erinnerte sich des Hochzeitsfotos, auf dem der Militär neben Prinzessin Martha als Bräutigam posiert hatte.

Der Adelige erhob sich bei ihrer beider Anblick und reichte zuerst László, dann Liesel die Hand. Entweder wusste er nicht, wer sie war, oder Standesdünkel waren ihm fremd.

»Das hier ist also die Lieselliesel«, gab auch der Wittelsbacher sich als Kenner des Wiener Hofes zu erkennen und taxierte Liesel von Kopf bis Fuß wie eine anmutige Statue.

Liesel errötete. »Mei, soll ich vielleicht für Herrn General auch das Maul aufmachen wie eine Stute, so wie für kaiserliche Hoheit?«

László lachte, ebenso der Wittelsbacher. Liesel setzte sich widerwillig auf einen der beiden Hocker neben den Ungarn.

Der Bayer trank einen Schluck Bier aus einem Maßkrug und wischte sich den Schaum mit dem Handrücken von Bart und Kinn. »Eine von den Lipizzaner Stuten seiner allerhöchsten Majestät sind Sie wohl nicht, Fräulein Liesel. Aber wohl bekannter, als Ihnen wahrscheinlich lieb sein dürfte.« Er griff in die Innentasche seines Rocks und legte eine Fotografie vor ihr auf den Tisch. »Sehen Sie nur, das hier habe ich einem Kadetten in der Meidlinger Offiziersmesse heute abgenommen. Der Depp hat diesen Schund zwischen seinen Socken versteckt gehabt«, erklärte er im Münchner Dialekt.

Die Fotografie zeigte Liesel vollbusig und mit breitem Hintern als Rubensschönheit. »Diese Fotos kursieren unter den jungen Männern in der Kaserne.«

»Aber das bin nicht ich!«, protestierte Liesel.

»Uns ist zu Ohren gekommen, der Graf Oberst Lilienfeld hat erst vor Kurzem auf einem Foto von Ihnen bestanden, Fräulein. Erinnern Sie sich?«

Liesel nickte mit hochroten Ohren.

»Sehen Sie, und wahrscheinlich hat er Ihr Foto mit dem einer nackten Soubrette zusammengefügt und dann einfach für die Soldaten drucken lassen, um Sie bei Hofe zur ›Persona non grata‹ zu machen. Ganz ehrlich, Fräulein, wir fragen uns wirklich, wo diese moderne Technik nur eines Tages hinführen soll. Also ein Segen für die Menschheit sind diese neumodischen Bilder ganz gewiss nicht, auch wenn Ihr Freund, der Meister Angerer, das wahrscheinlich von Berufs wegen anders sieht mit seiner Technik.«

Der General reichte ihr das Bild. Liesel ließ es in Sekundenschnelle in ihrem Dekolleté verschwinden. Sie fühlte sich dem Adeligen und Lászlós gegenüber nackt und lenkte ab: »Die Prinzessin Martha hat uns erzählt, Sie sind in München, Prinz Arnulf?«

Sie würde Meister Angerer wohl vor Scham nie mehr unter die Augen treten können, wenn er dieses Bild von ihr sah.

Warum nur hatte Lilienfeld sie dermaßen demütigen wollen? Was hatte sie ihm denn nur getan?

Hatte László sie etwa in Lilienfelds Auftrag hierher gebracht, um mit ihr abzurechnen?

»So, hat sie das?«, entgegnete Arnulf.

Liesel beschloss, keine Furcht zu zeigen und ging zum Frontalangriff über. »Prinzessin Martha weiß, dass Sie mit dem Oberst Lilienfeld in krumme Geschäfte wegen Elfenbein aus Ägypten verwickelt sind, Prinz Arnulf. Wenn Bauernknechte ein Stück Vieh über die Grenzen schmuggeln, dann kommen sie dafür ins Zuchthaus, die feinen Herren dagegen kommen anscheinend immer davon.«

Der Wittelsbacher ließ ihren Zorn an sich abprallen. »Woher weiß meine geliebte Martha von diesem Geschäft?«, bohrte er nach.

»Sie haben einen Fehler gemacht, Prinz Arnulf. In Ischl sind Sie beim Beichtvater der Gräfin Tolna beichten gewesen. Und der Beichtvater hat der Prinzessin ins Gewissen geredet, Sie von Ihrer Sünde abzuhalten.«

»Daher weiß die Martha also Bescheid.« Seine linke Braue zuckte nervös. Eine dünne, aber glänzende Schweißschicht hatte sich auf seiner Halbglatze gebildet.

»Wenn der Kaiser davon erfährt, dann …«

Er fiel ihr ins Wort. »Keine Sorge, seine allerhöchste kaiserliche Hoheit sind bereits in die Sache involviert, Fräulein Liesel. Und seine Hoheit ist auch über jeden Schritt des Kronprinzen im Bilde, denn er hat selbst in Mayerling stets ein Ohr, das ihm von Alland per Telegraf nach Wien Bericht erstattet. Auch über das Fräulein Lieselliesel ist der Kaiser stets im Bilde, und er sorgt sich um Sie und seine Gemahlin, die von der Sache eigentlich gar nichts wissen sollten, um sich nicht unnötig in Gefahr zu bringen.«

Arnulf trank einen großen Schluck.

Liesel versuchte, seine Absichten ihr gegenüber zu durchschauen. »Versucht der Herr General jetzt, mich einzuschüchtern? Wenn das Ihre Absicht ist, Prinz Arnulf, dann sind Sie gerade dabei, Ihr Ziel zu erreichen.« Sie tat, als wollte sie sich vor Angst klein machen.

Der Wittelsbacher lachte. »Nein, das ist doch nur wieder Ihre Bauernschläue, Fräulein, dass Sie sich jetzt als die Einfältige präsentieren«, durchschaute er ihre Taktik. »Sie sind eine Person, die bereits jetzt viel zu viel weiß.«

»Ich weiß nicht, was ich wissen sollte – denke ich«, fügte sie in Meister-Angerer-Art hinzu.

»Die Tolna und die Pick spionieren den Kronprinzen und Sie und die Kaiserin übrigens definitiv nicht aus.«

»Bleibt wohl nur die Freifrau von Vetsera. Ihre ungehörige Art, sich stets anzuschleichen und kaum an einer Unterhaltung teilzunehmen, war ja auch überhaupt nicht auffällig, Prinz.« Liesel verdrehte die Augen. »Da erzählen Sie mir jetzt gar nix, was sich ein gescheiter Mensch net eh gedacht hätt.«

»Kein weiteres Wort, liebes Fräulein, das ist schon zu viel, was Sie hier von sich geben.« Er schaute sich um, obwohl sie sich nur zu dritt im Raum befanden. Fürchtete er Lauscher?

»Warum lässt sich die gestrenge Mutter der kleinen Mary auf ein solches Spiel ein?«, fragte sie, obwohl sie auch hier die Antwort zu kennen glaubte. Der Aufstieg am Wiener Hof war das Ziel der Freifrau.

»Seit zwei Jahren sammelt die kleine Vetsera Fotografien und Geschichten über den Kronprinzen Rudolf und klebt sie in ihr Album. Das ist an und für sich nichts Besonderes. Viele Frauen im Reich sammeln die Bilder mit dem feschen Kronprinzen. Die Frauen im Reich schwärmen von seiner Schönheit und erzählen sich leidenschaftliche Geschichten über ihn.«

»Das ist nichts, was wir jetzt wiederum nicht ohnehin schon wissen.«

»Das Interesse an dem schönen Prinzen hat dem Meister Angerer mit seinen Fotos sehr viel Geld gebracht, wie Sie dann sicher auch weiß. Das Problem ist nur – im Hause Vetsera wurde aus dem kindischen Schwärmen der Tochter eine Krankheit, die die Mutter ebenfalls erfasst hat. In einem Anfall unsterblicher Liebe hat die gute Helena dem Kronprinzen in einem Brief ihre ewige Liebe gestanden. Und dieser Brief gelangte auf irgendeinem Weg ausgerechnet in Lilienfelds Hände. Als Agent hat der Kaiser ihn ja auch damit beauftragt, die Post an Rudolf stets abzufangen. Da war es ein Leichtes für ihn, dass ihm irgendwann ein solcher Brief in die Hände fiel. Lilienfeld hat Helene Vetsera damit gedroht, den Brief ihrem Gatten und der Wiener Öffentlichkeit zukommen zu lassen. Und damit wurde sie unfreiwillig zu seiner Spionin – und zur Spionin des Kaisers. Aus Liebe, wie man so schön sagt.«

Liesel empfand Mitleid mit der liebeskranken Baronin. »Und die Eifersucht ist der Grund, warum sie ihre Tochter Mary wie eine Tyrannin behandelt und sie immer quält.«

»Das arme Kind«, stimmte er ihr zu. »Und jetzt kommt's: Wir haben uns erlaubt, uns zum Schein auf Lilienfelds Coup einzulassen.«

»Im Auftrag der englischen Königin?«, sprach sie ihn auf seine Herrin an.

»Respekt, Fräulein, Sie versetzen uns in Staunen. Sie haben ein Hirn wie ein Elefant. An Ihnen ist eine Diplomatin verlorengegangen.«

»Immerhin stehen Sie und Ihr Vater ja im diplomatischen Dienst der Königin Victoria. Das hat mir Ihre Gattin berichtet. Ich weiß aber immer noch nicht, wer mir in der grünen Villa das Geschmeide untergeschoben hat und mich wie eine Diebin hat dastehen lassen vor der Kaiserin und vor allen Leuten.«

Wieder legte er ihr einen Köder hin, über dessen Wahrheitsgehalt sie zu rätseln hatte. »Warum sollten wir uns ausgerechnet einem russischen Betbruder anvertrauen?«, herrschte er sie an. »Das wäre doch Verrat an der englischen Königin, findet Sie nicht?«

»Sie haben in Ischl gar nicht bei Frater Ivan gebeichtet?«, fiel es ihr wie Schuppen von den Augen.

László griff nach einer Karaffe mit Branntwein und goss sich in einen der Tonkrüge ein. Er stürzte das Getränk durstig hinunter und meinte: »Der Grund, warum du eigentlich hier bist, Lieselliesel, ist ein geplanter Anschlag, der schon bald stattfinden soll.« László prostete ihr zu. Liesel verschlug es die Sprache.

Welche Inszenierung fand hier in diesem Keller mit ihr statt? Würde sie dieses Loch lebendig verlassen, oder würden sie mit ihr kurzen Prozess machen, nachdem sie ihr Wissen preisgegeben hatte?

Allein die Geräusche durch die Steindecke drangen von oben in den Keller. Die beiden Männer blickten einander verschwörerisch an.

»Die Kaiserin traut dem Kaiser und seinen Agenten wohl nicht besonders«, resümierte Liesel. »Die Kaiserin wollte die Hochzeit verhindern. Und jetzt weiß ich auch, warum: weil der geplante Anschlag, von dem Sie gerade sprechen, während der Hochzeit stattfinden soll.«

László kratzte sich an der Stirn. »Du redest dich noch

mal um Kopf und Kragen, kleine, süße, bayerische Liesel. Aber hier bei uns bist du sicher.«

»Wie lange habe ich ab jetzt noch zu leben?«, warf sie ein und gewahrte den Dolch am Gürtel des Anarchisten. »Und darf ich auch wenigstens einen letzten Wunsch äußern?«

»Man stelle sich nur einmal vor, liebes Fräulein Liesel, was passiert, wenn so ein ungarischer Anarchist als Attentäter enttarnt wird. Österreich würde in Ungarn einfallen. Auf eine solche Gelegenheit wartet Russland doch nur, weil der Zar schon seit 30 Jahren ein Auge auf die Kronländer der Habsburger geworfen hat. Die ganze Stimmung in den Kronländern könnte sich gegen Österreich entladen. Die österreichische Kaiserkrone wäre dem Untergang geweiht, und Russland würde dieses Mal den aufständischen Ungarn beistehen anstatt Kaiser Franz Josef, so wie im 1848er Jahr geschehen. Der deutsche Kaiser und Bismarck würden keinen Finger rühren, um den Österreichern zu Hilfe zu kommen. In der Hinsicht hat Kronprinz Rudolf absolut recht.«

Auch wenn Liesels Geruchsnerven sich an die Situation angepasst hatten, stank die ganze Sache zum Himmel. Ihr wurde übel. »Viele sind berufen, aber nur wenige auserwählt«, zitierte sie. »Dann hat wohl auch der Frater der Tolna die Fälschung in ihr Zimmer in Ischl gelegt. Und er war es auch, der das Original heute Morgen in meine Truhe gelegt hat.« Sie berichtete von dem Rendezvous, dessen unfreiwillige Zeugin sie geworden war. »Aber ich frage mich, wie ist das Original aus deinen Händen in die Hände des Fraters gelangt, László?«, wandte sie sich an den Anführer der Anarchisten.

Lászlós Narbe leuchtete rot. »Meine Leute und ich, wir haben die Gräfin nicht bestohlen …« Sein Adamsapfel bewegte sich vor Aufregung. Er schien vor Empörung um Worte zu ringen.

An seiner Stelle antwortete der Wittelsbacher: »Wir dürfen dann wohl annehmen, dass es sich bei diesem Frater um einen Agent Provocateur handelt. Ein Lockvogel, der sich über die Vorliebe der Tolna für russische Männer in höchste kaiserliche Kreise Zugang verschafft hat im Auftrag von Zar Nikolai von Russland.«

Liesel vermutete: »Die Hofdame Tolna hat aus Liebe zu Frater Ivan die Kaiserin und den Kaiser verraten. Wenn das stimmt und ...« Sie wagte nicht, den Gedanken zu Ende zu führen.

»Das erklärt aber immer noch nicht, wer auf den Schauspieler geschossen hat«, unterbrach László. »Meine Männer jedenfalls nicht! Wir sind keine Mörder, und wir sind keine Diebe ...« Er griff sich reflexartig ans Kinn seines geschwärzten Gesichtes und erweckte den Eindruck sich sogleich zu erklären. Ein ohrenbetäubender Knall brachte die Wände des Kellers zum Erbeben, hinderten den Anarchisten, eine Erklärung abzugeben. Feuerzungen leckten aus einem Gewehrlauf nach László. Liesel warf sich unter den Tisch. Kerzen fielen in schmutziges Stroh, und Petroleum, das aus einer Lampe sickerte, fing Feuer. Ein zweiter Schuss hallte durch den Kellerraum. Liesel erkannte zu ihrem Entsetzen ausgerechnet jenen Mann, der die Abfälle des Hahnenkampfes vom Boden aufgelesen hatte im Türrahmen. Liesel sprang auf und versuchte zu fliehen. Sie stolperte über einen Sessel und stieß neben der Tür gegen eine Backsteinwand. Arnulf kauerte neben ihr hinter einer Truhe, in der allerlei leere Branntweinflaschen aufbewahrt wurden. Der Wittelsbacher feuerte aus einer kleinen Pistole nach dem Eindringling. László erhob sich und griff sich schreiend an die linke Brust. In den schwarzen Augen des Ungarn flackerten Wut und Verachtung.

Der Schütze entledigte sich seines Lumpenmantels und offenbarte einen blauen Uniformrock. Geheime Militärpolizei, sinnierte Liesel und begriff, dass Lilienfeld ihr in der Verkleidung dieses Mannes offenbar hier aufgelauert hatte …

»Farkas!«, brüllte László.

Wie durch Zauberhand erschien der Wolf und stieß sich mit kräftigen Beinen vom Boden ab, als schwebte er durch die rauchgeschwängerte Luft über den Flammen. Seine Zähne verbissen sich in den Hals des spindeldürren Spions und Schützen. Ein Blutschwall sprudelte prompt pulsierend aus seiner Halsschlagader. Die Schüsse des Wittelsbachers schlugen hinter dem gedungenen Mörder in den Türrahmen ein und verfehlten nur knapp ihr Ziel.

László verharrte bewegungslos neben seinem wilden Haustier. Der Spion wand sich am Boden, halb bewusstlos, verblutend. Unentschlossen funkelten Lászlós schwarzen Iriden. Überlegte er, ob er ihnen vertrauen konnte? Ehe Liesel sich an ihm festhalten konnte, kämpfte er sich seinen Weg durch das Chaos aus umgestürzten Krügen, Möbeln und Kisten. Farkas folgte seinem Herrn auf dem Fuß. Liesels Augen tränten, ihre Sicht verschwamm. Sie spürte stechende Schmerzen in ihrer Lunge und mit jedem knappen Atemzug die Kraft aus ihren Beinen schwinden. Prinz Arnulf trug sie in seinen starken Armen. Liesel hörte Geschrei, Toben, Fluchen – ein Zeichen dafür, dass sie noch nicht erstickt war. Sie hustete. Sie drohte das Bewusstsein zu verlieren, bis sie auf ihrer Haut und in den Lungen kalte Nachtluft fühlte.

Kübel mit Wasser machten die Runde, ein Schlauch. Geschäftige und vernarbte Gesichter.

Liesels Gesichtsfeld klärte sich. Sie krächzte – nach László. Farkas, habe ich das alles nur geträumt? Von einem Mann mit einem Wolf ... Sie kämpfte gegen die Sehnsucht nach dem wilden Tier, das ihr nichts Böses getan hatte. Aber sie erspähte nur die beiden Hähne in ihrem Blut liegend neben ihren Herzen, Lungen, Federn und Gedärmen. Gauner und Trinker trampelten achtlos über die Tierleichen hinweg, auf der Flucht vor dem sich ausbreitenden Rauch.

32. Kapitel

»O du lieber Augustin, alles ist hin. Und selbst das reiche Wien …«, sangen die in Lumpen gekleideten Kinder in einer Gasse. Als sie Liesels und des Offiziers mit der bayerischen Uniform gewahr wurden, stoben sie in alle Himmelsrichtungen davon.

Liesel blieb stehen und starrte über ihre Schulter. Weit und breit nichts als bröckelnde graue Fassaden. Arbeiterquartiere. Kinder kamen hier jede Stunde zur Welt und starben. Hinter einem offenen Fenster kreischte eine Frau, von schmerzenden Wehen geplagt. Das Leben der Menschen in diesen Gegenden zählte weniger als das der exotischen Tiere im Privatzoo der Kaiserin, sinnierte Liesel und marschierte, ohne nach links oder rechts zu sehen, zum gefrorenen Wienfluss zurück.

»Du brauchst einen kräftigen heißen Schluck Bier, Fräulein Liesel«, redete der Prinz auf sie ein, »damit du wieder zu Kräften kommst. Wo läufst du denn hin, Lieselliesel? Lauf doch net so schnell!«

Der bestialische Gestank der Gerberei wies Liesel den Weg.

Und als sie neben dem Gebäude am Wienfluss standen, bat sie den bayerischen Offizier, ihr die Schrift über dem verfallenen Gebäude vorzulesen – wie László es, wahrscheinlich absichtlich, um sie auf die Fährte zu führen, getan hatte. Der Anarchist hatte ihr damit einen Hinweis geben wollen, wurde ihr jetzt klar. »Orban und Söhne«, las Arnulf von Wittelsbach gehorsam. »›Weberei, Gerberei‹, steht da außerdem und …« Er strengte seine Augen an, um die Lettern auf einer der Fensterscheiben zu entziffern. »Wegen Konkurs geschlossen. Der Name Orban«, fügte er hinzu, »stammt, wenn ich mich nicht täusche, aus dem Ungarischen.«

»Glaubst du, dass László oder Szabo auf Ernst Fácánkert geschossen haben?«

»Ich weiß es nicht«, gab Arnulf zu. »Liebes Fräulein, Sie wollen doch nicht wirklich einen Einbruch begehen, oder?«, durchschaute er ihre Absicht.

»Für das Kaiserhaus gelte ich ohnehin als eine Diebin, bestenfalls als Rebellin«, meinte Liesel.

»Wir haben dem Kaiser unser Wort gegeben, dieses Verbrechen aufzuklären, Fräulein Lieselliesel. Allein aus dem Grund haben wir uns auf Lilienfeld eingelassen.«

»Dann stimmt es also doch.«

»Was?«

»Dass der Kaiser Lilienfeld misstraut«, riet sie. »Und die Kaiserin selbst hat mit ihrem ›Eselchen‹«, ahmte sie Elisabeth nach, »geredet.«

Er grinste. »Mei, da hast du meine Rolle nun langsam durchschaut, Lieselliesel. Stell dir vor, das Engelchen«, ahmte er wiederum Franz Josef nach, »hat sich in der Sache als Erste an mich gewendet. Das liegt wohl an der Verwandtschaft, Wittelsbach und Wittelsbach gesellt sich gern. Das war, nachdem ihr Sohn in Laxenburg nur knapp einem Attentat entgangen ist.«

»Lilienfeld hat sofort ungarische Anarchisten verdächtigt, heißt es.«

Allmählich ergab dieses Mosaik aus einzelnen Bausteinen immer mehr ein Bild, aber noch klafften da zu große Lücken, um den wahren Mörder zu erkennen.

Liesel lief einmal um die Weberei herum. Von Eisblumen überwucherte Glasscheiben, Gitter und Verschläge ließen den grauen Kasten aussehen, als handelte es sich um eine Fabrik, in der allein Geister und Skelette den Stoff für Albträume des Nachts herstellten. Der Gestank von Lack, Fäkalien und Säure ging von umgestürzten Fässern aus. Eine Ölspur schimmerte in den Farben des Regenbogens, und eine Rinne lenkte die Flüssigkeit direkt in Richtung des Wienflusses. In Liesel löste ihr Anblick Trauer aus.

Liesel entdeckte ein Kellerfenster, in dem eine Straßenlaterne sich in einer Scheibe, deren Sprünge an ein Spinnennetz erinnerten, spiegelte. Ein verbogenes Gitter zeigte, dass sie nicht die Ersten waren, die der Fabrik einen Besuch abstatten wollten.

»Da war schon jemand vor uns da«, stellte auch Arnulf mit Kennermiene fest.

»Heißt es denn nicht, dass Jesus gepredigt hat, die Letzten werden die Ersten sein?«, entgegnete sie und packte an.

Grünspan hatte sich in das Metall gefressen. Liesel zog mit aller Kraft noch ein Stück weiter. Arnulf kam ihr zu Hilfe. Zu zweit schafften sie es, das Gitter schließlich aus seinen Angeln zu reißen. Arnulf trat die Scheibe mit seinen Reitstiefeln ein. Atemlos beugte Liesel sich hinunter und schaute in die gähnende Schwärze eines Kellers, die sich zum Greifen dicht anfühlte.

Liesel schlängelte sich hindurch, ohne eine Scherbe zu berühren. Eine Minute später stand auch der Wittelsbacher neben ihr im Dunkeln. Ein Tropfgeräusch, stetig, rhythmisch und scheinbar ewig durchdrang die gottlose

Stille. Hier konnte ein Mensch verrotten. So stellte Liesel sich eine Zelle in einem Zuchthaus vor. Sie berührte mit dem Fuß etwas Weiches. Das Fiepen einer Maus jagte ihr augenblicklich einen Schauer über den Rücken. Liesel taumelte und stolperte einen Schritt vorwärts mit eingezogenem Kopf. Spinnweben verhedderten sich dabei auf ihrem Gesicht. Achtbeinige Tiere kreuchten und fleuchten zwischen Stoffen und Haut an ihrem Körper. Wenigstens fürchtete sie Spinnen weniger als Menschen, doch sie verabscheute das Krabbelgetier, weil es ein Jucken auf ihrer Haut verursachte.

Im Schneckentempo, Hand in Hand, wagten sie sich vorwärts, tasteten sich an Mauern und Holz entlang. Eine Treppe führte ins Parterre, wo Webrahmen und Maschinen die Halle mit den ohnehin schmutzigen Fenstern verdunkelten. Mondschein und Straßenlaternen gelangten spärlich hinein, und obwohl Liesel niemals zuvor an einem solchen Ort gewesen war, konnte sie sich in der Sekunde vorstellen, wie Menschen ab dem Kindesalter hier im Takt der Maschinen Schnur für Schnur einfädelten, während sie Staub und Farbe mit jedem Atemzug in sich aufsogen wie feinen Sand. Hier zu arbeiten, bedeutete langfristig ersticken, ohne die Chance, jemals Reichtum und Wohlstand zu erlangen. Dagegen war die Arbeit auf den Feldern das reinste Paradies.

Sie folgten dem Tropfen. Gestank stieg in ihre Nasen, als stünden sie vor einem mit nichts als menschlichen Exkrementen gefüllten riesigen Silo. Liesel atmete gepresst durch den Mund. »Das ist ja …« Sie erspähte ein Metallfass, in dem die übel riechende Flüssigkeit sich offenbar sammelte. Von dem Gebräu stieg Dampf auf. Von einem Rohr tropfte eine schwarze Flüssigkeit, die der Grund für den bestialischen Gestank war. Ohne Unterbrechung, immerzu. Liesel erspähte einen Hebel und durchschaute die Technik prompt. Mit einem gezielten Handgriff stellte sie das Tropfen ab.

»Was ist das …«, fragte sie und hielt sich den Mantelkragen vor die Nase. Da drang ein leises, ersticktes Schluchzen an ihr Ohr. Liesel drehte den Kopf nach allen Seiten. Spielten ihre Nerven ihr einen Streich, oder handelte es sich wirklich um eine Frauenstimme, die ihren Namen schwach, kaum hörbar hauchte?

»Lieselliesel …« Atemlos.

Im Schatten eines gewaltigen Motors erspähte sie den Körper einer Frau, die sich auf dem Steinboden krümmte. Liesel stürzte auf sie zu und blickte in ihr Antlitz. Die Augen leuchteten rot und waren geschwollen. In ihren Iriden schimmerten Tränen, und die Kraft schien mit jedem knappen Atemzug weniger zu werden.

»Sophie! Sophie …«

Liesel hörte sich schreien. Sophie liefen die Tränen über die Wangen. Unendlich tiefe Trauer spiegelte sich in ihren vergehenden Zügen. Und Hass.

»Jesus, Maria und Josef, was tust du hier, Sophie? Lass mich net allein«, flehte sie mit schmerzendem Kehlkopf.

Liesel langte nach der Hand der Schneiderin, die sich trotz der harten Arbeit ungewöhnlich weich anfühlte und jetzt völlig schlaff in der ihren lag. Eine Wunde zwischen Schlüsselbein und Schulter stach Liesel trotz der Dunkelheit in die Augen. Das feine Kleid der mütterlichen Freundin – ihrer einzigen Freundin bei Hofe! – war über und über mit Blut besudelt. Mit dem Blutverlust ging der Kraftverlust einher. Bald würde ihr Körper leer sein von Leben.

»Verzeih mir Lies…«, krächzte die Sterbende.

»Sophie, bleib.« Der harte Boden unter Liesel schien sich zu drehen wie ein Parkett nach einem feurigen Tanz. Sie fühlte sich speiübel. Mit aller Zärtlichkeit, deren sie fähig war, liebkoste sie Sophies geliebtes Gesicht.

»Vor drei Tagen hast du mir noch dieses mörderisch enge Korsett angezogen, meine liebe Sophie, weißt du noch? Eigentlich müsste ich doch diejenige von uns beiden sein, die vor dir in den Himmel …« Sie lachte, die Stimme versagte ihr. Sie erinnerte sich der nach Terpentin stinkenden Stoffballen auf dem Schneidetisch und erkannte den Zusammenhang.

Warum nur hatte Sophie sich in eine Verschwörung mit hineinziehen lassen?

»Liesel, ich …«, röchelte Sophie.

»Meine liebe …«, weinte sie und beherrschte sich, um Sophie Gelegenheit zu geben, ihre letzten Worte an sie zu richten.

»Kon…sta…«

Sophie fehlte bereits die Kraft, um nach dem Medaillon an ihrem Hals zu greifen. Liesel ließ den Deckel aufspringen und zeigte der Sterbenden das Bild des russischen Offiziers in seiner Uniform, in der er einst sein Leben gelassen hatte. Auf dem Feld der Ehre, um dem jungen Kaiser Franz Josef beizustehen, die aufständischen Ungarn tausendfach niederzumetzeln.

»Ich habe ihn immer geliebt, Liesel … ganzes Leben lang …« Sophie verstummte.

Liesel schüttelte die Sterbende, als könnte sie damit die Kraft in ihren Körper zurückzaubern. Sophie hustete Blut. Liesel versuchte anhand der Lippenbewegungen zu verstehen, was diese ihr noch mitzuteilen versuchte.

»Ich habe den Kaiser gehasst, mein Liebes. Ich habe ihn gehasst für seinen Verrat. Erst helfen diese tapferen Russen ihm gegen die Aufständischen. 20 Jahre später stellt er sich beim Krieg um die Krim auf Seiten der englischen Königin und der anderen europäischen Monarchien. Kein einziges Mal in all den Jahren hat er das Opfer, das Konstantin und seine Kameraden für ihn erbracht haben, auch nur mit einem Wort … Das Kleid … Das Kleid … Vorsicht … Anschlag … auf …«, hauchte sie.

Das Flackern in Sophies unglücklichen Augen erlosch.

»Sophie«, schrie Liesel. »Was …«

Liesel versuchte, den Oberkörper der Sterbenden aufzurichten. Der Prinz half ihr, so gut es zwischen den Maschinen möglich war. Zu zweit hielten sie Sophie in den Armen. Anstelle einer Antwort entwich den blassblau-zyanotischen Lippen Sophies jedoch nur die letzte Luft, die sich noch in den Lungen befunden hatte. Dann verengten sich die Pupillen der Schneiderin ihrer Majestät, Elisabeths von Österreich, zu Stecknadelkopfgröße. Ihre Glieder erschlafften, dadurch schien der Körper auf einmal schwer wie nasser Sand. Das Herz der Frau, die am Wiener Hof Liesels einzige echte Freundin gewesen war, hatte aufgehört zu schlagen.

33. Kapitel

Milchhelle Sonnenstrahlen spiegelten sich in den Fenstern der Villa in der noblen Wiener Vorstadt Wieden, Theresianum Gasse 4. Das schmucke Anwesen verfügte über drei Stockwerke, zwei mächtige Seitenflügel, einem Mitteltrakt mit Säulen und Rundbogen am Tor. Ein Springbrunnen bildete das Zentrum einer Gartenanlage im französischen Stil des Sonnenkönigs Ludwig XIV. von Frankreich. Der schwarze Zaun mit kupfergekrönten Zacken trennte den Privatbesitz der Familie Angerer vom Trottoir, auf dem zu dieser Zeit kaum ein Mensch unterwegs war. Hecken, Nadel- und Laubbäume dienten zusätzlich als Sichtschutz. Dafür hing ein Schaukasten vor der Villa direkt neben dem Gartentor. Fotografien, die neuesten Werke des Viktor Angerer und seines verstorbenen Bruders Ludwig, für jedermann in Greißlereien und anderen Läden im ganzen Reich als Nachdruck zu erwerben. Auch ein Foto der inzwischen berühmten Lieselliesel, das sie zwischen den Säulen eines römisches Tempels im Wienerwald zeigte, gehörte zu diesem Repertoire. Die wenigen Spaziergänger, die Herren in Pelzmänteln und Zylindern, die Damen im Mantel und mit Hauben, wussten noch nichts über die Geschehnisse draußen in Mayerling bei der Villa Leiningen.

Angerer spähte aus dem Fenster im Dachgeschoss. Er hatte nicht widerstehen können, denn das Bild mit der

Lieselliesel gefiel ihm viel zu sehr. Trotzig hatte er sein »bayerisches Fräulein« in den zerfledderten Unterröcken und dem lose sitzenden Korsett einer Kaiserin und dem widerspenstigen Haar einer Kuhhirtin ausgestellt. Noch in der Stunde von Liesels Todesnachricht hatte er die Kaiserin gebeten, ihm eine Kutsche anspannen zu lassen, um dem Ort, an dem derlei Verbrechen und Unglück geschehen waren, den Rücken zu kehren. Angerer hatte keine Sekunde geschlafen. Zwischen Säure und mattem Licht über einer rot getönten Elektrolampe hatte er die Fotos von Liesel entwickelt und sich vor Trauer und Sehnsucht um die junge Frau fast verloren. Wieso hatte er sie nicht besser beschützen können? Wenn das Schicksal ihm alten Junggesellen eine Waise schickte, dann hätte er als väterlicher Freund doch viel besser auf sie achtgeben sollen. Herrgott, warum nur?! Wozu war das alles denn gut? Zum ersten Mal seit des Bruders Tod hatte das Leben für ihn wieder einen tieferen Sinn gehabt als allein seine Kunst. Ich denke mir, dass ich gar nicht mehr weiß, was ich mir denken soll.

Schwer seufzend öffnete er die Phiole mit dem geliebten Tabak und steckte sich mechanisch eine ordentliche Prise in die Nasenlöcher. Als er das Schnäuztuch verwendete, fiel ihm auf der Stelle Liesels Gesicht ein. Er musste daran denken, wie sie sich ebenfalls damit die Nase geputzt hatte. Mit Tränen in den Augen beschloss er, dieses Schnäuztuch – ganz gleich, wie alt auch immer er werden mochte – niemals mehr von seiner Dienerschaft waschen zu lassen. Damit ihm die Erinnerung an Fräulein Lieselliesels Himmelfahrtsnase auf immer und ewig konserviert bliebe. *Hatschi!*

Als Angerer der beiden Gestalten, die vor der Vitrine

stehen blieben und das Foto mit der schönen Kuhhirtin betrachteten, gewahr wurde, erstarrte er.

*

Liesel hielt sich hustend eine Hand vor den Mund und beugte den Kopf nach vorne. War das auf dem Foto nicht sie? Sie betätigte den Klingelknopf neben einem Messingschild, auf dem neben einem Namen auch eine Fotokamera abgebildet war.

Eine gefühlte Ewigkeit später tauchte ein Hausangestellter in Livree an der Gartentür auf.

»Der Herr Angerer schläft noch. Was wollen die Herrschaften zu dieser unchristlichen Zeit hier?«, herrschte er Liesel in nasalem Schönbrunner Tonfall, der sie an den Kaiser erinnerte, an. Seine verächtliche Miene ließ keinen Zweifel aufkommen, wofür er die Frau in ihrem zerfetzten, von Ruß und Schmutz verunzierten Kleid hielt.

Arnulf von Wittelsbach hielt diesem arroganten Schnösel von einem Angestellten auf aristokratische Art entgegen: »Wenn Er uns nicht sofort zu Seinem Herrn vorlässt, dann geschieht ein Unglück am Wiener Hof. Es geht um Leben und Tod. Wie will Er das seinem Herrn und dem allerhöchsten Kaiser gegenüber verantworten, dass Er sich hier aufgeführt hat wie ein Tölpel?«

Der Diener zeigte sich reichlich unbeeindruckt, da auch der Mann mit dem Münchner Dialekt, trotz seiner Uniform, einen abgerissenen Eindruck auf ihn machte. Dienstgradabzeichen und Epauletten waren verknittert, die Reitstiefel starrten vor Dreck.

»Wenn Sie uns net durchlassen, der Herr«, drohte Liesel, »dann geschieht heut noch ein Unglück! Ich bin die Lieselliesel, die Er hier auf diesem Foto sehen kann. Mache Er gefälligst Seine Augen auf, oder ist Er gar eine Blindschleiche?«

Der Mann lachte und machte keinerlei Anstalten, zur Vitrine nach draußen zu kommen. Vor Wut zückte Liesel aus ihrem Dekolleté die grässliche Fotomontage mit ihrem Gesicht und dem wunderschönen Rubensmodell. Sie drückte es diesem arroganten Burschen in die Hände. Der Angestellte betrachtete das Machwerk und errötete. »Das kenne ich ja bereits«, stammelte er und begriff peinlich berührt, dass er sich damit als Lüstling und wohl ebenfalls als Besitzer eines der Abzüge zu erkennen gegeben hatte.

»Der Meister Angerer hat das Foto persönlich von mir gemacht.« Das war zumindest die halbe Wahrheit, denn das Porträt mit dem Gesicht stammte ja tatsächlich von … Und außerdem … »Der Meister Angerer erwartet uns«, log sie.

Der Diener sperrte ihnen umgehend das Gartentor auf.

»Aber bitte verraten Sie mich nicht beim Meister Angerer, Fräulein …«, stotterte er.

Liesel zwinkerte dem Mann zu und drängte an ihm vorbei in den Garten. Arnulf stakste hinter ihr her und maß sie voller Bewunderung.

»Haa-ah-halt!«, rief der Diener und wedelte mit dem Bild in seinen Händen. Er folgte ihnen wie ein Schoßhund, ließ das Foto in seiner Hemdtasche eiligst verschwinden.

»Was will Er denn noch?«, fuhr der Wittelsbacher den Diener an.

»Wir werden Sie hinaufführen, denn der Meister Angerer schläft bestimmt oben in seinem Büro auf dem Kanapee. Und ich muss ihn erst wecken.«

Zwei Minuten später standen Liesel und Arnulf vor dem Fotografen.

»Liesel …«, japste Angerer. Die Phiole mit dem Schnupftabak fiel ihm zu Boden.

»Bin ich denn ein Gespenst?«, fragte sie, da sie sich seine Reaktion nur schwer erklären konnte. Offenbar hatte die Täuschung des Anarchisten wirklich funktioniert.

Angerer stand neben dem Fenster und blickte von einem ledernen aufgeschlagenen Folianten und einer Weltkugel zu ihr hinüber, als stünde er mit einem Mal vor einer leibhaftigen Marienerscheinung.

»Liesel …«

Er breitete die Arme aus. Liesel lief auf ihn zu. Bei der Berührung mit seinem Körper schossen ihr Tränen der Freude in die Augen. Die Welt stand still. Seinen Herzschlag fühlend, klammerte sie sich an ihm fest, als drohten Zentrifugalkräfte sie wieder auseinanderzureißen.

Arnulf und der Diener verharrten sichtlich gerührt und rieben sich die Augen, als müssten sie beide gleichzeitig diese von einem Insekt reinigen.

»Aber ich habe doch gedacht, die wilden Wölfe, sie haben dich … sie haben dich … Ja, haben sie dich denn gar nicht …«, fragte Angerer nach der ersten Euphorie.

Sie ließen sich nieder auf einer Chaiselongue und hielten einander weiterhin wie ein Liebespaar in den Armen. Arnulf bevorzugte das Kanapee.

Liesel erzählte ihm, wie ihr die Flucht gelungen war.

Der Diener kehrte mit Schaufel und Besen die Schnupftabaksauerei am Boden weg, stierte Liesel jedoch unermüdlich mit großen gierigen Augen an, als wollte er sie mit Blicken ausziehen. Liesel lachte ob der Peinlichkeit der Situation, verschwieg Meister Angerer gegenüber jedoch die Bildfälschung, die der Grund für das seltsame Verhalten des Angestellten war. Das hatte für später Zeit.

»Herr Fotograf wollen wohl mit den Gästen unter sich sein?«, fragte der Diener nach einer Weile, da alle wiederum ihn aufgrund der Blicke, die er Liesel die ganze Zeit widmete, amüsiert, verwundert und fragend anstarrten.

»Danke, Johann, mein Treuer. Ja, gerne.«

Die Tür wurde daraufhin von außen geschlossen, und Liesel atmete auf.

»Ich denke, es gibt noch so einiges, worüber wir jetzt nachdenken müssen, denke ich. Stellt euch vor, ich habe erfahren, was in dem Brief an den Erzherzog Luziwuzi stand, Fräulein Liesel und mein lieber Arnulf. Ihre allerhöchste kaiserliche Hoheit hat mich persönlich den Brief lesen lassen, bevor sie ihn über einer Kerzenflamme endgültig verbrannt hat.«

»Sie reden aber wieder sehr umständlich, Meister Angerer«, warf Liesel ein, genervt und liebevoll.

Der Wittelsbacher fragte: »Dann wissen Sie wohl auch, dass der Geheimdienst von Zar Alexander, die sogenannte Ochrana, hinter dem Anschlag in Laxenburg auf Kronprinz Rudolf steckte.«

»So ist es«, bestätigte Angerer.

»Aber Lilienfeld hat dem Kaiser doch vermeldet, dass er die aufständischen Ungarn in Verdacht hatte«, sprach Arnulf.

»László? Oder …« Liesel schüttelte den Kopf. »Nie und nimmer.«

»Genau«, fuhr Angerer fort, »die beiden haben es wirklich nicht getan. Vielmehr lehnten sie es ab, bei einem solchen Plan zum Werkzeug zu werden. Ein Unterhändler unterbreitete ihnen nämlich dieses unmoralische Angebot, berichteten sie der Kaiserin. Die Ungarn lieben ja die Kaiserin bekanntlich, liebes Fräulein Liesel. László und Szabo ließen sich aber zum Schein auf den Mordplan ein. Dadurch haben sie erfahren, dass der Plan vom russischen Zaren ausging.«

Liesel legte in Nachdenkermanier einen Zeigefinger an ihre Wange. »Es hätte ausschauen sollen, als hätten ungarische Aufständische den österreichischen Kronprinzen ermordet?«

Angerer spann Liesels Gedanken weiter. »Österreich wäre nach einem geglückten Anschlag in Ungarn eingefallen, um seine Macht zu demonstrieren. Russland hätte sich dieses Mal auf die Seite der Ungarn gestellt, England und Deutschland auf die Seite der Österreicher. Und am Ende dieses Krieges wären sämtliche österreichischen Kronländer wohl bei einer Niederlage an die Russen gefallen.«

»Dann haben die Anarchisten also einen Krieg verhindert«, resümierte Liesel.

Arnulf nickte. »Leider hat die österreichische Geheimpolizei, allen voran Graf Oberst Lilienfeld, selbst kläglich versagt in dieser ganzen Angelegenheit.«

Liesel zählte eins und eins zusammen. »Ja mei, viele fühlen sich berufen, aber nur wenige sind auserwählt.« Den Blick himmelwärts gerichtet und mit gefalteten Händen sagte sie: »Frater Ivan.«

Angerer nickte. »Genau, der Mönch.«

»Die Kaiserin hat ihrer Lieblingshofdame nicht trauen können, solange sie dem heiligen Bruder hörig war«, kombinierte Liesel und ärgerte sich. »Wie kann es nur sein, dass das Leben eines einzigen Adeligen so viel wert sein kann, dass dafür eine ganze Welt miteinander Krieg führt und ich als Diebin davongejagt werde?«

»Das ist unsere Weltordnung«, widersprach der Wittelsbacher standesbewusst, »und diese gilt es zu verteidigen, alles andere würde uns in die düstere Zeit von Raubrittern und Räubern zurückkatapultieren. Es käme zu Kriegen in ganz Europa.«

»Und warum hat die Kaiserin sich nicht an ihren Kaiser gewandt und diesen um Hilfe gebeten?«, bohrte Liesel nach. »Oder gilt die alte Ordnung zwischen Mann und Frau auf einmal nicht mehr? Warum hat sie ihrem Eselchen nix gesagt?«

»Lilienfeld hat es nicht einmal geschafft, die Tolna in Bad Ischl vor einem Diebstahl zu schützen. Die Kaiserin hat dem Oberst und ihrem Gatten bei dieser ganzen Angelegenheit lieber misstraut«, erklärte Angerer.

»Aber wer hat auf Luziwuzis Herzbuben geschossen?«, fragte Liesel. »War es also doch Lilienfeld?«

»Lilienfeld befand sich zum Zeitpunkt der Tat in der Nähe«, berichtete Angerer.

Liesel kombinierte: »Er wollte einen Anschlag auf den Kronprinzen verhindern, um damit seinen Kopf zu retten und von seinen schmutzigen Geschäften abzulenken.«

Prinz Arnulf lobte sie mit einem anerkennenden Kopfnicken. »Respekt, Fräulein, Respekt.«

Liesel stand auf und schritt hin und her, wobei ihr der Raum mit den unzähligen Bücherregalen und geblümten Stofftapeten zu eng zu werden schien. »Wir drehen uns trotzdem noch immer im Kreis wie ein verliebtes Paar auf dem Volksfest zum Zwiefacher-Tanz. Fehlen nur noch Musik, Bier und Jauchzen. Ach! Mir wird schlecht, wenn ich an all das denke.« Sie fühlte sich wie die alte Jungfer, die am Rand der Tanzfläche allein versauerte. Warum nur war ihr die ganze Zeit schwindlig? Und woher rührten ihre Magenschmerzen?

»Ist dir schlecht, Fräulein Lieselliesel?«, fragte Angerer besorgt. »Willst du vielleicht einen Schnaps? Oder eine Prise?«

»Nein, danke«, sie hielt sich den Magen. »Mir ist nicht mehr gut, seit es in der Fabrik so gotterbärmlich gestunken hat.« Sie unterließ es, auf Details von Sophies Tod einzugehen. »Wovor wollte die arme Sophie uns bloß warnen? Und was hat sie dort in der Fabrik nur gesucht? Wer soll wohl noch alles umgebracht werden?«

»Orban und Söhne«, seufzte der Wittelsbacher.

»Da fällt mir ein«, ging Angerer ein Licht auf, »ich erinnere mich auch an den Namen dieser Fabrik. In der Zeitung habe ich im Sommer darüber gelesen, dass sie in ihren Stoffen neben dem allgemein üblichen Quecksilber auch einen anderen Stoff verwendet haben, von dem ich wiederum in einem anderen Zusammenhang gelesen habe. Zelluloid heißt das Material, und ich habe davon in einem Journal gelesen.« Angerer erhob sich ebenfalls und suchte aus einem Stapel alter Zeitungen und Hefte ein Journal heraus. »Hier.« Er zeigte Liesel und dem Wittelsbacher eine Zeichnung von einem viereckigen Kasten, daneben posierte ein Mann mit einem Hut und elegantem Gehstock.

»Das ist ein amerikanisches Journal. Ein gewisser George Eastman hat den Prototypen einer neuen Kamera entworfen. Er benutzt dafür nicht die üblichen Platten aus Glas. Nein, es heißt, er benutzt Zelluloid. Das ist eine Art Kunststoff, habe ich mir übersetzen lassen. Bei diesen Platten reicht eine Belichtungszeit von einer einzigen Sekunde für ein Foto aus. Wenn ihm dieser Coup gelingt, dann wird seine *Kodak Nummer 1*, so nennt er das Modell, ein Riesenerfolg. Ich wäre sein erster Kunde, das könnt ihr mir glauben.« Er legte die Zeitung wieder weg und erläuterte: »Bisher hat dieses Zelluloid eher einen schlechten Ruf, weil es beim Weben von Stoffen benutzt wurde, damit vor allem minderwertiges Material einen schönen, seidigen Glanz bekommt. Häufig in der Kombination mit Glycerin und Quecksilber noch dazu. Das ist auch der Grund, warum die Weberei *Orban und Söhne* in Konkurs gegangen ist. Es hat sich herausgestellt, dass sie so viel von dem Zeug verwendet haben, dass Frauen und Männer in ihren Kleidern verbrannt sind. Es reicht da schon der Funke einer Kerze, und man steht lichterloh in Flammen.«

Liesel hielt inne. Die Vision von der Gräfin Tolna wiederholte sich wie ein wiederkehrender Albtraum vor ihrem inneren Auge. Flammen verschlangen die Hofdame. – Das Sterben kündigte sich an. Und wieder einmal fühlte es sich für Liesel an, als steckte sie im Körper der Betroffenen. Schweiß brach aus ihren Poren.

Angerer holte sie in die Wirklichkeit zurück, indem er sie in den Unterarm kniff. »Hey, Lieselliesel, was ist jetzt schon wieder?«

Augenblicklich erlosch das Bild in ihr. Und auch die Hitze schwand.

»Du bist ja auf einmal ganz feuerrot. Und deine Stirn glüht.« Er nahm seine Hand von ihrem Gesicht.

»Nur ein Traum«, antwortete Liesel und setzte sich. »Nichts weiter als ein Tagtraum.«

Angerer ließ sich ebenfalls wieder nieder. Seine Stimme drang wie durch eine Nebelwand zu ihr. »Es ist vielleicht 15 Jahre her, da habe ich meinem Bruder assistiert, wie er die arme Erzherzogin Mathilde von Habsburg auf ihrem Sterbebett fotografiert hat. Das arme Mädchen hat heimlich eine Zigarette geraucht, heißt es. Als die durch die Tür die Schritte ihrer Mutter gehört hat, hat sie die rauchende Zigarette einfach unter ihrem Kleid versteckt. Als die Mutter dann zur Tür hereingekommen ist, soll die arme 18-jährige Mathilde schon lichterloh wie eine Fackel gebrannt haben. Ich sehe ihren Leichnam heute noch vor mir, auf Schloss Hetzendorf, aufgebahrt, so jung und so sinnlos tot – und das alles nur, weil die neueste Mode oft aus den minderwertigsten Stoffen hergestellt wird. Kein Wunder, dass die Weber an ihrer Arbeit alle früher oder später krepieren.«

»Ob die Tolna wohl mit Frater Ivan hinter den Anschlagsplänen steckt?«, überlegte Angerer.

»Das traue ich der Tolna nicht zu«, entgegnete Liesel. »Aber ich kann mir vorstellen, dass sie vor Liebe krank ist und in Ischl nicht gemerkt hat, dass der Frater ihr das Geschmeide gestohlen hat.«

»Nein, der Frater Ivan hat ihr die Fälschung untergeschmuggelt, und er hat ihr gedroht, sie umzubringen, sobald sie der Kaiserin gegenüber auch nur ein Wort erwähnt. Das Leben der Tolna ist in Gefahr«, warf Arnulf ein.

Angerer nickte Liesel zu. »In den Zeitungen stand, dass der Frater Bad Ischl am Abend nach dem Schmuckraub verlassen hat.«

»Der Diebstahl wurde den Ungarn in die Schuhe geschoben«, spann Liesel den Faden weiter. »Und am nächsten Tag taucht eine Fälschung auf … aber dann …« Ihre Gedanken kreisten. »Aber auf dem Foto, das du einige Tage vorher gemacht hast, Meister Angerer, trägt die Tolna ja bereits die Fälschung. Was ist wenn …« Sie hielt vor Spannung den Atem an.

»Wenn was?«, bohrte Angerer.

»Also wenn das stimmt, was ich denke, dann ... dann ...«

»Wie kommst du denn jetzt darauf, Fräulein Liesel?«

»Liebes Fräulein, jetzt müssen Sie sich aber schon erklären«, entrüstete sich Arnulf.

»Fácánkert hat die Kaiserin vor einem Anschlag auf ihren Sohn in Laxenburg gewarnt. Deswegen konnte das Schlimmste verhindert werden. Das stand in dem Brief, den die Kaiserin ihrem Schwager geschrieben hat.«

»Und jetzt«, ergänzte Liesel, »droht der Tolna genau dasselbe Schicksal wie Luziwuzis Herzbuben. Die Tolna hat sich aus purer Angst den Befehlen der Kaiserin widersetzt und wollte ihren Milchbruder vor der Rache warnen. Aber sie ist leider zu spät gekommen.«

Der Wittelsbacher blickte drein wie saure Milch. Offenbar rührte es an seiner Ehre, einer Frau zuhören zu müssen, die seinen Überlegungen um Welten voraus war. »Das ist jetzt reine Interpretation, Fräulein Liesel, das müssen Sie zugeben.«

Liesels helle Augen blitzten herausfordernd. Warum nur wollte dieser Adelige nicht an das, was die Intuition ihr vorgab, glauben?

»Meister Angerer, gab es da nicht noch einen Ungarn? Einen Schauspieler, der ebenfalls ein enger Vertrauter von Fácánkert gewesen sein soll?«

»Ja, schon«, sagt der Fotograf. »Der Josef Kainz. Der ist, kurz bevor wir gekommen sind, nach Wien abgereist, ans *Grey-Theater*. Die beiden kannten sich sehr, sehr gut. Und Kainz soll sogar für Fácánkert die Rolle des Hamlet an der Seite der Pick spielen, denn ...« Angerer verschluckte sich und hüstelte vor Schreck.

»Vielleicht haben die zwei miteinander gesprochen.«

Die Haustürglocke läutete schrill und jagte Liesel einen Schauer über den Rücken. »Lass mich raten, Meister Angerer, Lilienfeld steht da draußen, und sie sind gekommen, um mich zu holen.«

Angerer richtete sich auf und spähte aus dem Fenster. Blass von der Nase bis zu den Fingerspitzen, rieb er sich das Kinn. Allein sein gehetzter Gesichtsausdruck hätte Liesel als Antwort schon ausgereicht. »Du hast absolut richtig gedacht, mein liebes Fräulein. Manchmal wünschte ich, wir würden nur alle ein klein wenig weniger denken, denke ich mir. Vielleicht ziehen unsere Gedanken ja das Böse magisch an.«

34. Kapitel

Die Haustürglocke schrillte ein zweites Mal. Das Geräusch verursachte Liesel ein eisiges Ziehen in Mark und Knochen. Außerdem schmerzten auch die Rippen wieder.

»Dieser Lilienfeld wird keine Ruhe geben, solange ich lebe«, äußerte sie ihre Befürchtung.

»Das kommt davon, wenn man zu viel weiß«, sprach der Wittelsbacher.

Die Stimme des treuen Johann hallte über das Stiegenhaus zu seinem Herrn herauf. »Wie es ausschaut, wollen die Leute Sie heute wirklich nicht schlafen lassen, Meister Angerer. Soll ich den Herrschaften ausrichten, Sie fühlen sich leider unpässlich?«

Albtraumvorstellungen von überfüllten Gefängnissen geisterten Liesel durch den Kopf. Sie blieb hinter Angerer in Deckung am Fenster stehen, doch sie konnte den Polizeiagenten und seine blau uniformierten Begleiter klar und deutlich vor dem Gartentor erkennen.

»Wo kann ich mich hier verstecken?«

Angerer schaute sie sorgenvoll durch die dicken Brillengläser an. »Nein, du musst so schnell es geht von hier weg, Fräulein Lieselliesel.« Er rief seinem treuen Diener durch das Stiegenhaus zu: »Nein, Johann, ich werde die Herrschaften persönlich empfangen. Aber vorher brauche ich Ihre Hilfe hier oben.«

Er trat zu einem der Bücherschränke. »Helft mir«, bat er Liesel und Arnulf. Im Nu stand auch der Diener außer Atem wieder neben ihnen. Wie es aussah, hatte er aufgehört, sich über Liesels Nacktfotografie Gedanken zu machen, denn sein Blick wirkte weniger erregt wie der eines Rüden, dafür umso konzentrierter, während er Bücher, Fotos und allerlei Nippes beiseiteräumte und sich Mühe gab, nichts zu beschädigen. Liesel und Arnulf schoben das Regal weg. Dahinter offenbarte sich eine ebenfalls von einer geblümten Stofftapete überzogene Tür.

»Das ist der alte Dienstbotengang aus Vaters Zeiten. Früher wollte man am liebsten, dass die Dienerschaft unsichtbar bleibt, während sie einen bedient«, erklärte Meister Angerer. »Johann, bitte helfe Er dem Fräulein Lieselliesel unauffällig, nach unten zu gelangen, und dann zeigen Sie ihr den Lieferanteneingang. Sorgen Sie dafür, dass sie keinem der unerwünschten Gäste begegnet.«

»Wie Sie wünschen, Meister Angerer.« Der Diener verneigte sich. Er reichte Liesel wie ein echter Kavalier die Hand, und fast hätte Liesel den hochnäsigen Kerl gemocht, wenn da nicht sein Interesse an ihre … Liesel verabschiedete sich mit knappen Worten von den beiden anderen Männern und folgte Johann eine enge Treppe, die ins Parterre der Villa führte, Schritt für Schritt nach. Der Wittelsbacher und Meister Angerer schoben das Regal wieder an Ort und Stelle zurück.

Der Duft von Paprika, Zwiebeln und Rindfleisch kitzelte Liesels Nase. Sie traten durch eine weitere Tür und standen in einer Küche mit einem offenen Herd, über dem ein Topf hing. Eine dickliche Frau mit Schürze stand davor und rührte mit einem großen Kochlöffel das Gulasch. Die Frau blieb erstaunlich gelassen, während Johann einige

Takte in Ungarisch auf sie einredete. Die Köchin maß Liesel mit neugierigen Blicken. Daraufhin verließ sie den Raum und kehrte kurz darauf mit einem Stapel Gewänder zurück. Liesel schlüpfte in ein schwarzes Kleid mit verspielten weißen Plüschärmeln und band sich sogar die weiße Küchenschürze um. Johann stopfte ihre schmutzige Kleidung in den Geheimgang und baute aus dicken Scheiten eine Holzschar davor auf. Anschließend wusch Liesel in einer Schüssel notdürftig ihr Gesicht und bedankte sich bei der Köchin, die ihr wiederum mit einem herzlichen Lächeln Mut machte. Die mütterlichen Züge erinnerten Liesel auf schmerzhafte Weise an Sophie, und so vermied sie eine Umarmung zum Schluss aus Angst vor Enttäuschung.

Der treue Johann küsste die Köchin zärtlich und verträumt auf die Lippen, dann begleitete er Liesel durch einen schmalen Flur mit Vorratsregalen zum Hinterausgang.

»Adieu«, seufzte er ihr in seiner überheblichen Art zu.

Liesel blieb stehen und schaute zur Straße, die die Rückseite der Villa säumte.

»Hat Er nicht was vergessen?«, sprach Liesel in gestrengem höfischem Ton.

»Ach ja.« Johann zückte aus der Brusttasche seines Hemds die peinliche Fotografie, die ihr vor weniger als einer Viertelstunde als Billett gedient hatte, um an ihm vorbei in dieses Haus zu gelangen.

Liesel nahm ihm das Bild ab. »Wo finde ich das *Grey-Theater?*«

»Ich fürchte, die Mina Pick und ihre Freunde treten da heute nicht auf. Hier«, er zeigte ihr eine Zeitung, die neben dem Lieferanteneingang lag, und las vor, »die Pick, Graf

Leiningen, der Kronprinz, die Kaiserin und wahrscheinlich auch die Gräfin Tolna feiern heute in Schönbrunn eine Hochzeit. Außerdem wirkt Sie, mit Verlaub, nicht gerade wie eine Shakespeare-Kennerin, wie Sie sich denken kann.«

Liesel betrachtete ihn von der Seite. Ob er wohl tatsächlich beabsichtigt hatte, sich die kleine Erinnerung von ihr zu behalten?

»So, und Er sagt mir jetzt gefälligst auf der Stelle, wie ich zu diesem *Grey-Theater* komme, oder ich gehe noch mal zurück in die Küche und zeige der Köchin das Bild und gebe ihr zu verstehen, dass es zu Seinem Besitz gehört.«

»Das wagt Sie nicht.«

»Will Er es drauf ankommen lassen?«

Er wandte mit verschränkten Armen den Kopf ab und antwortete im nasalen Ton: »Canovagasse. Aber den Weg dahin muss sie schon selber finden.«

Liesel zerriss den Abzug in unzählige winzige Fetzen, die vor ihren Stiefeln auf das Pflaster segelten, und marschierte los. Die Seitengasse führte durch ein Labyrinth, zwischen weiteren prächtigen Villen und Stadtpalais vorbei. Der Gegend haftete, nach den Arbeitervierteln in Meidling, etwas Sündiges an. Warum nur ließ der Herrgott so viel Ungerechtigkeit zu? Eine Dienstbotin mit einem Korb voller Brot kam ihr entgegen. Sie fragte die Frau nach dem Weg.

»Die nächste links, Fräulein«, erklärte ihr diese und eilte hastig an ihr vorbei.

Liesel war bereits seit einer halben Stunde unterwegs. Da erspähte sie auf dem gegenüberliegenden Bürgersteig in ihren grünen Uniformen zwei Gendarmen. Sie schluckte und versuchte, ruhig zu atmen. Jetzt keine Angst haben. Sie werden dich schon nicht erkennen, betete sie. Außerdem denkt die ganze Welt doch, dass du tot bist! 30 Schritte legte sie so zurück ohne zurückzuschauen und erreichte ein Gebäude, vor dem Fotografien in einem Schaukasten Mina Pick und Ernst Fácánkert in dramatischen Posen zeigten. In ihrer Mitte erkannte Liesel einen dunkelhaarigen, schlanken Mann, der beide um Haupteslänge überragte. Dieser Mime besaß ein edles Profil und dunkles gelocktes Haar. Fácánkert posierte vor ihm und hielt einen Totenschädel, zu dem er zu sprechen schien, während der Mime ihm allein durch den diabolischen Ausdruck seiner Augen Furcht einjagte. Die Miene der Pick wiederum spiegelte eine Mischung aus naiver Unschuld, Liebe und Furcht, aber in ihrer Ausdrucksfähigkeit waren sowohl die Pick als auch Fácánkert diesem Schauspielkollegen um Welten unterlegen. Das erkannte sogar Liesel, die in ihrem Leben nur komödiantisches Bauerntheater kennengelernt hatte. Dieser Mann besaß ein Talent, das ihn vom Rest seiner Zunft deutlich unterschied.

»Was suchen Sie zu dieser frühen Stunde hier, Fräulein?«

Liesel schrak auf und sah zu ihrem Entsetzen die beiden Gendarmen in einem Meter Entfernung, die sie misstrauisch anstierten.

In Herrgotts Namen, warum nur habe ich Zeit damit vergeudet, das Gesicht dieses Mimen anzugaffen?

Liesel erdachte eine Notlüge. »Ich bin Friseurin. Ich komme zur Pick und soll ihr einen Hochzeitskranz flechten helfen.«

»Na, da wird sie wohl Pech haben. Die Pick ist mit dem Grafen Leiningen in Schönbrunn. Mit dem Kronprinzen. Heißt es.«

Liesel tat überrascht. »Wirklich?« Ob ihr schauspielerisches Talent wohl ausreichte, zwei Beamte zu täuschen?

»Ja«, entgegnete der andere, »die Nachricht ist gerade per Telegraf auch in Wieden in der Wachstube angekommen. Der Kronprinz steht doch seit dem Laxenburger Attentat unter besonderer Aufsicht aller Staatsorgane, Fräulein. Lesen Sie denn gar keine Zeitung?«

Liesels zur Schau getragene Ratlosigkeit und heiße Röte mochten zu ihrem Erstaunen auf die beiden Beamten ebenfalls echt wirken. »Und wo finde ich den Josef Kainz?«

»Wer soll denn das sein?«, fragte nun wieder der andere Kollege.

Liesel zeigte auf den Mann auf dem Foto. »Der beste Freund vom Ernst Fácánkert soll er gewesen sein. Den Kainz kennt doch ein jeder, weil er früher mit dem König Ludwig von Bayern herumgereist ist und dem Privatvorstellungen gegeben hat.« Dunkel erinnerte sie sich, dass die Pick bei einem Tischgespräch davon erzählt hatte. »Und außerdem ist er ein Freund von der Pick.«

»Geh, das interessiert doch keine Menschenseele«, meinte einer der beiden. »Die Pick ist doch nur wieder eine Soubrette, die sich jetzt schon zum zweiten Mal in ihrem Leben raufheiratet. Wenn wir Ihnen einen guten Rat geben dürfen, Fräulein – halten Sie sich lieber von diesem Theatergesindel fern, bevor Sie auch noch auf unmoralische Wege gelangen. Schönen Tag noch, Fräulein.«

Liesel blickte schamhaft zu Boden. Die beiden Beamten ließen sie endlich links liegen wie einen alten Regenschirm. Liesel wartete, bis sie um die Ecke des Theaters verschwunden waren und trat auf die Eingangstür zu. Zu ihrer Verwunderung ließ diese sich mühelos öffnen. In einem Foyer blieb sie stehen und seufzte, als sie einen riesigen Schatten aus dem Augenwinkel gewahrte. Ihre linke Schulter hob sich reflexhaft. Liesel drehte sich zur Seite und sah einem Mann ins Gesicht, der mit dem Rücken an einem Tisch vor einer Garderobe mit unzähligen Kleiderbügeln lehnte. Sie erkannte ihn sofort. In Natura wirkte er noch größer, und seine Ausstrahlung zog sie magisch an. Er schnipste einen Zigarettenstummel achtlos auf den Holzboden, während Liesel errötete. Ohne Weiteres vermochte sie sich vorzustellen, wie Männer ihn bewunderten und wie er sein wollten, während Frauen gebannt an seinen Lippen hingen und sich in jeder seiner Regungen verloren.

»Wir haben geschlossen«, begrüßte er sie mit einer angenehmen Stimme, die ihr unter die Haut ging. »Todesfall und Hochzeit. Suchen Sie sich aus, liebes Fräulein, welcher Anlass Ihnen lieber ist.« Er verneigte sich formvollendet und hauchte ihr einen Kuss auf den Handrücken. In seiner Brusttasche steckte ein rotes Taschentuch.

»Herr, äh ... Kainz«, brachte Liesel mit trockenem Mund hervor.

»Josef Kainz«, entgegnete er seelenruhig, »meine Freunde nennen mich auch Beppi. Aber woher kennen wir uns?«

»Mei«, stammelte Liesel und fand den Kosenamen unpassend, »eigentlich gar net, Herr Kainz.« Und dann berichtete sie ihm von den Ereignissen der letzten Tage. Der Tod seines Freundes Ernst Fácánkert zauberte eine tiefe Trauer in seine Züge, die beinahe ansteckend auf sie wirkte. Am liebsten hätte sie ihn tröstend in den Arm genommen, und ein verrücktes Mädchen in ihr hätte diesem Fremden am liebsten immerwährende Liebe versprochen. Eine Regung, die sie sich selbst kaum erklären konnte »Ich bin gekommen, um die Mina zu warnen. Die Hochzeit darf auf keinen Fall stattfinden. Sonst passiert eine Katastrophe«, schloss sie aufgeregt ihre Erzählung.

»Sie sprechen ja ein wunderschönes Bayerisch«, merkte er an.

Die erwachsene Skeptikerin in ihr wetterte: Kann dieser Kerl nicht endlich aufhören, mich wie eine Dame zu behandeln und mir Komplimente zu machen?

»Lassen Sie uns in die Garderobe gehen. Ich will Ihnen einiges erzählen.«

Sie versuchte, sich ihren Widerwillen nicht anmerken zu lassen, und trottete folgsam wie ein Schulkind hinter ihm her. In der Garderobe angekommen, wies er ihr einen bequemen Sessel mit gelben Polstern zu, auf dem er wohl für gewöhnlich selbst vor dem Spiegel saß und sein Gesicht vor jeder Vorstellung schminkte. Pinsel, Farben und Kämme lagen heute unbenutzt auf dem Schminktisch. Diese Schauspieler waren schon seltsame Leute, fand sie endlich einen Schönheitsfehler an ihm. Sogar die Männer malten sich ihre Gesichter an.

»Ich habe meinem alten Freund Ernst davon abgeraten, mit dem Erzherzog gemeinsam nach Wien zu kommen.«

Er goss sich ein Glas Cognac ein und trank es in einem Zug leer. Die angewiderte, schmerzhaft verzogene Miene verriet ihr den Gelegenheitstrinker. So früh am Morgen nahm dieser Mann für gewöhnlich keine alkoholischen Getränke zu sich. Er befand sich in einem Ausnahmezustand.

Kainz setzte sich auf einen Diwan und griff nach einem Totenschädel. »Tja, den Hamlet hätte eigentlich der große Ernst Fácánkert spielen sollen. Er hat mir so viel über das Schauspielen beigebracht, daher stehe ich tief in seiner Schuld.«

Liesel hatte keine Zeit zu verlieren. »Warum haben Sie Ihrem Freund davon abgeraten, mit dem Luziwuzi nach Wien zu kommen?«

Er starrte dem Totenschädel tief in die Augenhöhlen und sinnierte. »Sein oder nicht sein. Oder andersherum – was stellt im Leben das kleinere Übel dar? Der große Dichterfürst meint damit, ob es möglich ist, das eigene Schicksal zu ertragen, oder ob nicht der Tod die leichtere Alternative ist anstatt das Leben und all sein Leid. Diese Frage hat sich der Ernst oft gestellt. Und jetzt haben Meuchelmörder für ihn diese Frage ein für alle Mal entschieden.«

»Und wer hat ihn erschossen?«

»Die Frage muss doch wohl eher lauten, was hat der gute Ernst verbrochen, um sein Leben derart zu verwirken?«

»Hat er Ihnen als bestem Freund von Drohungen gegen ihn erzählt?«

»Er hat nur Andeutungen gemacht, Fräulein. In seinem letzten Brief. Es hieß, irgendwer habe einen Anschlag auf den Kronprinzen vor. Und der Anführer einer ungarischen Anarchisten-Gruppe habe sich an ihn als unseren Landsmann gewandt, um diesen Anschlag zu verhindern.«

»Warum sollte ein Anarchist auf einmal darauf verzichten, einen Anschlag gegen ein Mitglied der allerhöchsten Kaiserfamilie durchzuführen? Die Armut ist doch groß genug, und diese Reichen führen ein Leben, das einer Gotteslästerung gleichkommt.«

»László und Ernst sind ab ihrem sechsten Lebensjahr zusammen aufgewachsen. Und Ernst war auch noch der Milchbruder der Gräfin Tolna. Und wie es aussieht, hat Ernst sich der Gräfin Tolna anvertraut, um wiederum die Kaiserin und ihren Sohn vor dem Attentat zu warnen. Rudolf hat in Laxenburg mit einem Anschlag gerechnet, deswegen hat er überlebt, weil er darauf vorbereitet gewesen soll.«

»Also, Ernst Fácánkert und die Gräfin Tolna wussten von den Plänen«, fasste sie zusammen.

»Ernst schrieb mir, dass er in Salzburg auf der Straße von Unbekannten verfolgt worden wäre. Das ist auch der Grund, warum ich ihm davon abgeraten habe, den Erzherzog Luziwuzi nach Wien zu begleiten. Und jetzt wissen Sie auch den Grund, warum ich mit meinem Leben hadere. Ich habe es nicht geschafft, den Ernst von der Gefahr, die ihm in der Nähe des Kronprinzen droht, zu überzeugen. Er wollte um jeden Preis nach Wien kommen. Es war sein größter Traum, einmal im Leben neben der Mina und mir hier auf der Bühne stehen. Das hat ihm mehr bedeutet als die Gefahr, die er für sein Leben auf sich genommen hat. Hätte er das kleinere Übel gewählt, wäre ihm das Übel des Todes erspart geblieben.«

Der Schauspieler beherrschte seine Züge sichtlich mit der allergrößten Anstrengung, um nicht vor ihr in Tränen auszubrechen.

»Was hat er nur in mir gesehen? Warum nur wollte er an meiner Seite spielen? Warum nur hat er mich so vergöttert? Ich wollte das doch nicht, Fräulein. Das war niemals mein Wunsch.« Er legte den Schädel weg und fuhr fort: »Er hat sterben müssen, weil er die Namen der Attentäter wohl gewusst hat.«

Liesel sah sich in ihrer Theorie bestätigt. Sie wünschte Prinz Arnulf von Wittelsbach herbei und sehnte sich danach, in sein Gesicht zu sehen. Immerhin habe ich recht gehabt, triumphierte sie innerlich und spann den Gedanken weiter: »Tja, und die Attentäter haben wohl längst herausbekommen, dass er sich seiner Milchschwester anvertraut haben muss. Und das bedeutet …« Sie verstummte und nickte ihm zu. Auf einmal glich der Mann einem hilflosen Jungen. Liesel erinnerte sich seines Kosenamens. »Ich danke Ihnen, Beppi.«

Er trank ein weiteres Glas und lallte: »Sein oder nicht sein … Und was ist schon der Tod … Denn der Rest ist Schweigen … Denken Sie nur daran, Fräulein … Der Rest ist …« Er verlor den Faden endgültig wegen seiner Betrunkenheit.

Liesel dankte ihm und verließ eiligen Schrittes das Theater, in dem nur ein verzweifelter Hamlet, in Todessehnsucht versunken mit einem Totenschädel redend, einsam zurückblieb und sich die Schuld am Tod seines Freundes gab.

35. Kapitel

Die Heiligenfiguren vor dem Altar der Heiligen Maria Magdalena im Osttrakt des Schönbrunner Schlosses schienen die Hochzeitsgesellschaft mit strengen Blicken zu mustern. Liesel öffnete ihre Augen und versuchte, sich gegen die Bilder von Feuer und Rauch in ihrem Inneren zu wehren, indem sie sich einen Rosenkranz ins Gedächtnis rief. Heilige Maria, Mutter Gottes, gebenedeit unter den Weibern, bitte für uns Sünder, jetzt und in der Stunde unseres Todes … Amen.

Indessen trat die Hochzeitsgesellschaft nach und nach voran. Messdiener verbreiteten in Messingfässchen, an einer Kette schwenkend, Weihrauch vorm Altar.

Liesel hatte sich bis zur Unkenntlichkeit verkleidet. Unter den Teilnehmern der Hochzeitsmesse befanden sich nämlich auch Prinz Arnulf von Bayern und seine Gattin Martha, die einen weitkrempigen Hut und einen dichten grauen Schleier trug. Die Prinzessin aus dem Hause Liechtenstein schämte sich ihrer viel zu langen Nase, das wusste jeder bei Hofe, daher zog sie es wohl vor, hinter dem feinen Tuch versteckt zu bleiben. Niemand beachtete das Mauerblümchen. Liesel ging zudem auf Stelzen und hatte das Korsett bis zum Bersten eng geschnürt. Sie spürte ihr Herz am Kehlkopf vor Aufregung laut und schnell schlagen, als die Tolna vor ihr direkt neben dem

Mittelgang Platz nahm und nicht wusste, wer sich hinter dem Kostüm der Prinzessin verbarg. Liesel blickte unauffällig in Richtung des Geistlichen, der zwischen den Messdienern stand und auf das Brautpaar wartete: Frater Ivan. Der Einfluss der Zisterzienser am Wiener Hof war wirklich beeindruckend. Liesel sah sich in ihrer Furcht vor der Macht der Kirche wieder einmal bestätigt.

Die Kaiserin persönlich und ihr Gatte saßen rechts, wo für gewöhnlich nur die Männer Platz nehmen durften. Der Kronprinz und sein Onkel Luziwuzi hatten sich demonstrativ in die letzte Reihe gesetzt, von wo aus Rudolf des Einzugs Minas und seines Freundes harrte. Liesel konnte ihm seine Aufregung an der Nasenspitze ansehen. Er hatte sich gegen seine übermächtige Mutter durchgesetzt: Die Hochzeit seines besten Freundes und seiner ehemaligen Lieblingsmätresse fand trotz aller Intrigen statt! Was musste das für ein Triumph für Rudolf sein?

Die Freifrau Helene von Vetsera und ihre Tochter Mary durften, obwohl ihr niederer Adel es ihnen im Grunde verbot, ausnahmsweise hinter den Hofdamen sitzen. Sie verdankten ihre Anwesenheit allein dem Kronprinzen. Prinzessin Martha alias Liesel setzte sich neben Mutter und Tochter. Sie neigte den Kopf nach vorne und behielt den überquellenden Rock der Hofdame Tolna im Auge. Als falsche Martha gab sie sich Mühe, sich nahe genug neben ihren Gemahl zu setzen. Arnulf hielt ihre Hand. Martha von Liechtenstein drehte ihr Haupt unauffällig dem Hoffotografen Angerer zu. Angerer hatte im Mittelgang, auf halber Höhe, seine Fotografier-Maschine aufgebaut. Das Blitzgerät befand sich einen halben Meter von der Tolna entfernt.

Liesel irritierte die Nase, die eine Maskenbildnerin ihr

im Palais der Familie Liechtenstein in Wien – im Auftrag von Mina Pick – verpasst hatte. Liesel fiel der Mime Josef Kainz ein. Seine Freunde sorgten sich um ihn, weil er der Einladung fernblieb. Wenn der junge, von seinen Gefühlen geplagte Mann eines Tages verstand, wie er mit sich und seiner Persönlichkeit umzugehen hatte, stand einer Karriere am Hofburgtheater sicher nichts im Wege. Die Mina betete für ihren begabten Freund, hatte sie Liesel erzählt …

Endlich betrat das Brautpaar die Kapelle.

Alle Köpfe drehten sich in eine Richtung. Orgelmusik setzte ein. Zuerst schritt Graf Reinhard zu Leiningen nach vorne. Mina verharrte hinten im Schiff der Kapelle. Der Kronprinz trat daraufhin in den Gang und nahm Minas Hand wie ein Brautvater. Totenstille herrschte, während er die Mimin zu seinem besten Freund nach vorne führte.

Nie zuvor hatte Liesel eine schönere Braut als Mina gesehen. In Mary Vetseras Augen glänzten Tränen, und beinahe hätte Liesel vor Rührung mitgeweint. Die Hochzeitsgesellschaft bewunderte die Braut, auch wenn sie alles andere als standesgemäß war. Mina verstand es meisterhaft, sich zu bewegen. Wie auf einer Bühne. Sie kniete sich neben ihren zukünftigen Gemahl, und von hinten schien das mit Rosen verzierte Hochzeitskleid wie ein Blick ins Paradies. Liesels und Kaiserin Elisabeths Blick trafen einander. Liesel erstarrte. Hatte die Kaiserin sie erkannt?

Liesel hielt die Luft an und wandte ihr Gesicht dem Altar zu.

Frater Ivan zelebrierte die Trauung. Die Tolna hing an seinen Lippen wie eine Süchtige beim Anblick der Opiumspritze. Und als der Geistliche zum Kyrie ansetzte, schien sie vor Sehnsucht nach ihm zu vergehen, verriet das Flackern in ihren Augen. Sie taumelte. Liesel fürchtete, die

Hofdame würde sogleich in der Reihe vor ihr in Ohnmacht fallen.

Ivan erteilte der Hochzeitsgesellschaft und der Braut seinen Segen in feinstem Latein und bat dann auf Deutsch den Fotografen, seines Amtes zu walten.

»Meister Angerer, halte Er dieses Bild für die, die nach uns kommen werden, fest. Bis in alle Ewigkeit. Amen.«

Seine Miene verriet nicht das Geringste. Im Gegenteil, die asketischen Züge sahen aus wie bei einem Menschen, der tief in sich gekehrt lebte. Hätte Liesel es nicht besser gewusst, wäre sie verleitet gewesen, in ihm den weisen Eremiten zu sehen.

Mina und Reinhard wandten sich Angerer zu. Hand in Hand, die Köpfe einander zugeneigt, der Brautstrauß über ihren Armen. Die Ringe blitzten golden.

Angerer öffnete die Klappe vor der Linse seines Kastens.

Die Anwesenden hielten vor Staunen den Atem an. Niemand bewegte sich.

Keiner wusste, dass sogleich ein Feuer ausbrechen würde, das von den Holzbänken zum Gebälk der Kapelle alles verschlingen sollte. Welch teuflischer Plan! Und das alles nur, um sich des Schweigens der Hofdame Tolna sicher zu sein!

Liesel betrat den Mittelgang.

Frater Ivan blickte irritiert.

Martha von Liechtenstein bediente den Hebel des Blitzgerätes.

»Was ist?«, herrschte Ivan den Fotografen an. »Worauf wartet er denn in Gottes Namen?«

Das Blitzgerät versprühte keinen einzigen Funken.

Der Geistliche trat auf die Prinzessin von Liechtenstein zu, drängte sie vor aller Augen zur Seite und betätigte den Hebel ein zweites Mal. Die Maschine gab keinen Laut von sich.

Liesel betätigte den Hebel ein drittes Mal.

Endlich löste sich der Blitz. Funken und Rauch stoben auf.

Der Geistliche sprang zur Seite.

Die Tolna stand wie versteinert an ihrem Platz. Funken erfassten ihren glockenförmigen Rock. Nichts geschah.

Frater Ivan blickte ungläubig.

Er stieß die Prinzessin von Liechtenstein weg. Ein Tumult brach augenblicklich aus. Ivan löste den Blitz abermals aus. Ein Funke erfasste seine weiche Mönchskutte, deren Stoff ebenfalls aus der Weberei *Orban und Söhne* zu Meidling stammte. Im Nu brannte der russische Mönch lichterloh wie eine Fackel.

Dies geschah am Dienstag, dem 31. Oktober, anno 1882 um 13 Uhr in der Kapelle zu Schloss Schönbrunn.

Dem beherzten Eingreifen der Dienerin Lieselliesel und des Fotografen Angerer, so stand es später im Protokoll, verdankte der Spion des russischen Zaren sein Leben.

Das Kaiserehepaar dankte den beiden für ihren unermüdlichen Einsatz für die Wahrheit. Schließlich hatten sie damit einen Mord- und Spionagefall gelöst, der über die Frage von Krieg oder Frieden über das gesamte Habsburgerreich entschied.

Epilog

Der Abend war gekommen. Das Licht spielte trotz des Herbsttages noch mit, als wäre es sich bewusst, dass ihm die eigentliche Hauptrolle in der Kunst der Fotografie gebührte. Die Hochzeitsgesellschaft trat in den Schlossgarten, wo Angerer seine neue Kamera aufgestellt hatte. Eine Maschine, die eigens aus Amerika geliefert worden war und ihn doch noch rechtzeitig erreicht hatte. Er wollte die neue Technik bei dieser Gelegenheit gleich zum ersten Mal ausprobieren.

Das Kaiserpaar hatte sich nach der Trauung zurückgezogen. Elisabeth hatte sich aufgrund der Aufregung unpässlich gefühlt. Und so verstrich wieder einmal eine Gelegenheit, gemeinsam mit ihrem »Eselchen« auf ein Foto zu gelangen, ungenutzt. Der Kaiser hatte sein »Engelchen« zwar verstanden, aber er bedauerte diesen Umstand doch sehr, wie er angemerkt hatte.

Liesel dagegen hätte sich gerne zusammen mit den anderen Hochzeitsgästen zum Gruppenfoto aufgestellt. Vorne das glückliche Brautpaar, im Hintergrund die Gloriette, die noch an Ort und Stelle stehen würde, wenn dieser Tag in der Geschichte des Hauses Habsburg längst dem Vergessen anheimgefallen war. Leider musste Liesel den Blitzapparat betätigen, und so kam sie nicht auf dieses offizielle Bild. Ein Abzug davon gelangte somit ohne sie in das offizielle Archiv der kaiserlichen Familie.

Anschließend sollte der Brautkranz geworfen werden.

»Ich will den Moment mit dem Wurf unbedingt einfangen«, insistierte Meister Angerer. »Der Betrachter dieses Fotos kann dank der amerikanischen Technik die Wurfbahn des Kranzes Schritt für Schritt noch in 100 Jahren betrachten. Ist das nicht die reinste Zauberei, meine Liebe? Ach, ich wünschte, mein Bruder hätte das noch erleben dürfen.«

»Mal sehen, wer den Kranz fängt«, rief Liesel dem Fotografen zu. Mary Vetsera, die sich neben einem Dutzend weiterer Brautjungfern in weißen Kleidern aufgestellt hatte, harrte dort bereits fest entschlossen, ihr Schicksal als zukünftige Braut zu besiegeln.

Hinter ihr positionierte sich ausgerechnet Erzherzog Luziwuzi, der aufgrund des feierlichen Anlasses in die bunten Kleider eines maurischen Sklaven geschlüpft war.

Mina Pick drehte den Brautjungfern, wie es sich gehörte, den Rücken zu.

»Dann hat Frater Ivan das originale Schmuckstück doch gestohlen«, sprach Liesel zu sich selbst.

Angerer vernahm die Worte. »Ja, und die Anarchisten haben der Tolna eine Fälschung gebracht. Genauso stand es im Brief der Kaiserin an Luziwuzi. Die Tolna hat die Fälschung aus Geschwisterliebe ihrem Milchbruder gegenüber getragen. Sie wollte nicht, dass die Ungarn für dieses Verbrechen und auch für den Anschlag in Laxenburg unschuldigerweise büßen sollten.«

Liesel zuckte und fühlte sich ihres Selbstgesprächs ertappt. »Was für eine edle Seele diese Hofdame doch ist.«

Der Fotograf und sie sahen einander an wie Verschwörer. Die Hochzeitsgesellschaft hatte nichts von ihren nebenbei gemunkelten Worten mitbekommen.

»Und beim zweiten, dem offiziellen Diebstahl, der auch in den Zeitungen stand, steckte Lilienfeld dahinter, der den Schmuck aus Wut zurückgebracht hat, weil es sich um eine Fälschung handelte. Er hat dadurch bemerkt, dass der Russe ihn aufs Glatteis geführt hat. Und er und seine Leute haben dabei versagt, Luziwuzis Herzbuben vor einem Mordanschlag zu beschützen.«

Liesel wischte sich eine Träne aus dem Augenwinkel. »Immerhin haben wir einen Unschuldigen vor dem Galgen gerettet.«

Angerer gab das Kommando an die Hochzeitsgesellschaft: »Ich zähle bis drei. Dann bitte den Brautkranz werfen.«

Liesel spürte ihren Bauch warm und wohlig. Wann hatte sie zuletzt eine solche Leichtigkeit in sich gespürt? Sie wünschte, ihr kleiner Sohn wäre unter ihnen, damit er seine Mutter in diesen Minuten glücklich sähe. Nachdenklich betrachtete sie neben dem Bräutigam den Kronprinzen – den Sohn der Kaiserin von Österreich. Rudolf lachte vor Freude. Und doch sah Liesel die Trauer in seinen Zügen, die niemals zur Gänze verblasste, als ahnte er, dass ihm noch schweres Leid bevorstand. Liesel dachte an ihre Vision, in der er mit dem Gewehr angelegt hatte. Dann schaute sie zurück zu Mary. Der Himmel leuchtete blau und rot von der untergehenden Sonne.

Angerer zählte. Mina warf den Kranz.

Liesel betätigte die Blitzmaschine, deren greller Schein sich in den fröhlichen Augen der adeligen Gäste spiegelte. Der Kranz segelte durch die Luft und verfehlte die ausgestreckten Hände sämtlicher Brautjungfern. Erzherzog Luziwuzi hatte ihn gefangen und löste damit augenblickliches Gelächter aus. Eine versteckte Träne glitzerte auch in seinem Gesicht, ob vom grellen Licht oder aufgrund der Trauer …

Liesel vergaß den Gedanken im selben Moment. Luziwuzi reichte den Kranz kurz entschlossen Mary Vetsera. Fifi scharwenzelte fröhlich um die Beine des vor Glück selig lachenden Mädchens.

»Auf ein langes Leben, meine liebe Mary«, rief Luziwuzi. »Und auf die Liebe. Denn allein die Liebe ist es wert, dafür zu sterben …«

Nachwort

Tatsächlich kam ein Foto, das die gesamte kaiserliche Familie, beziehungsweise Franz Josef mit Elisabeth zeigt, niemals zustande. Die Ehre, beide Eheleute vor seine Linse zu bekommen, blieb, wie vorher schon seinem Bruder Ludwig, auch Viktor Angerer verwehrt.

Elisabeth rauchte Zigaretten. Über Vorzüge und Gefahren dieses Lasters waren sich die Ärzte im Laufe der Jahrhunderte immer wieder im Unklaren. Und wenn man in die jüngere Vergangenheit schaut, dann wird deutlich, dass es noch gar nicht lange her ist, dass zum Beispiel Menthol-Zigaretten als gesund angepriesen wurden. Was natürlich ein absoluter Unsinn ist! Jedenfalls war der österreichischen Kaiserin jedes Mittel recht, um ihren Hunger zu unterdrücken und damit ihre legendäre Wespentaille zu erhalten. Leider gibt es dieses Suchtverhalten heute noch, wie wir wissen. Und vielleicht war Elisabeths Magersucht in Kombination mit dem Rauchen einer der Gründe für ihre schlechten Zähne. Es ist allerdings auch möglich, dass Zahnprobleme bei ihr in den Genen lagen. Immerhin litt auch ihr Großcousin, der Märchenkönig Ludwig II. von Bayern, ebenfalls ein Wittelsbacher, schon in jungen Jahren an einem schadhaften Gebiss. Die Schauspielerin Rosa Albach-Retty (1874 – 1980), die Großmutter von Romy Schneider, berichtet in ihrer Autobiografie, die Kaiserin einmal in einem Gastgarten gesehen zu haben. Elisabeth putzte in einer »Nonchalance, aber vor allem blitzschnell« ihr Gebiss – in aller Öffentlichkeit. Die Hofdame, die ebenfalls Schwarz trug, muss wohl die Gräfin Tolna gewesen sein, denn die beiden unterhielten sich in Ungarisch, wie Albach-Retty schreibt. Das schwarze Kleid darf auf den tragischen Tod ihres Sohnes Rudolf zurückgeführt werden, da Elisabeth ab 1889 bis zu ihrem eigenen Tod ausschließlich Schwarz getragen hat, was ihrer Trauer um den Kronprinzen geschuldet war. Offiziell kam es zur ersten Begegnung mit der unglücklichen Mary Vetsera erst im Jahr vor Rudolfs tragischem Ende, daher habe ich in diesem Roman die Rolle der Helene von Vetsera in die eines kaiserlichen Spitzels umgemünzt. Rudolf mied zwar den Kontakt zu seinem Vater, aber dieser wusste über das persönliche Umfeld und die Umtriebe seines Sohnes stets bestens Bescheid. Ich habe mir diesen kleinen »historischen Fehler« erlaubt. Auch habe ich darauf verzichtet, das *eigentliche* Drama um Mayerling nochmals zu erzählen. Darüber haben schon zu viele berichtet. Dieses dürfte spätestens seit Veröffentlichung der Tagebücher Mary Vetseras allen historisch Interessierten hinlänglich bekannt sein. Meine Geschichte handelt daher bewusst sechs Jahre früher und nimmt einen fiktiven Mord und ein reales Attentat auf den österreichischen Thronfolger zum Anlass. Außerdem wollte ich unbedingt eine Geschichte um den fast in Vergessenheit geratenen, zu Lebzeiten nach Salzburg verbannten Erzherzog Luziwuzi erzählen. Dieser Exot innerhalb der kaiserlichen Familie machte aus seinen sexuellen Neigungen oftmals kein Geheimnis, heißt es, was aufgrund der Sexualmoral der damaligen Zeit natürlich verpönt war. Homosexualität galt bestenfalls als romantische Spinnerei, im schlechtesten Fall als Geisteskrankheit, eine Form von Hysterie. Erzherzog Ludwig soll sich wirklich, wie im Buch beschrieben, im *Centralbad*, der heute noch bekannten Schwulensauna *Kaiserbründl* im Jahre 1868 einem Offizier anzüglich genähert haben, woraufhin dieser ihn ohrfeigte. In Salzburg besaß Luziwuzi eigens ein Palais mit Swimmingpool. Er legte seinen hohen Gästen in den Umkleidekabinen aber bewusst keine Schwimmhosen bereit. Einer anderen Anekdote zufolge soll er sich einen Spaß daraus gemacht haben, heimlich die Kleidung der Offiziere zu verstecken, sodass diese sie im ganzen Haus suchen mussten. Ein echter Spaßvogel, würde man meinen.

Auch in heutiger Zeit finden immer noch sogenannte »Konversionstherapien« statt, die darauf abzielen, Menschen wie Luziwuzi von ihren sexuellen Neigungen zu »heilen«. Das ist in Deutschland und Österreich verboten, aber die Homophobie findet auch heute noch ihre Wege, vor allem junge Menschen ihrer Würde und ihres Lebenswillens zu berauben.

Die Tätowierung eines Adlers über Elisabeths allerhöchstem kaiserlichen Allerwertesten erwähnte ihre Friseurin Franziska »Fanny« Feifalik gegenüber Vertrauten. Ich habe dieses Gerücht für meine Geschichte aufgegriffen, da ein derartiges »Arschgeweih« recht gut ins Bild der extravaganten Kaiserin passt. Fanny war die engste Vertraute ihrer Hoheit, glich ihr optisch und soll für ihre Herrin daher auch Termine, als Kaiserin von Österreich verkleidet, wahrgenommen haben. Den berühmten Anker auf ihrer Schulter brachte die Kaiserin erst 1888 von einer ihrer vielen Reisen mit. Sie trug dieses Tattoo sichtbar, was eine Provokation am Wiener Hof darstellte.

Es herrschten strenge Sitten bei Hofe. Und auch was die Erziehungsmethoden der damaligen Zeit betreffen, habe ich nicht übertrieben. Hier wurde geohrfeigt, getreten, gedemütigt – die ganze Bandbreite von Gewalt und schwarzer Pädagogik galten damals als fortschrittlich. »Wer sein Kind liebt, der züchtigt es.« Dieses geflügelte Wort aus den Paulusbriefen wurde von Generationen von Pädagogen fehlinterpretiert und galt dadurch als Freibrief, um Kinder zu »formen und zu drillen«. Unabhängig von gesellschaftlicher Schicht, wurden die Rechte von Kindern in deutschsprachigen Ländern erst Ende des 20. Jahrhunderts offiziell per Gesetz geschützt. Es war also ein langer Weg, und auch der unglückliche Rudolf erlebte bereits als Kleinkind Torturen, die vielleicht Grund für seine spätere Aversion gegen jede Form von Autorität sein sollten. Seine ehemalige Geliebte Mina Pick war eine vom Judentum zum Christentum konvertierte Jüdin, daher lasse ich sie teilweise Jiddisch sprechen. Ausdrücke wie Zoff, Schickse, Gauner, mauscheln, meschugge, kotzen et cetera haben heute längst Eingang in den allgemeinen deutschen Sprachgebrauch gefunden. Niemand käme auf die Idee, ihre Herkunft zu hinterfragen. Deutsche Sprache und Kultur sind sehr stark vom Judentum geprägt. Das Judentum darf als eine der Hochkulturen betrachtet werden. Mir gefallen derlei Ausdrücke besonders, weil sie des Pudels Kern oft sehr genau treffen, wenn auch nicht immer auf die elegante Weise, wie Kritiker das vielleicht sehen werden.

Kronprinz Rudolf erwarb das Gut seines Freundes Reinhard Graf von Leiningen erst 1886. Es wird vermutet, dass seine Besuche und die Gerüchte um seine ehemalige Geliebte der Grund dafür gewesen sind. Das Ehepaar kaufte sich dafür mit dem Geld einen großen Landsitz in Kärnten. Die Ehe der beiden wurde am 2. Juni 1895 geschieden. Rudolf baute den Landsitz in Mayerling jedoch zu dem prächtigen Jagdschloss um, das nach seinem Tod in ein Kloster umgewidmet wurde. Ein Museum heißt hier ganzjährig seine Gäste willkommen.

Der Schauspieler Josef Kainz galt als Schüler Valerie Greys in deren gleichnamigem Theater. Erst viel später gelang ihm der Sprung auf internationale Bühnen und letztlich auch ans Burgtheater. Er gilt bis heute als der größte Schauspieler seiner Epoche, und ich habe seine Wirkung der Lieselliesel gegenüber dargestellt, wie Zeitzeug*innen sie beschreiben. Die Bühnenschauspieler waren wohl die Vorgänger heutiger Hollywood-Beaus. Schon der bayerische König Ludwig hatte sich ja in ihn verliebt. Das Konterfei des berühmten Schauspielers zierte etliche Fotografien, die die Fans sich – dank der Erfindung der Familie Angerer – in ihre Fotoalben klebten und anschmachteten.

Die historischen Fotografien Ludwig und Viktor Angerers lagern im Bildarchiv der Österreichischen Nationalbibliothek. Zahlreiche Bilder sind bis heute im kollektiven Gedächtnis der Menschheit eingebrannt und finden sich in Büchern, Zeitungsartikeln und auf Internetforen über die damalige Zeit. Das berühmteste Foto ist wohl jenes, das die Kaiserin Elisabeth im Jahre 1868 zeigt, mit ernstem Blick, einem Kreuz um den Hals, welches 1898 anlässlich ihres tragischen Todes in großer Auflage in Umlauf gebracht wurde. Von dem Moment der Veröffentlichung an wurde die österreichische Kaiserin zur Ikone. Bilder begannen mehr und mehr Geschichte zu schreiben, dank der Erfindung der Fotografie. Die Anger'schen Fotos waren es auch, die mich zum Schreiben dieses Romans inspirierten.

In diesem Sinne,

Wien, den 2.Juni 2024
Ihr Michael Seitz

GÜNTER NEUWIRTH
Wettlauf in Triest
ROMAN
GMEINER